Wolfram Christ

Die merkwürdigen Abenteuer der Marina Casanova aus Köln

Dresdener Preziosen

Kriminalroman

comediantes

comediantes

Verlag für Lyrik und Belletristik des 21. Jahrhunderts

1. Auflage

Eibenstock
6. April 2024

Lektorat:
Juliane Renn, Larissa Carolin Böttcher und Uta Christ

Gesamtherstellung:
Zschiesche GmbH, BT Druckerei Zschiesche

Printed in Germany

ISBN 978-3-946691-36-5

Mein ausdrücklicher Dank
gilt den Kölschen Harlequins
der Karnevalsgesellschaft Alt-Köllen vun 1883 e.V.

Liebe Harlequins,
am Anfang stand eine Idee. Dann fand ich Euch.
Mit Euch die schwierige Session 2022,
das unglaubliche Feuer Eurer Darbietungen erleben,
Euch mit meinen Fragen löchern und
mich ein bisschen wie ein Teil von Euch fühlen zu dürfen,
hat Marina Casanova wachgeküsst.
Danke!

Harlequins e Levve lang!

Ein weiterer Dank geht an die VG Wort,
die mir mit ihrem Stipendium aus dem Programm

NEU
START
KULTUR

der Bundesrepublik Deutschland
die Recherchen in Köln und Italien ermöglichte!

Anmerkung

Alle Ereignisse und Namen sind frei erfunden.
Ähnlichkeiten mit tatsächlichen Geschehnissen und lebenden Personen sind zufällig und nicht beabsichtigt.

Inhaltsverzeichnis

Berlin
Dresden
Köln
Florenz
Rom
Neapel

Kapitel 1 – Erwartungen

Es hätte nach Sommer riechen sollen. Stattdessen? Scharfe Reinigungsmittel, Metall, Schweiß, Frust. Der typische, klimatisierte Mief von Eisenbahnwaggons an heißen Frühsommertagen. Und im Kopf? Wut. Marina fröstelte. Das würde sich ändern. Sie würde es ändern. Genau jetzt, an diesem späten Sonntagvormittag, fing sie damit an. Ja, sie würde ihr Leben ändern. Komplett! Jedenfalls für eine Weile. Hoffentlich.

Langsam setzte sich der ICE in Bewegung. Er verließ die Halle. Draußen blieben Dom und Domplatte zurück. Mit Menschen darauf und der Philharmonie darunter. Museum Ludwig, Rheinufer. Dann verdarben stählerne Streben den Ausblick. Die schnellen Lichtwechsel auf der Brücke brannten in ihren Augen, schmerzten im Kopf. Sie wandte sich ab.

Marina Casanova wollte weg. Einfach nur weg. Wenigstens für ein paar Tage. Irgendwohin, wo sie ihren siebenundzwanzigsten Geburtstag ungestört feiern konnte. Irgendwohin, wo feiern noch, oder genauer gesagt, seit kurzem wieder, erlaubt war. Nach Italien. Von Deutschland hatte sie bis auf weiteres gestrichen die Nase voll.

In weitem Bogen schwenkte ihr Zug nach Süden, der Sonne entgegen. Köln winkte ihm ein letztes Lebewohl Schiffsanlegestellen, Altstadtkneipen. Die Kranhäuser wirkten von hier aus eher wie Galgen, fand Marina. Prima geeignet, um sich dran aufzuhängen. Passend zu diesem beknackten Jahr 2020. Sollten die Eigentümer vielleicht als PR-Gag in ihr Marketingkonzept einbauen. Galgenhumor im wahrsten Sinne des Wortes. Marina verkniff sich ein Grinsen. Im nächsten Moment fragte sie sich, wozu eigentlich? Hätte unter der blöden Maske eh niemand gesehn.

Eintauchen ins Häusermeer von Köln-Deutz. Vorbei am geschwungenen Dach der Lanxess-Arena. Bis letztes Jahr steppte da drin regelmäßig der Bär. Letztes Jahr. Lang her. Ewig. Irgendwo dahinter lag ihre kleine Studentenbude. Am Gotenring. Ziemlich tote Ecke. Aber von da aus waren es nur ein paar Schritte bis zur Deutzer Freiheit mit ihrem bunten Gewimmel zwischen Kneipen, Dönerbuden und Zigarrenläden. Nicht, dass sie Zigarren geraucht hätte, aber irgendwie ging von solchen Orten etwas Anheimelndes aus. Ein Gefühl von Beständigkeit, das sich wohltuend vom Tempo der modernen Großstadt abhob.

Vor allem aber gab es an der Deutzer Freiheit ein Hinterhaus und darin die Pizzeria »Diana«. Wie die Göttin der Jagd. Allerdings hatte die Namensgebung profanere Gründe. Die Mama des Kochs hieß so. Die »Diana« war Marinas absolute Lieblingskneipe. Ein bisschen versteckt und urgemütlich. Ein guter Ort, sich ungestört mit Freunden zu treffen. Die jungen Wirtsleute, kölsche Italiener in dritter Generation, boten originelle Leckereien aus saisonalem Anbau und garantiert von regionalen Höfen. Und das zu Preisen, die sich selbst Studenten leisten konnten. Nicht zu vergessen hausgemachte Klassiker: Verschiedene Pesto-Soßen und ... das Diana-Tiramisu! Das war jede Sünde wert.

Vorbei. Auch diese Pizzeria hatte wegen Corona schließen müssen. Klar, die durften noch außer Haus Verkauf auf Bestellung machen, aber was war das schon für ein Ersatz? Allein zu Hause konnte sie selber kochen. Alles, was Marinas bisherige Welt ausgemacht hatte, schien ausgelöscht. Verboten, verboten, verboten. Die kleinen Kinder durften bei schönem Wetter noch nicht mal auf den Spielplatz. Idiotisch. Die Menschheit verblödete vorm Fernseher oder in bescheuerten Fake-News-Foren im Netz und wurde darüber fett. Oder besoffen. Oder beides.

Marinas Leben fühlte sich an, als wäre es bereits vorüber, bevor es richtig beginnen konnte. Sie hätte Trauer empfinden sollen. Wenigstens etwas Wehmut. Stattdessen? Erleichterung. Erleichterung? Tatsächlich Erleichterung. Je länger die junge Frau nachdachte, desto mehr schien es ihr, nicht nur ein bisschen zu verreisen. Nein, es war als würde sie ihre alte Existenz abstreifen, damit ab morgen eine neue beginnen konnte. Jedenfalls hoffte sie inständig, dass es so käme. Irgendwie. Keine Ahnung. Sie wollte die vergangenen Wochen vergessen. Sie hatte lange genug geheult. Angestrengt starrte sie aus dem Fenster. Das Atmen fiel ihr schwer. Sie zupfte die vorschriftsmäßig übergestülpte Maske etwas tiefer, bis die Nase frei lag. Besser.

Nicht besser, denn der aufgestaute Ärger blieb. Vor allem der über den Einstellungsstopp im Museum, der sie nach endlich erfolgreichem Ende ihres Masterstudiums unerwartet zum Nichtstun verurteilte. Nicht mal ein kleines Praktikum war plötzlich mehr möglich. Und das, obwohl sie vom MAKK, dem Museum für Angewandte Kunst Köln, noch vor ein paar Monaten eine feste Zusage erhalten und sich deshalb mit ihrer Masterarbeit extra beeilt hatte. Tag und Nacht hatte sie geschuftet. Trotz der widrigen Umstände hielt sie jeden Termin ein.

Für die Katz! Das MAKK wurde wie alle anderen Museen im Land geschlossen. Die Leitung nutzte die Schließung zu Umbauarbeiten. Praktika oder gar Neueinstellungen standen bis auf weiteres nicht zur Debatte. Marina schloss die Augen. Keine Träne. Nein. Sie hatte genug geweint.

Zur gleichen Zeit an einem Ort, etliche tausend Kilometer südöstlich von Köln. Der Zeitzone wegen zeigte die Uhr allerdings bereits zwei Stunden später. Ein entspannter Sonntagnachmittag. Breite, mit kunstvollen Intarsien aus edlen Hölzern bedeckte Türflügel schwangen auf. Ein Mann eilte herein, blieb kurz stehen, verneigte sich und legte wortlos ein Schreiben auf das niedrige Tischchen. Der Raum duftete nach frischgebrühtem Tee, aufgeschnittenen Früchten und aromatischem Tabak. Ein anderer Mann, der an diesem Tisch zwischen zahllosen Kissen auf weichen Teppichen am Boden ausgestreckt lag, sog versonnen an seiner Wasserpfeife. Er blickte nur kurz zu dem Neuankömmling auf. Einen Augenblick schien er zu überlegen, ob er den Brief lesen sollte. Er entschied sich anders.

»Ist es soweit?« fragte er.

»Ja, Sir. Sie passieren in diesen Minuten die italienische Grenze.« Der andere nickte. Schweigen. Nach einer Weile richtete er sich auf und betrachtete das vor ihm liegende Papier.

»Wie bald müssen wir aufbrechen?«

»Das hat Zeit, Sir. Unsere Partner wollen sichergehen, dass die Abwicklung kein Aufsehen erregt. Sie fürchten, möglicherweise unter Beobachtung zu stehen.«

»Verstehe.«

»Zudem haben die Leute genügend Neider, die nur auf eine Gelegenheit warten, sie ans Messer zu liefern.«

»Heißt?«

»Vielleicht in einem Monat.«

»So lange?« Er wirkte enttäuscht.

»Die Sache hat in Deutschland hohe Wellen geschlagen, Sir.«

»Haben wir trotzdem schon Grund, zu feiern?«

»Ja, Sir. Ich bin zuversichtlich, dass die größten Schwierigkeiten mit dieser Nachricht überwunden sind.« Erleichtert nahm der Mann am Boden einen tiefen Zug aus seiner Pfeife und lehnte sich zurück in die Kissen.

»Gut. Bereiten Sie alles vor. Am Montag wird mein Onkel unsere Pandemieverordnung bis auf weiteres außer Kraft setzen. Es scheint überstanden. Höchste Zeit. Ich wünsche ein rauschendes Fest mit allem, was Spaß macht. Sparen Sie nicht. Solche Momente muss man genießen.«

»Welchen Grund soll ich in der Einladung nennen? Das Ende des Lockdowns?«

»Natürlich, Dummkopf. Das andere geht niemanden etwas an. Wir feiern das Leben. Lassen Sie sich was einfallen!«

Immer noch zur gleichen Zeit auf der anderen Seite des Erdballes, in Downtown Santa Barbara. Den Zeigern der Uhr nach jedoch elf Stunden früher als am Persischen Golf und neun früher als in Köln. Die Morgendämmerung lag in weiter Ferne. Eine sternlose Nacht. In die Dunkelheit hinein glänzten lediglich einige Straßenlaternen der State Street und die Lichter am Eingang zum Arlington Theater. Abgesehen von den Lampen wirkte das Haus recht schmucklos. Es war im Stile alter Missionskirchen errichtet. Drinnen jedoch erwartete unverhofft Eintretende eine Überraschung, eine Art Zeitreise. Eine Reise in jene Epoche, da sich die kalifornische Pazifikküste in der Hand spanischer Caballeros befand. Der Saal bot nämlich die fast perfekte Illusion eines früheren mexikanischen Dorfes. Und das Publikum saß mittendrin auf der unvermeidlichen Plaza. Allerdings in äußerst bequemen, tiefblauen Sesseln unter einem schwarzen Nachthimmel. Und dieser hier hing selbstverständlich voller Sterne. Ringsum windschiefe, farbenfrohe Häuschen, hinter deren geöffneten Fenstern sich die Logen des ersten Ranges verbargen.

In einer der Logen dehnte sich Magdalena Leszczynska-Lancaster, umgeben von ihrer üblichen Entourage und einigen ausgewählten Gästen. Es war ein illustrer Haufen, der sich um diese späte beziehungsweise frühe Stunde im Arlington Theater versammelt hatte. Kein Wunder, handelte es sich beim eben zu Ende gegangenen Bühnenspektakel doch um eine nächtliche Privatvorstellung. Anderes ließen die strengen Corona-Regeln des Bundesstaates gar nicht zu. Und selbst die hätte an und für sich nicht stattfinden dürfen. Allein, es war eben nicht irgendwer, der hier die Strippen zog. Nein, es war Magdalena Leszczynska-Lancaster. Sie galt als eine der wichtigsten Kunstmäzene der Stadt. Natürlich entlohnte sie das Arlington-Ensemble großzügig für derartige illegale Genüsse. Es gab also mehr als einen Grund, dass die kalifornischen Behörden in ihrem Fall beide Augen zudrückten.

Apropos Augen. Magdalena Leszczynska-Lancaster schloss die ihren verzückt, als wolle sie das eben dargebotene Spiel genüsslich im Kopf Revue passieren lassen. Neben ihr hüstelte jemand. Sie öffnete die Lider einen Spalt. Ein Laut des Unwillens entfuhr ihr. Da der Mann jedoch hartnäckig weiter hüstelte, gab sie schließlich nach.

»William, wollen Sie schon nach Hause? Hat es Ihnen nicht gefallen?«

»Doch, schon, nur ...«

»Nur was? Wenn es etwas Dienstliches ist, hat es dann nicht bis Montag Zeit? Kommen Sie, Sie Unhold, was kann es denn so Unvermeidliches geben, dass Sie ausgerechnet jetzt in mein Elysium einbrechen müssen?«

»Verzeihen Sie, königliche Hoheit!« Der Anwalt wirkte verlegen. Die Frau schüchterte ihn ein. Er wollte daher schnell sein Anliegen vorbringen, kam jedoch nicht zu Wort.

»William, wie oft soll ich Ihnen noch verbieten, mich so anzusprechen? Wir leben in einem freien Land. Ich heiße einfach Leszczynska-Lancaster. Merken Sie sich das!«

»Wie königliche ... äh ... Frau Leszc...«, er hüstelte erneut. »Es gibt Neuigkeiten aus Europa. Ich erhielt sie vor wenigen Minuten und ich glaube, dass ...«

»Aus Europa? Lassen Sie hören!«

»Das Kleinod ist auf dem Weg.«

»Hört, hört. Und unser Mann vor Ort?«

»Hat Verbindungen geknüpft.«

»Verbindungen geknüpft? Ich erwarte keine Verbindungen, ich erwarte Ergebnisse. Sagen Sie ihm das.«

»Das werde ich.«

»Gibt es einen Zeitplan?«

»Noch nicht, aber ich schätze, dass die Aktion in den nächsten zwei, drei Wochen über die Bühne gehen wird.«

»Das will ich hoffen, William, das will ich hoffen. Apropos Bühne: Lassen Sie uns in die Künstlergarderobe gehen. Ich fand den Hamlet heute Abend grandios. Ich muss ihm unbedingt meine Aufwartung machen. Kommen Sie, meine Freunde.« Keinen Widerspruch duldend, rauschte Magdalena Leszczynska-Lancaster davon.

Ihr Anwalt blickte der Dame und dem Schwarm ihrer Günstlinge nach. Es wurde still. William Hammersmith stand ganz allein am Fenster der Loge und blickte über das Meer aus 2000 tiefblauen Sesseln. Eine surreale Situation. Er, der Mann, der gewöhnlich vor Gericht die Puppen nach seiner Pfeife tanzen ließ, allein in dieser überwältigenden Kulisse eines luxuriös bestuhlten mexikanischen Dorfes. Als Marionette an den Fäden einer blaublütigen Polin. Damit konnte er nicht umgehen. Wo kam der eisige Windhauch her? Wahrscheinlich vom Airconditioner über seinem Kopf.

Kapitel 2 – Marina

Sitzpose, Schultersteher, Wurf, Gassenwurf, Überwurf, Salto. Gedankenverloren ging Marina alle Tanzfiguren durch, die ihr einfielen. Draußen verschwanden die letzten Häuser der Stadt. Grüne Wiesen, Wälder, Felder. Marina schluckte. Nein, sie würde nicht heulen. Nicht mehr. Sie war ein Kölsches Mädsche, ein »Kölscher Harlequin«. »Harlequins e Levve lang!« lautete das Motto ihrer Tanzgruppe. Echte Harlequins beißen die Zähne zusammen und lachen, auch wenn mal was schmerzt. Einer für alle, alle für einen. »Du bes nit allein«, wie es im Karnevalslied so schön hieß. Das war wie bei den Musketieren. Sie konnten nur erfolgreich sein, wenn sich niemand hängen ließ, wenn man einander unter die Arme griff, wenn man sich auf den Partner, die Partnerin verlassen konnte. Einhundertprozentig! Das hatte sie deutlich zu spüren bekommen, als es mit dem Lockdown losging.

Sie hatten die Session 2019/2020 Gott sei Dank zu Ende bringen können. Auftakt am 11.11., da gab‘s noch keinen Virus. Höchstens als kurze Info in den Nachrichten. Nach Silvester die großen Volkssitzungen im Festzelt auf dem Neumarkt. Dieses komische Corona schien nach wie vor ziemlich weit weg, irgendwo in China. Dann im Februar Weiberfastnacht, Rosenmontagszug, Party in allen Kneipen und Dienstag um Mitternacht das Finale: Nubbelverbrennung mit der Prinzengarde draußen in Frechen. Eine schöne Tradition. An allen Dummheiten, die in den tollen Tagen passierten, war nur der Nubbel schuld. Fröhlich wurde sein Ende gefeiert, wohl wissend, dass er im kommenden Jahr zurückkehren würde. Quasi wie Phönix aus der Asche.

Zu der Zeit schwebte das Gespenst kommender Verbote schon über ihren Köpfen. Sie hatten es zu verdrängen versucht. »Et kütt wie et kütt.« hieß es. Und: »Et hätt noch immer jotjejange.« Also »Es kommt wie es kommt und es ist noch immer gut gegangen.« Kölsche Weisheiten, mit denen die Jecken sich Mut gemacht hatten.

Was dann aber kam, war schlimmer als die schlimmsten Befürchtungen: Sie durften nicht mehr in ihre Trainingshalle nach Köln-Ehrenfeld! Überhaupt nirgends durften sie mehr hin. Sie durften nicht zusammen trainieren, feiern, Spaß haben. Für einen Kölschen Harlequin die Höchststrafe!

Seit zehn Jahren gehörte Marina nun schon zu der fröhlichen Truppe. Genauso lange, wie es die Harlequins gab. Sie war dabei gewesen, damals, als der Vorstand beschloss, die »Karnevalsgesellschaft Alt-Köllen vun 1883 e.V.« müsse frecher, jünger und weiblicher werden. Gesagt getan.

Ihre Gruppe wuchs schnell. Und sie war anders als die bei anderen Vereinen üblichen Funkengarden. Das ging schon bei den Kostümen los. Harlequins trugen natürlich keine Uniformen. Kleider und Anzüge boten dem Auge ein Feuerwerk aus grün-weiß-roten Rautenmustern, wie man sie vom klassischen Harlequin der Commedia dell'Arte kannte. Eine Renaissance der Renaissance gewissermaßen. Italienisches Lebensgefühl. Quirlig und bunt. Besonders wichtig: Es gab von Beginn an mehr Tanzpaare. Mädchen und Jungs wirbelten gemeinsam über die Bühne. Ein gutes Gleichgewicht stellte sich ein. Die Folge: Weniger Eifersüchteleien und weniger Konkurrenzdenken als bei anderen, bei denen es nur ein einziges Paar gab, den Tanzoffizier und die Marie. Die gab es bei den Kölschen Harlequins als »erstes Paar« und Vortänzer zwar auch, aber niemand hatte es nötig, sich in diese Solorolle »hochzuschlafen«, denn jede bekam irgendwann ihre Chance, sich mal von ihrem Partner werfen zu lassen oder auf seinen Schultern einen Sonderapplaus zu bekommen. Marina hatte in der Gruppe ihre besten Freundinnen und Freunde gefunden.

Ihr Tanzpartner Kevin zum Beispiel, genannt »Tarzan«, war zwar manchmal ein bisschen eitel, meist ziemlich albern, und er hielt sich für den größten Aufreißer aller Zeiten. Aber davon ganz abgesehen wusste sie, dass sie mit dem Kindskopf hätte Pferde stehlen können. Wenn es drauf ankam, war Tarzan für sie da. Wenn er sie in die Luft hob, sie mit einer Hand in die Höhe stemmte, fühlte sie sich sicher. Der Mann wusste, wie er sie halten musste. Er verstand jedes noch so kleine Signal, das sie ihm gab. Auf der Bühne verschmolzen sie regelrecht zu einer Einheit.

Dabei hatte sie zuerst Angst gehabt, so leichtbekleidet bei einem Fremden auf den Schultern zu sitzen, von ihm womöglich begrabscht zu werden. Ja, sie war sehr schüchtern gewesen. Aber das legte sich mit jeder Trainingseinheit ein bisschen mehr. Das, was sie hier auf den Bühnen des Kölner Karnevals trieben, das hatte nichts Anrüchiges. Das war Sport, Hochleistungssport. Da ging es um Perfektion, nicht um peinliche Hintergedanken. Das machte sie stark, gemeinsam. Wenn die Leute sie bewunderten, klatschten, jubelten, dann wussten sie, dass sie alles richtig gemacht hatten. Das war Marinas Leben.

Bis Februar.

Plötzlich war Schluss gewesen. Mit allem. Von einem Tag auf den anderen. Sie sollten sich nicht mehr sehen dürfen, nicht mehr miteinander trainieren, gar nichts. Auch in die Uni durfte Marina nicht mehr. Zum Glück lief dort zuvor schon ziemlich viel digital. An ihrer Masterarbeit über »Modeschmuck und Kunsthandwerk im Zeitalter des Barock« schrieb sie sowieso meist zu Hause. Diese Umstellung zumindest funktionierte für die Studentin im Fach Kunstgeschichte an der Philosophischen Fakultät relativ reibungslos.

Weil das nicht nur an der Uni halbwegs klappte, sondern auch in vielen Schulen und bei manchem Arbeitgeber, kamen die jungen Leute auf die Idee, online miteinander zu trainieren. Einfach, um nicht aus der Übung zu kommen und den Kontakt nicht zu verlieren. Ergo, die Computerfreaks ihrer Truppe fanden Mittel und Wege, alle am Bildschirm zusammenzuschalten. Die Trainerin gab den Takt vor und fortan übte jeder daheim für sich und doch mit allen anderen gemeinsam. Was sich zwar etwas merkwürdig anfühlte und zu mancher familiären Krise führte. Vor allem, wenn die Wohnung klein war und die Mitbewohner oder Nachbarn eine niedrige Toleranzschwelle besaßen. Aber es ging. Irgendwie. Etliche blieben dann hinterher weiter am Bildschirm zusammen, um zu zocken. Computerspiele. Das war alles okay. Nicht wirklich befriedigend, aber okay. Wie sich nach und nach herausstellte, stieg bei vielen an solchen Abenden der Alkoholpegel. Aus Frust, Angst, später Trauer um liebe Angehörige, die es nicht geschafft hatten.

Es war eine trostlose Zeit gewesen. Nicht einmal eine

ordentliche Abschlussfeier an der Uni hatte stattfinden dürfen. Und dann, als krönender Höhepunkt, die Absage des Museums. Klar hatte sie sich anderweitig umgehört, aber die Situation war nirgends besser. Alles, was mit Kunst und Kultur, Ausstellungen oder sonstigen öffentlichen Ereignissen zu tun hatte, war verboten. Nicht nur in Köln. Überall. Das Kulturland Deutschland hatte den Betrieb eingestellt. Seine Bewohner glichen den Mangel an Abwechslung mit gegenseitigen Beleidigungen und Beschimpfungen in ihren (a)sozialen Netzwerk-Blasen aus.

Marinas Vater hatte ihr angeboten, übergangsweise wieder daheim einzuziehen. Ihre Mutter meinte, im Supermarkt würden ungelernte Hilfskräfte gebraucht. Einen Moment hatte Marina tatsächlich über so eine Option nachgedacht. Aber der Moment dauerte nicht sonderlich lang. Einfach so hinschmeißen und ihre Träume aufgeben? Nein, soweit war sie noch nicht. Sie hatte ein bisschen was angespart und die BAföG Rückzahlung würde erst in ein paar Jahren fällig sein. Was sprach also dagegen, jetzt, wo in anderen Ländern das schlimmste überstanden schien und beispielsweise in Italien die ersten Museen wieder öffneten, nach Süden zu reisen, um sich im Mutterland der Kunst weiterzubilden, die Sonne zu genießen? Wer weiß? Es hieß ja, die Männer dort seien attraktiv und charmant. Am Koch ihrer Pizzeria »Diana« zum Beispiel hätte Marina wirklich wenig auszusetzen gehabt, wäre der nicht schon verheiratet gewesen. Nein, es sprach nichts dagegen, das ganze deutsche Jammertal für ein paar Wochen hinter sich zu lassen. Vielleicht würde die Situation hier bei ihrer Rückkehr auch wieder normaler sein. Kommt Zeit, kommt Rat. Marina lehnte sich in ihrem Sitz zurück. Das gleichmäßige Surren des ICE, die vorbeifliegenden Landschaften und ihre trüben Gedanken hatten sie müde gemacht.

In einem kleinen Kaff namens Pietrapaola, hoch oben in den kalabrischen Bergen, da, wo sich beim italienischen Stiefel der Fußspann befindet, so ungefähr jedenfalls, ruhte das Leben. Der Gottesdienst war vorüber, das Städtchen gönnte sich seine Auszeit. Die hochbetagte Donna Antonia nutzte die stille Stunde, um sich ihren zumindest in ihren Augen reichlich missratenen Sohn zur Brust zu nehmen. Ein Ritual, das sich jeden Sonntag ziemlich genau um die gleiche Zeit wiederholte. Familientradition gewissermaßen. Und wehe, der Bengel versäumte die Audienz bei seiner Mutter.

Wie immer herrschte in der stickigen, mit Erinnerungen vollgestopften Kammer unterm Dach Gewitterstimmung. Donna Antonia sah ihrem Sprössling ernst in die Augen.

»Söhnchen, willst du nicht endlich anfangen, Gutes zu tun? Bald wirst du 65 und du weißt, dass das für einen Mann in dieser Gegend ein fast schon biblisches Alter ist. Willst du nicht, dass deine Mutter stolz auf dich sein kann, bevor sie für immer ihre Augen schließt?«

»Aber Donna, ich tue Gutes, wo immer ich kann. Ich spende regelmäßig in der Kirche für die Armen, ...«

»Papperlapapp. Du weißt genau, was ich meine. Es muss doch möglich sein, dass du dein Geld wenigstens einmal im Leben mit edlen und wahrhaft schönen Dingen verdienst.«

»Donna, da kann ich Sie beruhigen.« Don Alberto, der

mächtigste Mann im Ort, zeigte ein überlegenes Lächeln. »Gerade planen wir ein wunderbares Geschäft. Dabei geht es tatsächlich um etwas Edles und sehr Schönes.«

»So? Dient die Sache auch einem guten Zweck?«

»Aber natürlich! Mama, Sie kennen mich. Ich werde einer hochgestellten Persönlichkeit helfen, ihr rechtmäßiges Erbe zurückzuerhalten. Eine großartige Geschichte.«

»Großartig? Soll ich dir was sagen, Alberto, gerade weil ich dich kenne, mache ich mir Sorgen. Du bist ein Angeber und Großmaul und Tunichtgut.«

»Aber Mama ...«

»Nein, widersprich mir nicht. Nun gut, ich gebe die Hoffnung nicht auf, das habe ich deinem Vater selig versprochen. ... Sag mir die Wahrheit, ist das auch ein ehrliches Geschäft, bei dem du ehrliches Geld verdienst?«

»Und ob! Die Person wird uns für unsere Dienste königlich entlohnen. Einen Vorschuss haben wir bereits.«

»Euro?«

»US-Dollar.«

»Hm. Gefährlich?«

»Keineswegs. Wir müssen lediglich ein paar kleinen Gaunern die Kehlen durchschneiden und ihnen ihre Beute abknöpfen. Fertig. Genau genommen übernehmen wir die Arbeit der Polizei, denn es handelt sich um wirklich dreiste Diebe, die keinen Respekt zeigen. Sie wissen, wie schwer sich unser sogenannter Rechtsstaat mit solchen Halunken tut.«

»Keine Erpressung? Mädchenhandel?«

»Nein.«

»Hat es was mit Drogen zu tun?«

»Donna, Sie wissen, dass ich das Drogengeschäft Ihrem Enkel, meinem Ältesten, dem Gino in Düsseldorf, überlassen habe.«

»Das ist ja das Schlimme. So habe ich mir die Lösung des Problems nicht vorgestellt. Aber gut. Gibst du deinen anderen beiden Söhnen, die hiergeblieben sind …«

»Sie meinen Luigi und Mario?«

»Die meine ich. Gibt es für sie in deinem neuen Projekt wenigstens auch anständige Arbeit?«

»Aber das versteht sich von selbst!«

»Näheres kannst du mir wohl nicht erzählen?«

»Diskretion.«

»Das ist wichtig, gewiss. … Apropos, meine Freundin Mathilda erzählte mir in der Kirche, es hätte heute Nacht eine Schießerei gegeben. Mit der Polizei. Unten in der Marina von Cariati. Nicht sehr diskret, wie mir scheint. Weißt du etwas davon?«

»Och das.« Don Alberto grinste. »Ich würde es nicht ›mit der Polizei‹ nennen. Die haben sich gegenseitig ein paar blutige Köpfe verpasst. War ‘ne Idee von Pasquale. Damit sie in den nächsten Wochen mit sich selber beschäftigt sind und ihre dreckigen Nasen nicht so tief in unsere Angelegenheiten stecken. Ein kleiner Denkzettel für die Bullen, mehr nicht.«

»Alberto, sprich nicht so ordinär!«

»Ja, Mama.« Der Don senkte schuldbewusst seinen Kopf.

»Ein Dummejungenstreich demnach. Ich hoffe, du hast da nicht mitgemacht?«

»Bewahre, wo denken Sie hin, Donna?« Er wurde rot, hüstelte verlegen und fügte schnell hinzu: »Ich habe Ihnen doch gerade erzählt, dass ich …«

»Du sollst mich nicht anlügen!«

»Ja, Mama.«

»Gut. Schwamm drüber. Also die Sache, die du vorhast, das ist wirklich ein sauberes und sicheres Unternehmen?«

»Sie können mir vertrauen, Mama! Wir verhelfen der Gerechtigkeit zum Sieg. Die Bösen bekommen ihre Strafe, die Guten den Lohn.«

»Amen. Wenn‘s mal so wäre ...«

»Es ist so!«

»Ich weiß was ich weiß. Du bist leider ein naiver Simpel und wirst es immer bleiben. Hoffentlich hauen sie dich nicht übers Ohr. Aber gut, meinen Segen hast du. Geh mit Gott und beeil dich, damit ich es noch erlebe.«

»Selbstverständlich, Donna.«

»Schön. Nun, ich denke, es ist an der Zeit für meinen Mittagsschlaf. Er wird mich erfrischen, bei dieser Hitze.«

»Soll ich Ihnen die Klimaanlage einstellen?«

»Wie oft muss ich dir sagen, du sollst mich mit diesem neumodischen Unfug in Frieden lassen! Willst du mich umbringen? Soll ich eine Lungenentzündung bekommen? Das könnte dir so passen! Verschwinde, Nichtsnutz. Und berichte mir, wie dein Projekt vorankommt.«

»Selbstverständlich, Donna.«

»Dass du mir nichts verschweigst!«

»Selbstverständlich.« Don Alberto erhob sich eilig. Er verkniff sich jede weitere Bemerkung, küsste seine Mutter auf die Wange und ging. Hätte die kalabrische Polizei dem Mann Wanzen ins Jackett geschmuggelt, sie hätte ihn beim Verlassen des Zimmers deutlich ein Stoßgebet grummeln hören:

»Herr im Himmel, nimm die Alte endlich zu dir. Ich halt‘s nicht mehr aus!« Unten, vor der Treppe angekommen, hielt er inne, reichte ein »Vater unser« nach und bat seiner unreinen Gedanken wegen um Vergebung. Dann brüllte er quer über den stillen Hof seines Hauses:

»Mario! Luigi! Pronto!«

Marinas Reise verlief vergleichsweise ereignisarm. Die Chancen auf nette Zugbekanntschaften standen denkbar schlecht. Die Apelle, daheim Urlaub zu machen, trugen Früchte. Spätestens am Abend in München leerte sich die ohnehin spärlich besetzte Bahn. Denn Schengen hin, Freizügigkeit her, ohne negativen PCR-Test ließen weder Österreich noch Italien jemanden ins Land. Und im Frühsommer 2020 war es nicht leicht, überhaupt tagesaktuelle Tests zu bekommen. Eigentlich sollte möglichst nur reisen, wer einen guten beruflichen Grund dafür vorweisen konnte. Marina sah sich für entsprechende Fragen der Grenzkontrolleure gewappnet. Stichwort Weiterbildung. Ein wissenschaftlicher Assistent der Unibibliothek war so nett gewesen, ihr einen Rechercheauftrag für Florenz zu beschaffen. Mit Stempel und Unterschrift. Nur für den Fall der Fälle. Der junge Mann war ein bisschen verliebt in die angehende Kunsthistorikerin.

Kurz und gut, die längste Zeit im Zug verbrachte Marina schlafend. Kein Wunder, angesichts der vielen mit Arbeit am Computer durchwachten Nächte in den vergangenen Wochen. Sie träumte davon, ein echter Harlequin zu sein, über eine kleine Wanderbühne irgendwo in der Toskana zu toben, Rad zu schlagen, sich mit anderen bunten Figuren fröhliche Wortgefechte zu liefern. Als sie am Montagmorgen kurz vorm Ziel erwachte, fiel ihr auf, dass ihr Traum einen logischen Fehler gehabt hatte. Der klassische Harlequin der Commedia dell'Arte war männlich. Sein weibliches Pendant nannten die Italiener Colombine. Hatten sie in Köln bei der Namensgebung womöglich einen Fehler gemacht? Wobei: »Kölsche Colombines« hätte wirklich merkwürdig geklungen. Marina blieb keine Zeit, ihren Gedanken zu vertiefen. Der ICE lief in die weitläufige Halle des Florentiner Kopfbahnhofes ein.

Die Stadt der Künste empfing die junge Frau sehr profan. Zum einen war das nüchterne Bahnhofsgebäude im Bauhausstil nicht gerade geeignet, Neuankömmlingen einen freundlichen Empfang zu bereiten, zum anderen erwartete sie am Ende des Bahnsteiges eine erneute peinliche Überprüfung ihrer Test- und Personalunterlagen, inklusive Infrarot-Fiebermessung. Die hatten hier allen Ernstes eine Sperre gebaut, richtig aus festem Glas mit Türen an jedem Übergang zum Querbahnsteig, bewacht von strengem Personal. Verrückt. Sie erinnerte sich an Geschichten ihrer Urgroßmutter, dass es in Deutschland derartiges ebenfalls gegeben habe. Aber vor mehr als einhundert Jahren!

Das gleiche mühsame Prozedere und jede Menge Papierkram wenig später in ihrer Unterkunft. Zum Zwecke einer möglichen Nachverfolgung, falls das Virus wieder ausbräche. Sie ertrug es klaglos. Sie wusste, sie konnte sich glücklich schätzen, überhaupt jemanden gefunden zu haben, der bereit war, Fremde zu beherbergen. Ein Privatvermieter. Hostels oder ähnliche Gemeinschaftsunterkünfte waren zu diesem Zeitpunkt auch in Italien noch komplett tabu. Was für eine irre Zeit!

Als sie wenig später allein in ihrem düsteren Zimmerchen lag, fühlte sich Marina wie erschlagen. Von der Stadt hatte sie bis jetzt kaum Notiz nehmen können. Es war schwierig genug gewesen, sich in den engen Gassen zurechtzufinden. Mit ihrem kleinen Rollkoffer polternd über jahrhundertealte Steinplatten voller Risse und Löcher, eine kräftezehrende Angelegenheit. Die Hitze machte ihr zu schaffen. Überall staute sich die Luft. Das Atmen fiel schwer. Erst recht mit Maske. Dann die steile Treppe hoch in den dritten Stock.

Endlich oben angekommen, schleuderte sie die Maske zu Boden und warf sich aufs Bett. Das Fenster öffnete sie vorsichtshalber erst gar nicht. Es hätte nur schlimmer werden können. Die dicken Wände des alten Hauses mit seinen geschlossenen Fensterläden schienen ihr ein guter Schutz gegen die Glut draußen. Eine womöglich romantische Aussicht verpasste sie definitiv nicht, denn kaum zwei bis zweieinhalb Meter entfernt spendeten hohe graue Mauern aus grob behauenen Steinen zusätzlich Schatten. Ein mittelalterlicher Wohnturm. Ziemlich imposant, soweit sie das vorhin auf der Straße und nun durch die Ritzen der Läden von ihrem Lager aus beurteilen konnte. Immerhin. Und trotzdem. Dieses gedämpfte Licht drückte Marinas Stimmung weiter in den Keller.

Sie hätte schon wieder heulen können. Allmählich kamen ihr Zweifel, ob ihre Flucht aus Deutschland wirklich eine gute Idee gewesen war. Notfalls würde sie die Reise abkürzen und in zwei Tagen wieder heimfahren. Nach Hause, nach Köln, zu den anderen Harlequins. Wenig später schlief sie erneut tief und fest.

Kapitel 3 – Ansichtssachen

»Sottotenente Lippi, es mag ja sein, dass Sie als Angehöriger der Carabinieri gewisse militärische Ambitionen hegen und gern ein bisschen Krieg spielen. Ich kann auch Ihren jugendlichen Drang zu schnellen und radikalen Lösungen nachvollziehen. Aber solange Sie hier unter meinem Kommando stehen, unterstehen Sie auch dem Innenministerium und haben sich entsprechend zivil zu benehmen!« Commissario Falk Hofer von der Polizia di Stato, der Staatspolizei, verschränkte die Arme und musterte sein Gegenüber. Er schien sich zu fragen, ob die Botschaft beim Empfänger angekommen sei. Als Leiter der Abteilung II / Polizeiliche Ermittlungen der DIA-Außenstelle Cosenza koordinierte der Südtiroler alle Aktivitäten des italienischen Polizeiapparates im zentralen Hochland Kalabriens. Jedenfalls, sofern es den Kampf gegen die ’Ndrangheta betraf. Die DIA, also die Direzione Investigativa Antimafia, war Anfang der 90er Jahre als Zusammenschluss operativer Einheiten der Staatspolizei, der Carabinieri und der für Zoll und Steuerfragen zuständigen Guardia di Finanza gegründet worden. Und ebenso lange gab es zwischen den Mitarbeitern der drei verschiedenen Behörden gewisse Kompetenzrangeleien. Was einer effizienten Erfüllung ihrer Aufgabe natürlich im Wege stand.

Weswegen Hofer jetzt ganz genau wissen wollte, wie es zu den Ereignissen der vergangenen beiden Tage hatte kommen können. »Sottotenente Lippi, wenn Sie weiterhin beabsichtigen, wie ein begossener Pudel dazusitzen und zu schweigen, bringt uns das kein Stück weiter. Versuchen Sie wenigstens, mir zu erklären, was Sie geritten hat!«

Dem jungen Carabinieri-Sottotenente, was in etwa dem deutschen Leutnant entspricht, war die ganze Angelegenheit äußerst peinlich. Es war Antonio Lippi keineswegs darum gegangen, die Führungsrolle seines Chefs anzuzweifeln. Ganz im Gegenteil. Er bewunderte die ruhige und besonnene Art dieses erfahrenen Polizisten. Mit seinen leicht angegrauten Schläfen und den Lachfältchen, die im Laufe der Jahre immer tiefer wurden, strahlte der Mann etwas Väterliches aus. Selbst hier, im kahlen Büro des Chefs, auf dessen Schreibtisch sich Berge von Aktenordnern türmten, fühlte man sich nicht völlig verlassen, wenn der Mann einen aus seinen ziemlich blauen Augen ansah. Eher ein bisschen durchschaut. Die Enttäuschung, die momentan in diesen Augen lag, schmerzte Antonio Lippi darum umso mehr. Eigentlich hatte er nur beweisen wollen, dass er in der Lage war, selbständig die notwendigen Entscheidungen zu treffen, ohne jedes Mal den Vorgesetzten nerven zu müssen. Das war gründlich schief gegangen, und nun rang er nach den richtigen Worten.

»Commissario, es lag nicht in meiner Absicht, Sie in irgendeiner Weise zu kompromittieren. Wirklich nicht, das müssen Sie mir glauben. Sie waren übers Wochenende verreist. Und am Samstagmorgen bekam ich diesen Tipp vom blinden Richi, dass abends eine große Rauschgiftlieferung drüben an der Marina von Cariati ankommen würde.«

»Vom blinden Richi?« Hofer zog die Augenbrauen hoch.

»Ja, ich weiß, der Bursche ist nicht ganz ... Egal. Diesmal klang aber alles logisch. Ich habe die Information geprüft. Es gab Anzeichen, dass tatsächlich etwas Ungewöhnliches vorbereitet wurde.«

»Kein Wunder.«

»Commissario, auf so eine Gelegenheit haben wir lange gewartet. Die Bande im Castello von Mandatoriccio hält sich für unantastbar. Und Cariati ist quasi deren Heimathafen. Sie wissen selbst, wie schwer es geworden ist, jemanden von denen auf frischer Tat zu erwischen. Seit die Padrones ihre internationalen Geschäfte über Zwischenhändler abwickeln und dafür ganz legal die Containerterminals der großen Überseehäfen nutzen, bekommen wir hier im Süden doch nur noch die Ergebnisse zu Gesicht: protzige Villen, luxuriöse Autos und ab und an mal eine teure Yacht. Ich wollte einfach schnell und entschlossen zuschlagen, ohne dafür Ihre kostbare Erholungszeit zu beanspruchen. Ich hoffte, Ihnen heute eine gute Ausbeute für die Presse und ein paar neue Delinquenten für den Staatsanwalt präsentieren zu können.«

»Hofften Sie? Ah ja.« Der Commissario dachte einen Moment nach. »Und dafür war es notwendig, zwei Fischkutter zu versenken, das Büro des Hafenmeisters in Schutt und Asche zu legen und die Hälfte ihrer Kollegen mit Schussverletzungen ins Hospital zu befördern? Mit Schussverletzungen wohlgemerkt, die sie sich im Eifer des Gefechts im Dunkeln gegenseitig zugefügt haben? Sie können von Glück reden, junger Mann, dass keiner ums Leben gekommen ist. Weder von uns, noch von den Fischern. Dass Ihr kleiner privater Bürgerkrieg drüben an der Ostküste ein Nachspiel und dienstrechtliche

Konsequenzen haben wird, ist Ihnen hoffentlich klar? In einer halben Stunde muss ich dem Innenminister in der Video-Konferenz Rede und Antwort stehen. Er hat mich ausdrücklich zum Rapport befohlen. Befohlen, nicht gebeten, verstehen Sie? Der Mann ist auf 180. Nachvollziehbar. Können Sie mir sagen, wie ich ihm das Chaos erklären soll?«

»Wir wurden in eine Falle gelockt.«

»Na selbstverständlich wurden Sie das. Mit der Folge, dass Sie unsere ganze Abteilung zum Gespött der Leute gemacht haben und enorme Entschädigungssummen drohen. Welcher Gauner soll nach der Lachnummer noch Respekt vor uns haben?«

»Aber warum haben die Fischer bei der Schmierenkomödie mitgespielt? Die haben alles so arrangiert, dass ihre Boote nachher weg waren und wir wie die Deppen dastanden. Ich glaube nicht mal, dass die rostigen Kähne durch unsere Schuld untergegangen sind. Die paar Löcher hätten meiner Meinung nach nicht gereicht. Die haben nachgeholfen. Jede Wette. Wir wollten sie eigentlich nur einkreisen, damit keiner ausbüxt. Wir haben sie aufgefordert, uns an Bord zu lassen. Eine ganz normale Polizeikontrolle. Plötzlich fiel ein Schuss. Dann gab es die Explosion. Da sind einigen unserer Jungs die Nerven durchgegangen.

Klar wissen wir jetzt, dass es eine Propangasflasche war. Aber irgendwer muss die genau im passenden Moment gezündet haben. Vielleicht sogar der Hafenmeister selber? Nein, für mich steht es fest: Die Fischer hatten das so geplant, dass wir sie für Angreifer halten mussten. Ich nehme an, die sind gut dafür bezahlt worden. Deswegen konnten die im Gegensatz zu uns rechtzeitig in Deckung gehen. Von denen wurde kein einziger verletzt. Und jetzt wollen sie ihre maroden Schrotthaufen gegen nagelneue Boote eintauschen. Auf unsere Kosten. Wenn Sie mich fragen, Commissario, dann war das ein ganz faules, abgekartetes Spiel.«

»Können Sie‘s beweisen?«

»Nein.«

»Eben.«

»Noch nicht. Aber wenn wir die Spuren zurückverfolgen, kriegen wir sie dran. Es muss Spuren geben. Irgendeiner wird reden, wenn wir ihn nur genug ausquetschen. Das war ein Angriff auf die Autorität des Staates. Das können wir nicht auf sich beruhen lassen.«

»Mag sein.«

»Wir müssen einfach unsere Arbeit machen, gründlich ermitteln!«

»Müssen wir, Sottotenente, müssen wir. Aber nicht Sie. Sie werden vorerst vom Dienst suspendiert.«

»Aber ...«

»Keine Widerrede!« Der Commissario machte eine Pause. Dann fügte er hinzu: »Damit Sie mir bis zur Klärung des Falls nicht vor lauter Langeweile auf dumme Gedanken kommen, machen Sie in der Zwischenzeit Verkehrskontrollen. Oben in den Bergen.«

»Nicht Ihr Ernst?«

»Doch. Quartieren Sie sich in Savelli ein.«

»Savelli? Aber das gehört doch gar nicht mehr zu unserer Provinz. Das ist schon Crotone. Dürfen wir das denn?«

»Natürlich ist das nicht mehr unsere Provinz, Sie

Schlaukopf. Ich kläre das mit meinem DIA-Kollegen drüben persönlich. Ich muss Sie aus der Schusslinie bringen. Unsere Leute brauchen davon nichts zu wissen. Andererseits liegt der Ort nah genug an der von Ihnen verwüsteten Marina, um spitze Ohren machen zu können. Dem Innenminister wird es für den Moment reichen, dass Sie nicht mehr an Ihrem Schreibtisch sitzen. Kennt Sie in der Gegend jemand?«

»Nicht, dass ich wüsste.«

»Fein. Legen Sie sich einen neuen Namen zu. Sagen wir Vittorio Pazzi. Der Schnurrbart kommt ab. Haare kürzer. Viel kürzer, verstanden? Und ab sofort keine alberne Checker-Sonnenbrille mehr. Die Zeitungen sind voller Porträts von Ihnen mit diesem Ding auf der Nase. Inklusive hämischer Kommentare. Was für uns von Vorteil ist, denn ohne dürfte man Sie kaum wiedererkennen. Und so wichtig sind Sie gottlob nicht, als dass jemand dafür eine Gesichtserkennungssoftware bemühen würde. Ich besorge Ihnen den passenden Dienstausweis. Lassen Sie sich als einfachen Agente der Verkehrspolizei einkleiden. Einen höheren Dienstrang kann ich Ihnen für die nächste Zeit nicht anbieten. Ihr Dienstwagen bleibt hier. Sie bekommen ein Moped. Das sollte, nebenbei gesagt, hoffentlich Ihrem Ego einen kleinen Dämpfer geben und Sie lehren, Ihren Job künftig mit etwas mehr Demut auszuüben. Wenn jemand fragt, sagen Sie, Sie seien abkommandiert, weil es in den Bergen zuletzt zu viele Unfälle mit alten klapprigen Treckern und Pickups gab. Ich informiere die zuständigen Kollegen, dass sie einen Strafversetzten bekommen. Grund? Alkohol im Dienst. Vielleicht kleine Mauscheleien. Bestechlichkeit. Nur Andeutungen. Die müssen nicht alles wissen. Aber sie werden es weitererzählen, was Ihnen, mein Lieber, wiederum helfen wird, das Vertrauen der Leute zu erringen. Mit Alkohol und Korruption kennen die sich nämlich aus. Gibt ja sonst nichts da oben.

Verteilen Sie Strafzettel und lassen Sie sich von der frischen Luft die Gehirnwindungen durchpusten. Und wenn Sie sich nicht zu dämlich anstellen, ... oder besser, ich korrigiere mich: Wenn Sie sich richtig dämlich anstellen, dann kriegen Sie abends in der Kneipe vielleicht was mit. Solche Geschichten wie Ihre Pleite sprechen sich rum. Gerade in den Bergdörfern. Da ist jeder mit jedem irgendwie versippt und verschwägert. Und bei einem Deppen, der nicht gut auf seine Vorgesetzten zu sprechen ist, werden sie möglicherweise unvorsichtig. Vielleicht prahlt ja einer, dass er wen kennt, der dabei war. Aber ich warne Sie: Keine Alleingänge mehr!«

»Zu Befehl. Eine Frage habe ich trotzdem. Wäre es denn nicht noch besser, ich ginge als normaler Zivilist dorthin?«

»Nein, denn normale Zivilisten verirren sich nicht nach Savelli. Außer sie gehören zu einer der ortsansässigen Familien. Touristen schon gar nicht. Und erst recht nicht in diesen Pandemie-Zeiten. Sie würden Aufsehen erregen. Nein, glauben Sie mir, als strafversetzter Verkehrswächter sind Sie am glaubwürdigsten. Es wird Sie keiner wirklich ernst nehmen.«

Fast ein bisschen erleichtert verließ Sottotenente Antonio Lippi das Büro seines Chefs. Es gab schlimmere Strafen, als einen Undercover Auftrag an der frischen Luft. Wenngleich dieser nicht ungefährlich war, denn eines hatte er gelernt, seit er den Dienst in Kalabrien angetreten hatte: In den kleinen, unscheinbaren Nestern im Hochgebirge, fernab jeder urbanen Zivilisation, schlug das wahre Herz der 'Ndrangheta. Die Bewohner solcher Orte hielten zusammen wie Pech und Schwefel. Und die Unscheinbarsten waren nicht selten die mit dem meisten Dreck am Stecken. Der Commissario hatte recht. Leute, die neu dorthin kamen, wurden argwöhnisch unter die Lupe genommen. Er würde sich Mühe geben, einen besonders bekloppten Cop zu spielen. Einen ausgemachten Trottel. In seiner neuen Heimat sollten sie ruhig glauben, man habe ihn wegen notorischer Blödheit und krummen Touren zu ihnen abgeschoben. Das war die Chance, seinen Fehler wieder wett zu machen. Er würde sie nutzen.

Als Marina erwachte, war es draußen hell. Jedenfalls, soweit sich das bei geschlossenen Fensterläden im dämmrigen Zimmerchen durch die Ritzen erahnen ließ. Stellte sich die Frage, ob immer noch oder schon wieder? Ein Blick zur Uhr schaffte Klarheit. Kurz vor 19.00 Uhr. Fast hätte sie den ganzen Tag verschlafen. Aber sie fühlte sich besser. Also gut, bisschen frisch machen, saubere Wäsche an, Lippenstift und Lidstrich nachziehen, fertig.

Wenig später bummelte sie durch das bunte Gewühl der alten Stadt. Viele Geschäfte hatten zwar schon geschlossen, aber an den Buden in den Marktgassen herrschte nach wie vor fröhliches Treiben. Italien war als erstes Land in Europa von Covid betroffen und schwer geschlagen gewesen, es war aber auch das erste, dass sich nun entschlossen seine Freiheit zurückeroberte. Wären nicht die allgegenwärtigen Masken gewesen, das Leben hätte sich beinahe normal angefühlt.

Amüsiert blieb Marina an einem Stand stehen, an dem Küchenschürzen als Florenzsouvenir angeboten wurden. Gehalten in den Farben der italienischen Trikolore, prangte in der Mitte das Gemächt der berühmten David-Statue von Michelangelo. Und zwar nur das Gemächt! Wenn ein Mann diese Schürze trüge, musste das wirken, als würde er das Essen nackt zubereiten. Jedenfalls untenherum. Marina stellte sich Kevin so in der Küche vor und musste lachen. Vielleicht sollte sie ihm eine Schürze als Geschenk mitbringen. Wobei sie nicht mal genau wusste, ob ihr Tanzpartner überhaupt etwas fürs Kochen übrighatte.

An der nächsten Ecke traf sie ein scharfer Geruch von frisch gegerbtem Leder. Er rührte von einer Reihe verschiedener, offensichtlich arabischer Händler her, die Gürtel, Handtaschen, Mäntel, Hüte und anderes feilboten. Alles Handarbeit, jedes Stück individuell bearbeitet. Faszinierend. Leider größtenteils nicht ihre Preisklasse. Genausowenig wie die Auslagen der Juwelierläden, an denen sie kurz darauf vorbeikam. Aber letztlich war das egal. Marina genoss einfach das Flair einer Stadt, die durch Handel reich geworden war und es irgendwie schaffte, sich ihren alten Glanz selbst in schlechten Zeiten zu bewahren.

Eine Straße weiter entdeckte sie einen offenen Buchladen. Sie zögerte nicht, ihm einen Besuch abzustatten. Schade, dass ihr Italienisch nicht besonders gut war. Sich hier ein Buch zu kaufen, hätte ihr nicht viel genutzt. Womit sie sich aber eindeckte, waren ein Stadtführer in deutscher Sprache, ein Stadtplan und ein neues Wörterbuch

»Tedesco-Italiano/Italiano-Tedesco«. Nichts gegen den Google-Übersetzer und Bing-Maps, ein bisschen hoffte sie, allein klarzukommen, ohne sich ständig das Smartphone vors Gesicht halten zu müssen. Dafür war diese Stadt einfach zu faszinierend.

Beim übernächsten Schaufenster wäre die Kunsthistorikerin fast in die Scheibe gestürzt. Antike Skulpturen! Gut, bei näherer Betrachtung überwiegend Kopien, aber ziemlich gut gemachte. Und dazwischen offenbar einige tatsächlich wertvolle Stücke. Originale jüngerer Künstler. Auf der anderen Straßenseite entdeckte sie ähnliche Angebote. Weiter vorn ebenfalls. Wahnsinn, eine ganze Gasse voller Kunsthändler! Leider hatten die alle schon zu. Hierher müsste sie in den kommenden Tagen unbedingt noch einmal kommen. Tagsüber. Marinas Frust war wie weggeblasen.

Es stellte sich ein geradezu euphorisches Gefühl ein, denn als sie das Ende der Gasse erreichte, bot sich der jungen Frau ein atemberaubendes Panorama. Sie stand am Arno. Klar wusste sie, dass der durch diese Stadt floss. Kannte ja jeder aus einschlägigen Kreuzworträtseln: Fluss durch Oberitalien mit vier Buchstaben. Und ein bisschen hatte sie auch im Netz recherchiert. Aber was sich hier vor ihr in der Realität auftat ...

Die letzten Strahlen der Junisonne verschwanden hinter den Hügeln des gegenüberliegenden Ufers. Die alten Kirchtürme und Handelspaläste standen wie goldumkränzteScherenschnitte und warfen ihre dunklen Schatten über das träge dahinfließende Wasser. Vielleicht hundert Meter flussaufwärts spannte sich eine vollständig überbaute Brücke von einer Seite des Arno zur anderen. Das konnte nur der Ponte Vecchio sein, die berühmte Brücke der Goldschmiede, von der Marina in einem Artikel über Kunst und Architektur der Toskana gelesen hatte. Und wenn sie das war, dann musste das sandfarbene Band mit Fenstern, das sich oberhalb der kleinen bunten Häuschen über die gesamte Brücke zog, der Gang sein, den sich die Medici hatten bauen lassen, um von ihrem Palast drüben, dem Palazzo Pitti, in dem die Großherzöge wohnten, zum Regierungssitz auf dieser Seite, dem Palazzo Vecchio, und zu den Büros der Provinzverwaltung in den Uffizien stets trockenen Fußes zu gelangen. Vor allem ohne Kontakt zum Pöbel auf der Straße. Mit direktem Zugang zur Empore der Kirche Santa Felicita auf halbem Wege. Benannt nach seinem Architekten: Vasari-Korridor. Eine geschlossene, überdachte, private Fußgängerbrücke quer durch die Stadt. Voller Gemälde und Skulpturen, wie es hieß. Alles in allem deutlich über tausend Meter lang. Unglaublich!

Sie beschleunigte ihre Schritte. Diese Brücke wollte sie unbedingt vor Einbruch der Dunkelheit von Nahem sehn. Außerdem musste dort irgendwo der Eingang zum Museum der Uffizien sein. Einschließlich aktueller Informationen zu Tickets und Öffnungszeiten. Denn natürlich waren die Uffizien mit ihren weltberühmten Gemälden der Hauptgrund, weshalb ihr erster Stopp in Italien Florenz hieß. Eigentlich wäre es wohl besser gewesen, sich vorab Karten per Internet zu sichern, aber erstens änderten sich aktuell wegen der Lockerungen nach der ersten Pandemiewelle die Zugangsbedingungen fast täglich und zweitens war sie Hals über Kopf von Köln aufgebrochen. Irgendwie würde vor Ort sicher etwas gehen, hatte sie geglaubt.

Anderthalb Stunden später saß Marina völlig erschöpft und rundum glücklich in einer Trattoria. Genauer gesagt davor, an einem Tischchen am Rande einer stark frequentierten Straße. Das Restaurant bot ganze drei Gerichte. Zweimal etwas mit Spaghetti: Amatriciana oder Carbonara. Einmal Burger. Dazu gab es Bier oder Cola. Nicht sehr italienisch, wie sie fand, und schon gar nicht gemütlich, obwohl über der Tür großspurig »Gran Café« stand. Aber das »Gran Café« war billig. Viel billiger als die hübschen Kneipen in der Altstadt. Und Marina hatte Hunger und Durst. Die Blicke der Männer von den Nebentischen, vermutlich Arbeiter auf Montage, störten sie nicht. Sie entschied sich für Spaghetti Amatriciana und eine Flasche Bier der Marke Moretti. Die Kellnerin sprach übrigens ganz passabel deutsch. Trotzdem gab sich Marina Mühe, ihre Bestellung italienisch abzugeben. Sie hielt das für eine Frage des Respekts. Schließlich war es ja auch nicht so schwierig. Bier hieß »Birra« und bitte »per favore«. Der Rest ließ sich von der Karte ablesen.

Während sie auf ihr Essen wartete, dachte sie an das gerade Erlebte zurück. Auf dem Rückweg vom Ponte Vecchio und den Uffizien war sie durch eine schmale Gasse auf einen winzigen Platz mit einer altertümlichen kleinen Kirche geraten. Der Platz hieß Piazza del Limbo und die Kirche Santi Apostoli. Dass sie dort nicht einfach vorbei gehen konnte, hatte mehrere Gründe. Zum einen musste sie scharf bremsen, denn aus dem Frisörsalon gegenüber der Kirche schwappte mit Schwung ein Eimer Wischwasser auf den Platz. Die Signora, die, nachdem die letzte Kundin gegangen war, offenbar den Boden schrubbte, interessierte es nicht im Entferntesten, wen ihre Sintflut traf. Zum zweiten entdeckte Marina, während sie dem Wasser auswich, eine kleine Tafel, auf der zu lesen stand, dass der Grundstein zu besagtem Kirchlein von Karl dem Großen im Jahre 805 höchstpersönlich gelegt worden sei.

Marina hatte Glück. Die Kirchentür stand offen und sie durfte eintreten. Was sie sah, verschlug ihr die Sprache. In einer ausliegenden Broschüre fand sie zwar den Hinweis, dass die Sache mit Kaiser Karl möglicherweise eine Legende sei, aber die frühromanischen Bögen, die massiven Mauern und die typisch romanische Struktur von Kirchenschiff und Apsis, dem halbrunden Altarraum, bewiesen, dass das Gebäude nicht wesentlich jünger sein konnte. Diese klaren Konturen waren einfach wunderschön. Kein Kitsch, keine riesigen barocken Altäre, keine Schnörkel, sondern einfach nach antiken Vorbildern wohlproportionierte Säulen, auf denen die Mauern des Mittelschiffes und der offene Dachstuhl ruhten. Das alles strahlte eine Harmonie aus, dass sie nicht anders konnte. Sie schob sich in eine der Bänke, dankte Gott für dieses Erlebnis und nahm die Stille in sich auf. Der perfekte Abschluss eines fast perfekten Abends.

Jetzt fehlte nur noch ihre erste italienische Mahlzeit und die Welt wäre in Ordnung. Marina wurde nicht enttäuscht. Die Spaghetti Amatriciana waren eine Wucht. Die Serviererin stellte einen Riesenberg selbstgemachter Nudeln vor sie auf den Tisch. Ergänzt um angebratene frische Tomaten, Basilikum und knackig geröstete Schinkenscheiben. Alles sehr kräftig gewürzt und dazu eine ordentliche Portion Parmesan. Das versöhnte Marina mit der Welt. Jedenfalls für den Augenblick. Das Moretti-Bier verdunstete geradezu in ihrer Kehle, weswegen sie schnell eine zweite Flasche nachorderte. Was allerdings wohl etwas unbedacht gewesen war, wie sie bald merkte. Sie bekam einen Schwips. Verblüfft darüber, dass das so schnell ging, betrachtete sie erst jetzt die Flaschen genauer. Und diese Betrachtung erklärte alles. Anstatt wie daheim ein halber Liter, passten in diese 0,66 Liter. Besagtes »Birra« hatte zudem ein paar Prozente mehr, als ihr geliebtes Kölsch. Na prima, dachte die junge Frau, hoffentlich finde ich mit dem Drehwurm mein Quartier wieder. Was sich dann jedoch einfacher gestaltete, als befürchtet.

Kapitel 4 – Begegnungen

Am darauffolgenden Morgen führte sie ihr erster Weg direkt zur Kasse in den Uffizien. Obwohl Marina sich beeilt und nur einen kleinen Zwischenstopp für Kaffee eingelegt hatte, erwartete sie bereits eine Schlange. Und das lange vor Beginn des Ticketverkaufs. Du lieber Himmel! Als es endlich losging, rückte die Schlange trotzdem kaum nach, weil immer wieder Leute mit vorab gekauften Karten und Reisegruppen durch einen zweiten Eingang vorgelassen wurden. Marina ärgerte sich. Eigentlich war Spontaneität ihr zweiter Vorname; sie machte sich oft über Leute lustig, die alles perfekt planten und organisierten, aber heute hätte eine rechtzeitige Entscheidung jede Menge Zeit gespart.

Sie fragte einen der Security-Männer, die an den Türen den Einlass managten und auf genügend Corona-Abstand zwischen den Wartenden achteten, ob es denn hier immer so voll sei. Die Antwort lautete klipp und klar: Ja! Normalerweise, also bis zum letzten Jahr, sei es sogar noch viel voller gewesen. Durch die Pandemie fehlten der ganzen Stadt viele ausländische Touristen. Vor allem aus Übersee. USA, Japan, China. Museen, Hotels und Gastronomen litten gleichermaßen. Die Einnahmen fehlten. Dass die Schlangen hier trotzdem so lang seien, hinge mit den geltenden Schutzmaßnahmen zusammen. Die Uffizien dürften nach ihrer Wiedereröffnung nur knapp ein Zehntel der sonst üblichen Besucher gleichzeitig ins Haus lassen. Außerdem müsse darauf geachtet werden, dass es drinnen keinen Stau in einem der Säle gebe, sondern sich der Strom der Gäste möglichst gleichmäßig verteile. Er bitte einfach um Geduld. Im Übrigen, meinte der Mann, böte ihr das Dilemma durchaus Vorteile. Sie würde viel mehr Muße haben, die Kunstwerke zu genießen, da sie in manchem Raum nahezu allein sein werde. Ein schwacher Trost, fand Marina. Aber immerhin ein Trost.

Knappe zwei Stunden sowie mehrere Sicherheitschecks und Einlassschleusen später stand sie endlich im ersten der beiden berühmten Flure im Obergeschoss. Und schon dieser übertraf ihre kühnsten Träume. Natürlich hatte die Kunsthistorikerin von den »Grotesken« gehört, die hier sämtliche Decken mit einer unglaublichen Vielfalt phantasievoller Allegorien überzogen. Aber einzelne Abbildungen davon in Büchern oder auf Computerbildschirmen hatten mit dem realen Erleben dieses komplexen Gesamtkunstwerkes etwa so viel zu tun, wie das unscheinbare Samenkorn eines Gänseblümchens mit den Farben, Formen, Geräuschen und Gerüchen einer blühenden Sommerwiese. Mit offenem Mund, den Kopf im Nacken, stand Marina da, blickte zur Decke und drehte sich im Kreis. Wenigstens einen Bruchteil der über ihrem Kopf wimmelnden Faune, Einhörner, Bachanten und sonstigen mythologischen Fabelwesen versuchte sie, zu erfassen. Langsam, nur ganz langsam schritt sie weiter. Ihr war klar, dass es unmöglich sein würde, jedes Gleichnis und jedes satirische Augenzwinkern der Künstler deuten zu können. Zumal, wie sie in ihrem Reiseführer während der Wartezeit draußen gelesen hatte, häufig Wahlsprüche der Medici durch die Kombination von Tieren und Pflanzen mit antiken Legenden dargestellt seien. Vermutlich würde es Jahre dauern, jedes Detail überhaupt nur zu entdecken, geschweige denn seinen Sinn zu entschlüsseln. Es mussten hunderte, wenn nicht gar tausende einzelner Abbildungen sein, die sich dort oben zu endlosen Bildergeschichten aneinanderreihten. Jeder Flurabschnitt ein eigenes Comic-Heft. Das war so faszinierend, dass Marina die Porträts und Skulpturen rechts und links ihres Weges nur aus den Augenwinkeln wahrnahm. Ab und an riss sie sich los und las die Erklärungsschildchen an Wänden und Sockeln. Was schon deshalb notwendig wurde, um vom ständigen an die Decke starren keinen steifen Hals zu bekommen. Und natürlich waren auch die Darstellungen berühmter Frauen und Männer der Florentiner Geschichte nicht uninteressant, aber sie waren für die junge Frau eben längst nicht so ungewöhnlich und spannend wie diese Fresken.

Nachdem sie sich an den spektakulären Deckenmalereien sattgesehen hatte, der Kopf schmerzte und das Gehirn signalisierte ihr, die Bilderflut nicht mehr verarbeiten zu können, nahm Marina die Ausstellungssäle in Angriff. Sie zweigten auf der der Fensterfront gegenüberliegenden Seite vom Flur ab und repräsentierten, jeweils nach Malern und Epochen geordnet, nahezu die gesamte europäische Kunst- und Kulturgeschichte seit dem Mittelalter. Einschließlich von Werken vieler in Florenz lebender Künstler wie Michelangelo und Leonardo da Vinci.

Zumindest für Marinas Geschmack jedoch stellte unter diesen Sälen der mit der etwas prosaischen Bezeichnung »Zehn-Vierzehn« einen absoluten Höhepunkt dar. Hier hingen die berühmten Gemälde von Sandro Botticelli aus dem späten 15. Jahrhundert. Die Lust und die Lebensfreude, die von den Figuren des Renaissancemalers ausgingen, ließen ihr Herz höherschlagen. »Die Geburt der Venus«. »Der Frühling«. Marina glaubte, den Wind aus den Mündern von Zephir und Aura förmlich auf ihrer Haut zu spüren, wie sie das Muschelboot der Göttin ans Ufer Zyperns trieben. Und wie zärtlich die Augen von Flora, der römischen Frühlingsgöttin, die vor ihr Stehende musterten? Diese Begegnung hatte etwas Magisches, etwas zutiefst Persönliches. Marina wurde heiß und kalt.

Als sie Stunden später, es war inzwischen fast Abend und die toskanische Sonne brannte noch immer unbarmherzig, wieder auf der Straße stand, wusste sie, dass sie hierher irgendwann zurückkehren musste. Sie gratulierte sich zu der Entscheidung, ihre Reise in Florenz begonnen zu haben. Sie wusste jetzt, bis hierher alles richtig gemacht zu haben. Was danach kam, würde sich zeigen. Für den Moment allerdings brauchte sie dringend einen riesigen Eisbecher und mindestens einen doppelten Espresso.

Wenn das Kölsche Mädsche jetzt auf irgendetwas Lust gehabt hätte, dann vielleicht auf Tanzen. Party. Zum Beispiel in einer netten kleinen Bar. Aber derartige Genüsse gehörten mit Blick auf den Virus auch in Italien nach wie vor zu den verbotenen Früchten.

Mittwochmorgen. Auf Marinas Programm stand das Fachgebiet ihrer Masterarbeit, die großherzogliche Schatzkammer, das »Museo degli Argenti« im Palazzo Pitti. Schweren Herzens ignorierte sie die Auslagen der Juweliere auf dem Ponte Vecchio und beeilte sich, die andere Seite des Arno zu erreichen. Sie wollte den Garten Bobolo hinter dem Palazzo Pitti möglichst besichtigen, bevor es wieder heiß würde. Der Palast selbst und vor allem die Schatzkammer würden ideale Orte für die Mittagszeit sein. Die waren klimatisiert.

Ein guter Plan. Ihre Wanderung durch den weitläufigen Park endete im Café auf dem Palasthof bei Wasser und Espresso. Alles sehr entspannt. Diesmal musste sich Marina nirgends anstellen, obwohl sich auch vor den hiesigen Museen lange Schlangen bildeten. Sie hatte aus ihren Fehlern gelernt und gestern bei den Uffizien eine Kombi-Karte erworben. Die schloss den Palazzo mit allem Drum und Dran ein. Zurücklehnen und genießen!

Frisch gestärkt betrat Marina die Schatzkammer. Und ähnlich wie in den Uffizien blieb sie zunächst bei den Deckenfresken und Wandgemälden hängen. So etwas hatte sie zuvor nirgendwo gesehen. Hier waren es keine Grotesken, sondern nahezu perfekte räumliche Illusionen. Fast so, als hätten einem die Künstler eine 3D-Brille aufgesetzt. Fenster in die toskanische Landschaft, Türen, durch die Lakaien eilten, Emporen, von denen aus sich Hofdamen neugierig nach unten beugten, um die Eintretenden zu mustern. Alles nicht echt, alles nur Pinselstrich für Pinselstrich von Malern geschaffen. Die Räume wirkten dadurch größer, heller, fröhlicher. Ehrlich gesagt hatte sie sich eine Schatzkammer ganz anders vorgestellt. Wie? Ja, vielleicht dunkle Gewölbe und schwere Eichentüren oder so.

Die helle Fröhlichkeit der Räume passte auf geniale Weise zu den ausgestellten Kostbarkeiten. Behälter und Figuren aus transparentem Bergkristall, schimmernde Fabelwesen, kombiniert aus Perlmutt, Diamanten, Rubinen und Elfenbeinschnitzereien, Vasen aus Jaspis und Lapislazuli mit Henkeln und Schmuckfassungen aus fein ziseliertem Gold oder vergoldetem Messing, Schränke und Tischchen mit leuchtenden Intarsien aus verschiedenfarbigen Halbedelsteinen. Geschirr aus Silber und Gold, über und über geschmückt mit Blumenranken. Darunter einige antike Arbeiten.

Die meisten der Ausstellungsstücke entstammten allerdings tatsächlich exakt ihrem Spezialgebiet. Es waren Schöpfungen von Renaissance- und Barockkünstlern. Weswegen sie sich bei der Betrachtung mehr Zeit ließ, als die meisten anderen Besucher.

Bis auf einen Mann, der das Museo degli Argenti kurz vor Marina betreten hatte und den sie irgendwann einholte, weil er sich offenbar noch schwerer von einzelnen Objekten trennen konnte als sie selbst. Was die junge Kunsthistorikerin neugierig machte. Denn zum einen wirkte die Art, wie er die Exponate begutachtete, als handele es sich ebenfalls um einen Kenner. Zum anderen sah der Typ irgendwie interessant aus: Sportlich, elegant, nicht mehr ganz jung aber längst nicht alt. Und, soweit Marina das beurteilen konnte, schien er nicht der Ärmste zu sein. Kleidung, Armbanduhr und Ringe rochen nach Geld. Nach viel Geld. Womöglich ein Nachfahre der Medici, dem das alles hier gehörte? Marina musste kichern, als sie sich bei diesem Gedanken ertappte. Im nächsten Moment ärgerte sie sich über ihre Dummheit. Der Kerl hatte offenbar bemerkt, dass ihre Heiterkeit sicher nicht dem Medaillon vor ihrer Nase sondern eher ihm galt. Er sah zu ihr herüber. Peinlich. Sie wurde rot. Was tun? Vermutlich würde er gleich zu ihr kommen und sie anquatschen. Und was sollte sie dann erwidern? Oder er würde beleidigt abziehen. Was irgendwie auch schade wäre. Beides suboptimal. Im schlimmsten Fall hatte sie ihm mit ihrer Albernheit sogar den Besuch hier im Museum verdorben. Das wäre erst recht blöd.

Sie beschloss, die Situation offensiv zu entschärfen. Ihr würde schon ein guter Spruch einfallen, der nicht nach platter Anmache klang. Am besten erstmal ein bisschen reuig zeigen. Der Mann schien unschlüssig, wie er reagieren sollte. Das war Marinas Chance. Sie hob die Augen.

»Entschuldigen Sie bitte, tut mir leid. ... Ähm ... scusí, parlare italiano? Or do you speak english? So sorry for ...« Er lächelte charmant.

»Sie können ruhig deutsch mit mir reden, gnädige Frau.«

»Oh.« Erneut spürte sie die Röte in ihre Wangen schießen. »Tut mir wirklich leid. Ich wollte Ihren Besuch nicht stören. Ich fand es nur so seltsam, wie wir zwei hier fasziniert vor Dingen stehen und die Kunstfertigkeit früherer Generationen bewundern, während andere wahrscheinlich nur den materiellen Wert bestaunen und im Eilzugtempo durch die Räume rauschen. Wie gesagt, entschuldigen Sie bitte meine unangebrachte Heiterkeit!« Die Mundwinkel des Fremden wurden breiter und um seine Augen zeichneten sich Lachfältchen ab.

»Aber Sie müssen sich nicht entschuldigen, gnädige Frau. Schauen Sie sich um! Ich genieße wie Sie einfach ein bisschen die heitere Atmosphäre dieser Säle. Mittendrin traumhaft schöne Preziosen. Und natürlich zwei Leute, die sich daran erfreuen. Ich finde, wir haben beide allen Grund, ein wenig fröhlich zu sein. Die Welt da draußen«, er machte eine Kopfbewegung in Richtung

Stadt, »ist schlecht genug. Meinen Sie nicht?« Marina atmete auf. Ein angenehmer Mensch.

»Na dann, weiterhin viel Vergnügen und einen schönen Urlaub!« Sie wollte sich abwenden, aber so einfach ließ er sie nicht gehen.

»Vielen Dank! Allerdings mache ich keinen Urlaub. Ich wohne hier. Also nicht in Florenz, sondern ganz in der Nähe.«

»Echt? Sie Glückspilz.«

»Und wo kommen Sie her, wenn ich fragen darf? Von der Sprache her würde ich auf das Rheinland tippen, bin mir jedoch nicht sicher.«

»Köln.«

»Ah, Karnevalistin?«

»Seit Geburt, bekommen wir mit der Muttermilch eingetrichtert.« Jetzt mussten sie beide lachen. Da in diesem Augenblick weitere Besucher den Saal betraten, unterdrückten sie jedoch rasch ihre Heiterkeit. Er rückte näher an Marina heran und flüsterte:

»Dann wollen wir mal wieder etwas seriöser werden. Und entschuldigen Sie bitte diesmal meine Neugier. Ich bin nur immer gespannt, etwas mehr über Menschen zu erfahren, die mir sympathisch sind. Daher, und Sie müssen mir natürlich nicht antworten, wenn Sie nicht wollen, nur noch eine Frage, bevor wir uns trennen. So, wie Sie sich hier die Objekte betrachten, vermute ich, Sie sind irgendwie vom Fach. Womöglich Goldschmiedin? Schmuckdesignerin?«

»Sie müssen sich genauso wenig entschuldigen. Ich habe nichts zu verbergen. Deshalb zu Ihrer Frage: Ja und nein.«

»Ja und Nein?«

»Richtig. Ja, ich bin vom Fach, und nein, nichts von dem, was Sie vermuten. Ich habe Kunstgeschichte studiert. Gerade fertig geworden. Meine Masterarbeit habe ich ziemlich genau über solche Dinge geschrieben, wie sie hier in den Vitrinen stehn.«

»Ach!« Er wirkte ehrlich überrascht. Marina ließ ihn nicht zu Wort kommen. »Aber ich denke, falls Sie mehr interessiert, sollten wir uns draußen weiter unterhalten. Sie haben mich jetzt nämlich auch neugierig gemacht, womit ich es bei Ihnen zu tun habe. Darf ich Sie auf eine Tasse Kaffee einladen?« Er nickte.

»Gern. Dann bis gleich.«

Kapitel 5 – Starhemberg

Eine halbe Stunde später saß Marina wieder im Café, gegenüber ihr neuer Bekannter. Wobei er, noch bevor er sich zu ihr setzte, Marina eine Visitenkarte überreichte und sich förmlich vorstellte:

»Gestatten, Dr. Ludowig Franz Graf Starhemberg. Antiquitätenhändler und Sammler.«

»Angenehm. Marina Casanova, Kunsthistorikerin, pandemiebedingt arbeitssuchend. Leider. Aber sagen Sie, gehört Ihnen womöglich einer dieser phantastischen Antiquitätenläden drüben in der Altstadt?«

»Nein. Ich führe kein Ladengeschäft. Das läuft bei mir etwas anders. Wenn man einem alten österreichischen Adelsgeschlecht entstammt, dann werden einem, wie Ihnen in Köln der Karneval, schon mit der Muttermilch Kontakte zu Kunstliebhabern mitgereicht. Die meisten dieser Leute haben zwar wenig Ahnung und Geschmack, dafür umso mehr Geld.« Er lächelte und machte eine fast entschuldigende Handbewegung, wobei er die Augenbrauen verständnisheischend hob.

Marina hing an seinen Lippen. Alles, was er ihr soeben eröffnete, fand sie hochspannend. Wann begegnete jemand wie sie schon einem echten Grafen? Er deutete ihr Schweigen anders, weswegen er sich bemüßigt fühlte, sich näher zu erklären. »Bitte verstehen Sie mich nicht falsch. Ich würde die, verzeihen Sie das Wort, Dummheit meiner Kunden nicht ausnutzen. Im Gegenteil. Ich halte es für meine Pflicht, sie anständig zu beraten, damit sie ihr Geld nicht sinnlos verpulvern. Schlussendlich verhelfe ich damit wirklich guten Künstlern und Galeristen zu vernünftigen Einnahmen, von denen sie leben können. Ich hätte die Provisionen, die sich aus solchen Geschäften ergeben, nicht nötig. Es tut einfach gut, nicht einzig vom Erbe der Vorfahren zu leben, sondern sich etwas mit eigenen Händen aufzubauen.« Marina nickte. Sie wollte mehr über diesen Mann erfahren, ein wenig Zeit mit ihm verbringen. Nachher wäre sie lange genug wieder alleine. Sie musste die Gelegenheit nutzen. Weswegen sie nun sehr direkt nachhakte:

»Das klingt gut. Aber mal im Ernst, Herr ...«, sie blickte auf die Visitenkarte, »Graf Starhemberg, Sie haben mich vorhin sofort dem Rheinland zugeordnet. Wenn ich Sie so reden höre, käme mir nie in den Sinn, dass Sie Österreicher sein könnten. ... ?« Sie sah ihn mit großen Augen fragend an. Er musste lachen.

»Verdammt, ertappt! Ja, Sie haben vollkommen recht. Ich bin eigentlich kein Österreicher im klassischen Sinne. Meine Familie ist 1918 nach Italien ins Exil geflüchtet. Später hat sich mein Großvater auf Besitzungen in Hessen eine neue Existenz aufgebaut. Er hat sich dort mehr oder weniger erfolgreich als Weinbauer versucht. Hier in der Toskana besitzt meine Familie ebenfalls ein paar Güter. Das rührt aus der Zeit der Lothringischen Großherzöge her. Sie wissen wahrscheinlich um die familiären Verbindungen zwischen Lothringern und Habsburgern. Einer meiner Vorfahren diente Kaiserin Maria Theresia als Botschafter in Frankreich. Er soll häufig bei der Pompadour zu Gast gewesen sein. Für seine Verdienste erhielt er später etliche Ländereien in der Nähe von Florenz zum Geschenk. Ich bin also gewissermaßen halb nüchterner Deutscher, halb feuriger Italiener.« Der Graf machte eine kurze Pause, wobei er Marina zuzwinkerte. Dann lehnte er sich zurück. »Nun wissen Sie fast alles über mich. Jetzt entscheiden Sie, ob Sie mich als adligen Schmarotzer der Guillotine überantworten oder ob ich in Ihren Augen noch eine Chance verdient habe, gnädige Frau.«

»Wirke ich auf Sie so blutrünstig?«

»Keineswegs.« Gespannt sah er sie an. Marina schwieg. Sie war etwas eingeschüchtert. Ein Gefühl, mit dem sie ehrlich gesagt nicht gut umgehen konnte, weil sie es bisher nicht kannte. Die Geschichte des Grafen und seiner Familie hatte sie schlicht umgehauen. Er bemerkte ihre Nervosität und half mit einer Frage, den Gesprächsfaden wieder aufzunehmen:

»Ich glaube allerdings, gnädige Frau, wenn ich das vorhin richtig verstanden habe, dass es neben dem Interesse an Kunst bei uns beiden eine weitere Gemeinsamkeit gibt. Den familiären Bezug zu diesem schönen Land. Sagen Sie, Sie heißen tatsächlich Casanova?« Fast wäre Marina ein »Worauf Sie einen lassen können!« herausgerutscht. Zu oft war sie ihres Familiennamens wegen in der Schule aufgezogen worden. Sie biss sich zum Glück rechtzeitig auf die Zunge. Denn das hier war zweifellos eine ernstgemeinte Frage. Weswegen sie auch ernsthaft antwortete.

»Sie haben sich nicht verhört. Ich heiße tatsächlich Casanova. Vermutlich sind Vorfahren von mir irgendwann aus Italien eingewandert. Vielleicht stammen wir von dem legendären Kavalier oder einem seiner Brüder ab. Ich weiß es nicht. Mein Vater schwört zwar beim Leben seiner Urgroßmutter, die schon lange tot ist, dass es nur so sein kann. Weil er ein großartiger Liebhaber gewesen sei, in seiner Jugend. Aber meine Mutter winkt dann meist ab und meint, er soll nicht so angeben.« Beide lachten. Marina merkte, wie die Anspannung von ihr wich. Langsam beschlich sie das Gefühl, dass die Begegnung mit diesem wirklich erstaunlichen Mann möglicherweise irgendwie mehr zu bedeuten haben könnte. Ein Wink des Schicksals?

Weswegen sie sich nicht lang zierte, als er ihr vorschlug, ihm an einem der nächsten Tage einen Besuch in seinem Landhaus abzustatten. Bei ihrer Qualifikation könne er ihr möglicherweise ein kleines Geschäft anbieten. Mehr wolle er hier in der Öffentlichkeit nicht verraten. Natürlich käme das jetzt ziemlich überraschend. Für ihn auch. Weswegen er Verständnis für eine Absage hätte. Er würde sich jedoch freuen, falls sie sich seinen Vorschlag durch den Kopf gehen lassen wolle. Schließlich müsse er sich für die Einladung zum Kaffee revanchieren. Vielleicht mit einem guten Schlückchen aus seinem Weinkeller? Wie gesagt, Marina musste nicht lange nachdenken. Was hatte sie zu verlieren? Wer weiß, wofür das alles gut war. Sie sagte zu.

Die beiden neuen Freunde verabredeten sich für den übernächsten Tag. Freitagnachmittag. Wobei Marina darauf hinwies, dass sie im Zug angereist sei und kein eigenes Auto besäße. Ob es wohl eine Busverbindung ...? Der Graf protestierte aufs Schärfste. Er werde sie selbstverständlich abholen lassen. Von wo? In dem Punkt hatte die junge Frau klare Vorstellungen. Der Bursche mochte ein netter Kerl sein; wo sich ihr Quartier befand, musste er trotzdem nicht gleich wissen. Weswegen sie festlegte:

»Schicken Sie Ihren Wagen einfach hier zum Palast.

Ich werde ihn vorn vorm Eingang erwarten.«

»Vor dem Palazzo Pitti?« Er lachte. »Stilvoll, wie es sich für eine Prinzessin ziemt! An Selbstvertrauen mangelt es Ihnen jedenfalls nicht.«

»Sie haben es erfasst.« Womit die Sache entschieden war.

Was nichts daran änderte, dass Marina von Stund an Zweifel plagten. Sie grübelte den restlichen Tag und die halbe Nacht, ob sie nicht zu forsch vorgegangen sei. Hatte sie in dem fremden Grafen falsche Hoffnungen geweckt? Was, wenn er mehr von ihr wollte? Wobei das eigentlich egal wäre, wenn sie Lust auf ein Abenteuer hätte. Hatte sie Lust? Sie brauchte einfach nicht zum Treffpunkt kommen. Fertig. Aber die Sache mit dem Landhaus und dem Weinkeller klang zu verlockend. Was er ihr wohl für ein Angebot unterbreiten wollte? Ein Geschäft hätte er vorzuschlagen? Er, ein respektabler Herr aus altem Hause, ihr, der unbedeutenden kleinen Zufallsbekanntschaft? Sie hatte nämlich sofort gegoogelt. Eine Familie Starhemberg gab es wirklich. Mit Zweigen in der halben Welt. Selbst die Geschichte mit dem Botschafter von Maria Theresia in Frankreich stimmte. Also wie nun? Nein, Feigheit war nicht ihr Ding. Echte Harlequins fanden immer eine Lösung. Genau. Würde sie es nicht versuchen, sie würde es den Rest ihres Lebens bereuen. Gut. Blieb nur eine Frage: Was anziehen?

In Savelli, einem Dorf, 1000 Meter über dem Meeresspiegel auf einem Bergrücken gelegen und mit ungefähr ebenso vielen Einwohnern wie Höhenmetern beglückt, hockte an diesem Mittwochabend ein junger Mann am

Tisch einer modern eingerichteten Ferienwohnung. Sie befand sich im Obergeschoß eines ziemlich alten Hauses. Genau genommen in einem der ältesten Häuser des Ortes, wie ihm seine Wirtin bei der Schlüsselübergabe erzählt hatte. Es war aus massiven Natursteinen gemauert. Die Wohnung erreichte man nur über eine hölzerne Außentreppe. Sie besaß einen Balkon, von dem man einen großartigen Blick über die Dächer der Nachbarhäuser ins weite Tal und auf die gegenüberliegenden Berge hatte. Im Erdgeschoss befand sich eine Garage, die von der Besitzerin des Hauses als Lager genutzt wurde. Der Dame, einer resoluten alleinstehenden Mittvierzigerin mit einem Sohn und einer Tochter im Teenageralter, gehörte außerdem die einzige Kneipe im Ort. Sie hatte ihrem Gast angeboten, morgens dort zu frühstücken. Sie hätte frische Brötchen und Spiegelei im Angebot. Natürlich Kaffee nach Wunsch. Was er dankend annahm.

Gleich neben diesem »Ristorante« befand sich der sogenannte »Supermarkt«, ein ziemlich vollgestopfter Krämerladen. Ristorante und Supermarkt waren für Savelli so etwas wie die rechte und die linke Herzkammer. Hier pulsierte das Leben. Hier liefen sämtliche Fäden des Dorfes zusammen. Vor der Kneipe saßen rund um die Uhr alte Männer an kleinen Tischen und bedachten die Passanten mit neugierigen Blicken oder fröhlichen Zurufen; vor dem Laden standen ihre Frauen und tauschten lauthals letzte Neuigkeiten aus. Das alles geschah kaum hundert Meter von der Ferienwohnung entfernt. Weswegen es keine vierundzwanzig Stunden gedauert hatte und alle Dorfbewohner wussten, dass dort ab sofort ein strafversetzter junger Verkehrspolizist wohnte.

Ein paar weitere Stunden später hatte sich der junge Mann, es handelte sich um einen gewissen Agente Vittorio Pazzi, bereits bei einem Teil der Bürger unbeliebt gemacht. Er hatte Strafzettel verteilt. Was wiederum bei einigen anderen Bürgern zu Reaktionen von Genugtuung bis hin zu Schadenfreude führte. Endlich griffe hier mal jemand durch! Nun saß dieser Agente also im Wohnzimmer seiner Ferienwohnung am Tisch und schrieb mit Bleistift in einem Oktavheftchen. Auf dessen Titel stand allerdings ein anderer Name und Dienstgrad: Sottotenente Antonio Lippi. Und darunter vermerkt: Diensttagebuch. Eigentlich war es ziemlich leichtsinnig für einen Undercover-Agenten, seine wahre Identität nicht auch bei so einem speziellen Tagebuch zu verbergen, das wusste er. Aber irgendwie schien es dem jungen Mann falsch, selbst darauf Vittorio Pazzi zu schreiben. Das Heft sollte schließlich niemand außer er selbst jemals zu Gesicht bekommen. Der Inhalt würde über kurz oder lang ohnehin zu verfänglich werden, um es anderen zu zeigen. Außer vielleicht seinem Chef in Cosenza. Weswegen er es ständig gut versteckt bei sich tragen wollte, um jede Beobachtung sofort und ungefiltert fein säuberlich notieren zu können. Zu diesem Zweck hatte er sich extra einen ledernen Brustbeutel gekauft.

Im Moment verfasste er seinen zweiten Tagesbericht. Er notierte: Kontrollierte Fahrzeuge – 53, Beanstandungen – 11, Bußgelder mit Auflagen verhängt an 3 PKW, 2 Pickups, 4 Kleintransporter und 2 Traktoren, Bestechungsversuche von Beschuldigten – 10, davon angenommen – 0, besondere Vorkommnisse – 1, Details zum Vorkommnis – Bei dem beanstandeten KFZ handelt es sich um einen PKW der Marke Mercedes-Benz, Baujahr 1973. Inhaber ist ein Mann namens Alberto Brokkoli aus Pietrapaola, Jahrgang 1955, Beruf nach eigenen Angaben Pensionär. Während mir alle anderen beanstandeten Fahrzeugbesitzer Geld anboten, damit ich auf eine Anzeige verzichte, hielt mir B. einen großkalibrigen Revolver amerikanischer Bauart unter die Nase und drohte wörtlich, er würde mir »Arschgeige das Gehirn aus den Ohren pusten«, wenn ich mich »erdreiste«, seinen Wagen stillzulegen. Das ist aus meiner Sicht dringend nötig. Der Mercedes befindet sich in sehr schlechtem Zustand. B. schrie cholerisch herum und meinte, er habe das Fahrzeug zum achtzehnten Geburtstag von seiner Mutter geschenkt bekommen. Es besäße also einen persönlichen emotionalen Wert für ihn. So etwas ließe er sich nicht von einem dahergelaufenen »Scheißbullen« abnehmen. Außerdem sei der Wagen ein Oldtimer. Er hatte aber kein Oldtimer Kennzeichen und auch keine entsprechenden Papiere. B. hatte nicht mal einen Führerschein dabei, nur seinen Personalausweis. Ich wollte ihn gar nicht mehr einsteigen lassen und das Auto beschlagnahmen. Worauf er besagte Schusswaffe zog. Ich konnte sie dem alten Mann erfolgreich entwinden und werde sie morgen auf dem Revier in Crotone abliefern. Nach meiner Einschätzung besitzt B. nämlich vermutlich auch keinen Waffenschein. Er konnte mir jedenfalls vor Ort nichts nachweisen. Leider gelang es mir nicht, den Mann festzunehmen. Einem Faustschlag von ihm konnte ich ausweichen, von mir dürfte er ein blaues Auge zurückbehalten. Danach gelang es ihm, mit seinem PKW zu flüchten. Wobei er mir zurief, er würde dafür sorgen, dass man mich suspendiere. Er hätte gute Freunde bei der Polizei. Sehr lustig. Eine Verfolgung mit dem Moped wäre sinnlos gewesen. Alleine dürfte ich in Pietrapaola sowieso nicht tätig werden. Der Ort gehört zur Provinz Cosenza.

Ich werde morgen auf dem Revier in Crotone zusätzlich zum Bußgeldbescheid und dem Antrag auf Stilllegung des Wagens auf alle Fälle Anzeige wegen Beamtenbeleidigung, illegalem Waffenbesitz, tätlichem Angriff und Fahrerflucht erstatten. Wenn B. Vorstrafen hat, was ich annehme, dürfte das für eine rechtskräftige Verurteilung reichen. Vielleicht sogar für einen Haftbefehl. Telefonisch konnte ich heute allerdings in Crotone nichts mehr erreichen. Die Kollegen waren alle unterwegs. Der eine Tag Verzug wird aber nicht schaden. B. machte auf mich nicht den Eindruck, als würde Flucht- und Verdunklungsgefahr bestehen. Eher könnte ich mir vorstellen, dass wir bei seiner Festnahme mit Widerstand rechnen müssen. Der Revolver ist bestimmt nicht seine einzige Waffe. Ich werde die Kollegen warnen.

Kapitel 6 – Überraschungen

Passanten blieben stehen, zückten ihre Smartphones, fotografierten oder baten um gemeinsame Selfies. Die Dame ließ es gnädig nickend zu. Eine Menschentraube bildete sich, allen Corona-Auflagen zum Trotz. Einige tuschelten, das müsse die Loren sein. Andere meinten, wenn überhaupt, dann die Lollobrigida, was aber unmöglich sei, weil beide viel zu alt wären. Vielleicht eine Enkelin? Worauf erstere antworteten, man sehe doch an Madonna, wozu plastische Chirurgie heutzutage fähig sei. Wieder andere hielten den ganzen Auflauf für eine PR-Aktion der städtischen Museumsverwaltung. Oder für einen Überraschungsgag vom Fernsehn. Zu perfekt sei die Inszenierung. Wahrscheinlich käme gleich ein Kamerateam.

Ja, die Erscheinung vor dem Palazzo Pitti hatte etwas Surreales. Die Frau, die dort vor dem großen Eingangstor stand und wartete, wirkte tatsächlich, als wäre sie soeben einem jener berühmten italienischen Fünfzigerjahre-Kinokassenschlager entsprungen. Erschaffen in den Studios der legendären Cinecittà von Meister Fellini persönlich. Sie trug ein eng tailliertes, knielanges, schulterfreies Kleid. Der weiche, blau und rot geblümte Stoff umspielte glockenförmig die schlanken Beine. Ergänzt wurde das Ensemble von schmalen cremefarbenen Pumps mit Pfennigabsatz, einem dazu passenden Handtäschchen und einer großen Sonnenbrille. Auf ihrem dunklen Haar thronte ein riesiger, geflochtener Sonnenhut mit Schleife.

Kurz, Marina Casanova war nicht wiederzuerkennen. Weswegen der Chauffeur des Bentleys, der wenig später vorfuhr, sich zunächst etwas irritiert umsah, ehe er zu fragen wagte. Man hatte ihm gesagt, er möge nach einer jungen Frau in Shirt, Jeans und Turnschuhen Ausschau halten. Vielleicht hätte er sich bei einem Mädchen, auf das die Beschreibung passte, auf einen Smalltalk eingelassen. Angesichts der Diva, die zu ihm in den Wagen stieg, verkniff er sich jedoch jede weitere Bemerkung und beließ es bei einer ziemlich steifen Begrüßung. Sein Name sei Paolo. Er bitte sie im Namen von Graf Starhemberg, Platz zu nehmen. Natürlich war er dafür ausgestiegen und hielt ihr die Tür zum Fonds auf. Was Marina ein bisschen schade fand. Sie hätte gern vorn gesessen und sich mit diesem Chauffeur unterhalten. Vom Alter her schätzte sie ihn auf Mitte Dreißig. Er wirkte sportlich und durchtrainiert. Möglicherweise diente er dem Grafen zugleich als Bodyguard, vermutete Marina.

Als sie schließlich allein und schweigend auf der breiten Rückbank saß, kamen ihr erneut Zweifel, ob sie sich richtig entschieden hatte. Sie hatte den ganzen gestrigen Tag gegrübelt. Anstatt sich in eine weitere Schlange einzureihen, etwa an der Kathedrale oder am Turm des Giotto, war sie unruhig durch die Gassen gewandert. Natürlich hatte sie auch dabei viel gesehen. Die vergoldeten Bildwerke an den Türen des Baptisteriums zum Beispiel oder den Innenhof des Palazzo Vecchio. Die meiste Zeit allerdings hatte sie damit verbracht, durch diverse Geschäfte zu stöbern und ihr heutiges Outfit zusammenzustellen. Wofür sie einen Großteil ihres Urlaubsbudgets verplempert hatte.

Bei ihren Überlegungen war sie von einfachen Prämissen ausgegangen. Erstens: Von einem Kunstliebhaber, den sie persönlich angequatscht und zum Kaffee eingeladen hatte, sollte im Prinzip nichts zu befürchten sein. Wenn überhaupt, war er ihre Eroberung, nicht umgekehrt. Zweitens: Wenn der Mann tatsächlich das war, was er zu sein vorgab, dann hatte sie erst recht nichts zu verlieren, wohl aber alles zu gewinnen. Denn dann kannte er Hinz und Kunz und konnte ihr vielleicht zu einem Job verhelfen. Womöglich hier in der Toskana. Ein Sechser im Lotto! Okay, das wäre vielleicht zu viel des Guten. Marina war keine Träumerin. Aber ganz pragmatisch gesehen, selbst wenn er sie nur ein bisschen in seine Kreise einführte, konnte ihr das perspektivisch von Nutzen sein. Weswegen sie in der Konsequenz alles auf eine Karte gesetzt und sich gefragt hatte, womit sie einen Herrn seines Kalibers wohl würde beeindrucken können. Es musste besonders sein, musste Stil haben. Es durfte nicht kitschig wirken. Es sollte eine Hommage an die italienische Kultur werden. Er selbst hatte ja im Gespräch das Klischee vom feurigen Italiener aufgegriffen. Deswegen fielen alle normalen oder unterkühlt erscheinenden Kleidungsstücke aus. Außerdem hielt sie sich für jung genug, um sich ein paar Extravaganzen leisten zu können.

Am Ende war es ein Kunstgewerbeladen gewesen, der ihr den letzten Anstoß gegeben hatte. Dort drinnen verkauften sie wunderbar altmodische Notizblöcke, echte Schreibfedern und Tintenfässchen. Besonders spannend fand Marina buntbemalte, aus Sperrholz gesägte Miniaturbühnen, auf denen man an Drähten Colombine mit dem Dottore und anderen Figuren der Commedia dell'Arte tanzen lassen konnte. Im Hintergrund als Kulisse Florenz. Die Inhaberin erklärte ihr, dass sie diese

Bühnen in verschiedenen Größen und Ausführungen selbst herstelle. Individuelle Souvenirs zu erschwinglichen Preisen.

Marina war sofort verliebt in die kleinen Kunstwerke und erwarb eines davon. Es passte nicht nur ganz allgemein perfekt zu einem Kölschen Harlequin, sondern auch zu ihrer persönlichen Situation. Warum sollte sie es nicht wagen, wie Colombine mit einem feinen Herrn zu tanzen und ihn ein bisschen an der Nase herumzuführen? Die Welt war ein einziges großes Theater, sie durfte hier und jetzt eine Rolle spielen. Spaßmacherin oder tragische Figur? Das würde sich zeigen.

Und dann hing da gleich über den lustigen Bühnenmodellen ein Plakat an der Wand. Es war ein altes Filmplakat. Gina Lollobrigida in einer ihrer Paraderollen. Das war es! Genau so wollte sie dem Herrn Grafen gegenübertreten. Er sollte vor Staunen für eine Weile den Mund nicht mehr zu bekommen. Alles auf Angriff.

Sollte sie scheitern? Enttäuscht werden? Auf einen Blender hereinfallen? Pech gehabt. »Wat fott es, es fott«, hieß es in Köln. Hinterher war man schlauer. Immerhin blieben Marina dann ein paar schicke italienische Sachen, mit denen sie daheim angeben könnte. Also: Alles oder nichts!

Der Bentley bestätigte zumindest schon mal, dass ihr heutiger Gastgeber tatsächlich im Geld schwimmen musste. Aber das würde ihr nichts nutzen, wenn er am Ende ebenso pikiert auf ihre optische Provokation reagierte, wie der Mann am Steuer der Limousine. Schlimmer noch: Was, wenn er sie auslachte? Einen Moment überlegte sie, ob sie den Chauffeur bitten sollte, anzuhalten und sie rauszulassen. Der Blick aus dem Fenster hielt sie davon ab. Sie hatten die Stadt bereits verlassen und befanden sich auf einer Landstraße, die sich kurvenreich durch Felder und Olivenhaine wand. Überall Berge und Hügel, kaum Ortschaften. Hier fuhr bestimmt kein Bus, und zum Laufen hatte sie definitiv die falschen Schuhe an. Es half nichts. Sie musste die Suppe auslöffeln, die sie sich eingebrockt hatte. Bloß nicht in Panik geraten!

Nach einer guten halben Stunde bog der Bentley von der Hauptstraße ab. Ein kurzes Stück ging es auf einem staubigen Feldweg bergan. Sie durchquerten ein lichtes Pinienwäldchen. Als die Bäume zurückwichen und der Weg flacher wurde, kamen Häuser in Sicht. Ein paar Stallungen und Garagen, ein kleines Wohnhaus, vermutlich für das Personal, und, am Ende des Weges an einem Rondell gelegen, eine zweistöckige Villa. Das musste Starhembergs Landhaus sein. Es war kein übertrieben luxuriöses Anwesen. Terrakottafarben verputzt, passte es in diese Landschaft, als ob Landschaft und Haus schon immer zusammengehört hätten. Einige Zypressen spendeten Schatten. Hinter dem Gebäude schien sich ein größerer Garten anzuschließen.

Ihr Chauffeur stoppte direkt vor dem Eingang. Starhemberg hatte die Ankömmlinge schon bemerkt, trat aus dem Haus und öffnete ihr persönlich die Autotür. Jetzt war der Moment der Wahrheit gekommen. So elegant wie möglich schob sie sich aus dem Wagen und setzte sich ihren Strohhut wieder auf. Wobei sie ihren Gastgeber keine Sekunde aus den Augen ließ. Was sie dabei sah, beruhigte sie ungemein. Einem ersten erstaunten Blick folgte ein Gesichtsausdruck, den man nur als pure Bewunderung interpretieren konnte. Der Mann war offenbar hin und weg. Schön. Marina lächelte und reichte ihm die Hand. Er, immer noch sprachlos, ließ sich zu einem Handkuss hinreißen. Angedeutet, hingehaucht, ganz wie es der Etikette entsprach. Die junge Kunsthistorikerin war mit dem Beginn ihres Abenteuers vollständig zufrieden. Jetzt würde sich zeigen, worauf sie sich eingelassen hatte.

Der Graf führte sie ins Haus, durch eine geräumige Diele, über ein Atrium mit Springbrunnen und durch einen weiteren Raum, der so etwas wie ein Esszimmer sein mochte, auf eine breite Terrasse. Er bat sie, sich mit ihm in den weich gepolsterten Korbsesseln am Tisch niederzulassen. Es war ein schöner schattiger Platz unter einem großen Sonnenschirm. Die eigentliche Sensation dieser Terrasse bestand allerdings in dem Ausblick, der sich von hier bot. Offenbar befand sich das Landhaus direkt auf dem Gipfel des Berges. Von den bunten Blumenrabatten des Gartens, die Marina schon bei der Anfahrt bemerkt hatte, ging der Blick über Täler und Hügel weit hinein in die sonnendurchflutete Landschaft der Toskana. Aus der Ferne leuchteten hier und da von anderen Höhenzügen Städte, Dörfer und Burgen herüber. Der sanfte Wind, der ums Haus strich, machte die Hitze erträglich, ja geradezu angenehm. Jetzt war es an Marina, sprachlos zu sein.

»Gefällt es Ihnen?« Starhembergs Stimme riss sie aus ihrer Verzückung.

»Ja, sehr«, hauchte sie. Er lächelte.

»Sie müssen gewusst haben, was Sie bei mir erwartet. Ihr Kleid und der Hut scheinen wie für meinen Garten gemacht. Sie haben Geschmack. Kompliment.«

»Danke.« Marina errötete. »Ich denke, es war wohl eher ein Bauchgefühl.«

»Wenn Ihr Bauchgefühl immer so präzise arbeitet, dann braucht es Ihnen um Ihre Zukunft nicht bange zu sein. Im Kunstgeschäft ist ein gutes Bauchgefühl manchmal wichtiger als reine Sachkenntnis. Gerade bei zeitgenössischer Kunst. Wie Sie wissen, lässt sich über Geschmack trefflich streiten. Worauf es letztlich ankommt, ist die Frage: Was erwartet mein Kunde? Und ich glaube, da macht es kaum einen Unterschied, ob man es mit einem Museum oder einem privaten Sammler zu tun hat.« Eine junge Frau in dunkler Kleidung mit weißer Schürze, sie mochte Anfang zwanzig sein, trat an ihren Tisch. Sie machte einen Knicks. Starhemberg sah kurz auf und fragte dann: »Was wünschen Sie zu trinken, Frau Casanova? Wieder Espresso mit Wasser?«

»Ja, gern.«

»Wir hätten dazu auch Kuchen, wenn Sie mögen«, ergänzte das Hausmädchen, »Apfelkuchen oder Tiramisu.« Der Graf nickte.

»Kann ich beides empfehlen. Catalina ist eine großartige Bäckerin. Seit sie im Haus ist, habe ich schon zwei Kilo zugenommen.« Die Kleine strahlte. Marina konnte sich nicht entscheiden und meinte darum nach kurzem Nachdenken:

»Wenn das so ist, dann würde ich gern beides probieren. Aber bitte nicht so große Stücke. Sonst wird es mir zu viel.«

»Schließe mich an. Auch mit dem Espresso.« ergänzte Starhemberg. Catalina knickste erneut und verschwand.

»Wie viel Personal haben Sie denn, Graf Starhemberg?

So ein Anwesen macht bestimmt Arbeit.« Er lachte.

»Nicht so viel, wie Sie vielleicht meinen. Wie Sie sicher bemerkt haben, sind die Zimmer recht übersichtlich und praktisch eingeräumt. Und es ist ja nur eine kleine Villa. Ich beschäftige tatsächlich nur die beiden Herrschaften, die Sie bisher kennengelernt haben. Catalina ist für alles im Haus zuständig, Paolo für alles draußen. Er ist mein Gärtner.«

»Ach? Ich hätte bei den Muskeln im Zweitberuf auf Security getippt.«

»Womit Sie nicht ganz falsch liegen. Soweit ich weiß, hat er, bevor er hier anfing, mal als Türsteher in einem Club gearbeitet. Aber Rabatten pflegen und Beete umgraben ist auch ein gutes Bodybuilding-Programm. Ich weiß, wovon ich rede. Der Garten ist mein Hobby und ich helfe, wann immer ich kann.«

Catalina kehrte mit einem großen Tablett zurück und verteilte Gläser, Tassen und Teller. Allmählich gewann Marina ihre Selbstsicherheit zurück. Sie bedankte sich für die Leckereien und ließ es sich schmecken. Am liebsten hätte sie als nächstes sofort erfahren, welcher Art das Angebot wäre, von dem er im Palazzo Pitti gesprochen hatte. Allerdings wollte sie sich nicht aufdrängen. Irgendwann würde er schon mit der Sprache herausrücken.

Starhemberg hatte es mit seiner Offerte jedoch nicht eilig. Nach dem Kaffee schwatzte er von diesem und jenem, fragte sie über ihr Studium aus und lästerte über verschiedene Angehörige seiner Familie. Dazu ließ er Catalina einige Flaschen Rotwein, mehrere Gläser und frisches Wasser bringen. Marina sollte eine Verkostung vornehmen und sich dann entscheiden, bei welcher Marke sie für den Rest des Tages zu bleiben gedenke. Am liebsten hätte sie um diese frühe Stunde ganz abgelehnt, wollte andererseits aber nicht unhöflich sein. Weswegen sie wirklich nur ganz vorsichtig einige winzige Schlucke probierte.

Schließlich, die Zeiger der Uhr rückten auf 17.00 Uhr zu und Starhemberg hatte im Gegensatz zu Marina dem Wein schon recht ordentlich zugesprochen, kam er endlich zu seinem Anliegen. Wobei er zunächst eine lange Pause machte und den Blick von seinem Gast abwandte. Es schien, als suche er in der Ferne etwas, an dem er sich festhalten könnte. Was die Neugier der Kunsthistorikerin noch mehr befeuerte, denn bei irgendeinem lapidaren Spaß hätte der Graf sicher schneller zum Punkt gefunden. Dass sie sich Sorgen möglicher Anzüglichkeiten wegen hätte machen müssen, dafür hatte er ihr bislang nicht den geringsten Anlass gegeben. Von Kopf bis Fuß ein Gentleman. So kam es, dass beide schwiegen. Marinas Anspannung wuchs ins Unermessliche. Endlich drehte er sich wieder um und sah ihr tief in die Augen. Er begann mit einer Frage.

»Es ist also so, dass Sie sich mit barockem Schmuck auskennen, richtig?« Sie nickte. »Wäre es Ihnen möglich, mir gegebenenfalls eine Kopie Ihrer Masterarbeit zukommen zu lassen, damit meine Partner und ich uns selbst ein Bild über Ihren Kenntnisstand machen könnten?« Nicken. »Gut. Trauen Sie sich zu, eine historische Preziose von einer modernen Fälschung unterscheiden zu können, selbst wenn diese sehr perfekt ausgeführt sein sollte?«

»Ich denke schon. Meist gelingt der künstliche Alterungsprozess nicht hundertprozentig. Es kommt aufs Material an.«

»Ich spreche von Diamanten.«

»Wie meinen Sie das? Eine reine Kopie?« Er zögerte. Dann schluckte er und begann.

»Ich glaube, ich muss etwas weiter ausholen. Wobei ich Ihnen, liebe Marina, ... darf ich Sie so nennen?«

»Gern.«

»Gut, nennen Sie mich Ludowig. ... Passen Sie auf. Ich setze in diesem Moment ein riesiges Vertrauen in Sie. Nichts, aber auch gar nichts von dem, was wir jetzt besprechen, ist für dritte Ohren bestimmt. Absolute Diskretion! Wollen Sie mir das versprechen, Marina?« Sie nickte. »Vorzüglich. Dann hören Sie mir gut zu. Es wird in Kürze eine Art Versteigerung geben. Ich weiß noch nicht wann, ich weiß noch nicht wo. Nur so viel: Der Verkäufer kommt aus Deutschland und will anonym bleiben. Angeblich verarmter Adel mit viel Waldbesitz. Von dem aber ist durch Trockenheit und Borkenkäfer nicht mehr viel übrig. Natürlich soll möglichst niemand mitbekommen, dass es mittlerweile so schlimm steht, dass er sein Familiensilber verscherbeln muss. Am allerwenigsten der Fiskus, der sonst die Hand aufhalten würde.

Der gesamte Verkauf soll daher unter Ausschluss der Öffentlichkeit abgewickelt werden, denn auch die potenziellen Käufer wollen nicht, dass irgendjemand erfährt, dass sie die neuen Besitzer der betreffenden Stücke sind. Weswegen es kein offizielles Bieterverfahren geben und auch keines der großen Auktionshäuser beteiligt sein wird.« Marina hielt den Atem an. Sie hatte von derartigen illegalen Geschäftspraktiken gehört. Die Grenzen zu kriminellen Milieus verliefen fließend.

Genau an der Stelle setzte der Graf mit seiner Erklärung fort. »Nun können Sie sich denken, dass solche Geschäfte Betrügern Tür und Tor öffnen. Da es sich um sehr wertvolle Stücke handeln soll, die Rede ist von mehreren Millionen Dollar, ist es natürlich denkbar, dass sich entweder unterwegs ein Zwischenhändler bereichern will oder sogar eine vom Verkäufer selbst hergestellte Kopie im Umlauf ist, um die Unterwelt, die auf so einen Coup natürlich nur wartet, gegebenenfalls zu täuschen. Der voraussichtliche Erlös des Verkaufes dürfte den Aufwand mehr als rechtfertigen.« Starhemberg holte Luft. »Jetzt kommen Sie ins Spiel. Wer immer die Kopie anfertigen lässt, wird gewiss keine echten Steine verwenden. Andererseits reden wir wahrscheinlich auch nicht von Swarovski-Diamanten, denn die würden wohl selbst halbwegs fachkundige Laien identifizieren können.«

Marina saß wie betäubt. Hielt der Mann sie für naiv oder glaubte er tatsächlich, dass sie sich auf solche krummen Touren einließ? Um ihre Sorge nicht zu offenkundig werden zu lassen, versuchte sie ihre Nervosität mit einer sachlichen Frage zu übertünchen.

»Dann können Sie nur von YAGs reden. Habe ich recht?«

»Richtig. Wie ich sehe, kennen Sie sich aus. Ja, ich rede von Yttrium-Aluminium-Granat Steinen, künstlich hergestellten kristallinen Verbindungen. Ich habe solche Steine bisher erst ein einziges Mal selbst gesehen und ich gestehe, hätte man mir es nicht erklärt, ich wäre auf den Fake hereingefallen.« Marina zog die Brauen hoch und pfiff leise durch die Zähne.

»Ja«, meinte sie, »wenn man die Dinger mit bloßem Auge betrachtet, wird es ganz schwer, einen Unterschied zu bemerken. Es wäre unbedingt notwendig, präzise Instrumente zur Verfügung zu haben. Mikroskop, Waage und so weiter. Und es sollte möglich sein, die betreffenden Steine separat zu untersuchen.«

»Das dürfte schwierig werden.«

»Wenigstens gründlich unter die Lupe nehmen wäre aber unabdingbar. Natursteine haben meist winzige Einschlüsse. Künstlich hergestellte Kristalle sind lupenrein.«

»Und was ist mit den Fassungen?« fragte der Graf.

»Gold?«

»Gold und Silber, historische Goldschmiedearbeiten.«

»Wie gesagt, theoretisch ist es nahezu unmöglich, eine zu einhundert Prozent perfekte Kopie zu machen, denn auch die Originale können Fehler enthalten. Sei es bereits vom Hersteller, sei es durch spätere Beschädigungen. Gold und Silber sind weiche Metalle. Um das mit letzter Sicherheit bestimmen zu können, müsste man die Originale kennen. Und zwar mit all ihren unscheinbaren Details. Besser wäre allerdings eine chemische Probe, um die Herkunft des Materials zu bestimmen.«

»Hm«, Starhemberg überlegte, »das klingt nicht gut. ... Wie hoch schätzen Sie die Wahrscheinlichkeit, wenn ich Ihnen Fotos und Beschreibungen der Originale beschaffe und Ihnen die Möglichkeit eingeräumt wird, zumindest einen kurzen Blick mit Ihren Instrumenten auf die Objekte zu werfen, eine Expertise abgeben zu können?«

Marina schwieg. So eine Frage gehörte nicht gerade zum Unterrichtsstoff an der Uni. Sie wusste, dass sich schon Experten mit langer Berufserfahrung geirrt hatten.

Sie war kein Goldschmied, kein Diamantenhändler. Aber immerhin war sie solchen Leuten im Zuge ihrer Masterarbeit sehr nahegekommen, hatte in deren Werkstätten einschlägige Erfahrungen mit historischen Arbeiten sammeln können. Dabei hatte sie zumindest ein paar Tricks aufgeschnappt. Sie sah die erwartungsvollen Augen ihres Gastgebers. Sie musste eine Schätzung riskieren.

»Ich denke, eine Sicherheit von sagen wir um die 75 Prozent könnte ich garantieren.« Der Graf atmete auf.

»Das sollte in der Tat genügen.«

»Vielleicht auch mehr. Jedenfalls unter den von Ihnen genannten Bedingungen. Viel hängt wirklich davon ab, wie genau Sie mich vorher mit Informationen über die Originale versorgen können. Schliff, Herkunft und so weiter.«

»Machbar. Die nötige Zeit und Gelegenheit müssen der Gegenseite vom Verkäufer bei einem solchen Geschäft immer eingeräumt werden. Der Rest ist persönliches Risiko.«

»Das heißt?«

»Das heißt, ich werde von der hochgestellten Persönlichkeit, die am Kauf interessiert ist, in Kürze mit allen nötigen Details gebrieft. Unsere Aufgabe wird es dann sein, Ort und Zeit der Geschäftsabwicklung ausfindig zu machen. Dabei wird uns eine Galeristin behilflich sein, die über einschlägige Kontakte verfügt.«

»Moment!« unterbrach ihn Marina. »Sie reden von ›wir‹, Ludowig. Ich habe noch nicht ja gesagt. Das, was Sie mir hier vorschlagen, klingt spannend, ganz klar. Aber verstößt so ein Geschäft nicht gegen etliche Gesetze?«

»Wie meinen?« Erstaunt blickte sie der Graf an. Hatte er einen Fehler begangen? So offen und klug, wie die Frau ihm begegnet war, hatte er es für besser gehalten, Klartext zu reden. Und nun das. Leute mit Skrupeln konnten einem jedes Geschäft verderben. Aber welcher normale Mensch hatte denn Skrupel, wenn es darum ging, ein paar Steuern zu sparen? Vor allem in Italien. Aber klar, sie war eine Deutsche, frisch von der Uni. Vollgepumpt mit moralischen Grundsätzen. Das hatte er in seiner Begeisterung unterschätzt. Starhemberg grübelte, wie er sich so schadlos als möglich aus der Affaire ziehen könnte.

Marina deutete sein Zögern anders. Sie verzog das Gesicht. Wollte der Kerl sie testen, oder war er wirklich so blöd? Sie hielt eine Erklärung für angebracht.

»Es ist doch ganz einfach. Wenn die Finanzbehörden nichts davon erfahren sollen, dann handelt es sich ganz klar um Steuerhinterziehung.«

»Kann sein. Und?«

»Wie, kann sein, und?«

»Mal im Ernst, haben Sie in Ihrem Leben immer alles Geld, das Sie zum Beispiel für Gefälligkeiten erhielten, beim Finanzamt abgerechnet?« Marina fühlte sich ertappt. Natürlich hatte sie es nicht gemeldet, als sie eine Zeitlang einer alten Dame aus ihrem Haus half, Einkäufe zu erledigen und die Wohnung sauber zu halten. Aber ließ sich so ein in die Hand gedrückter Zehner mit teuren Schmuckverkäufen vergleichen? Starhemberg ließ ihr keine Zeit, den Gedanken weiterzuspinnen. Er legte nach: »Glauben Sie mir, in der Welt der Hochfinanz ist das ein faires Geben und Nehmen. Mal gewinnt eine Seite, mal die andere. Außerdem wissen Sie von dem, was ich Ihnen als Vertrauensbeweis mündlich berichtet habe, offiziell ja gar nichts. Ich könnte es jederzeit abstreiten und ehrlich gesagt, es geht Sie nichts an. Mich auch nicht. Wir sind beide in den Verkauf in keiner Weise involviert. Ich soll als Vermittler tätig werden, Sie bitte ich, mir zu helfen, damit unsere Auftraggeberin nicht Opfer von Betrügern wird. Was ist daran bitte falsch oder ungesetzlich? Ob Sie Ihr Honorar hinterher versteuern oder ob Sie das Geld komplett in die eigene Tasche packen, müssen Sie mit Ihrem Gewissen ausmachen. Das ist Ihre Sache. Wenn es Sie glücklich macht, stellen Sie mir eine Rechnung mit allem Pipapo. Ich vertrete Kaufinteressenten. Mehr nicht. Die Interna, die ich Ihnen vorhin offensichtlich zu leichtsinnig darlegte, sind im Übrigen reine Vermutungen. Spekulationen. Ob sie der Wahrheit entsprechen? Wir haben nichts damit zu tun. Ich dachte, in Ihnen eine Partnerin gefunden zu haben, mit der ich offen reden kann. Sollte ich mich getäuscht haben?«

Marina schluckte. Bei Lichte besehen hatte der Graf recht. Was wusste sie denn? Nur das, was er ihr anvertraut hatte. Peinlich. Zwar klang die Sache insgesamt ziemlich illegal, aber zumindest ihr Anteil an dem Job wäre ehrlich verdientes Geld. Der Rest hatte sie nicht zu interessieren. Vielleicht war sie einfach zu ängstlich. Dumm, unerfahren und ängstlich. Es wäre besser gewesen, den Mund zu halten. Innerlich schalt sie sich eine alte Plaudertasche. Nach außen lief sie im Gesicht wiedermal tiefrot an. Mist. Es half nichts. Wenn sie den Strohhalm, den sie in der Hand hielt, nicht gleich wieder verlieren wollte, musste sie Abbitte leisten. Also riss sie sich zusammen, blickte Starhemberg entschlossen an und meinte:

»Sie haben recht. Entschuldigen Sie bitte meine Naivität. Das sind halt Dinge, die lernt man nicht in der Schule. Und natürlich schulde ich Ihnen für Ihre Offenheit Dank. Trotzdem bleiben ein paar Fragen. Wenn Sie die Güte hätten, mir zu erklären, was Sie von mir in nächster Zeit erwarten?«

Kapitel 7 – Entscheidungen

Das Lächeln kehrte in Starhembergs bis eben sehr angespannten Gesichtszüge zurück. Insgeheim gratulierte er sich, dem Mädchen begegnet zu sein. Was war es doch für eine brillante Idee gewesen, sich in der Schatzkammer der Großherzöge in Ruhe Anregungen zu holen. Manchmal musste man einfach Glück haben, frohlockte er. Und wie erfreulich, dass sie ihn selbst daran erinnerte, ein bisschen vorsichtiger zu sein. Manchmal gingen die Pferde mit ihm durch. Vor allem nach einem guten Tropfen aus dem Weinkeller.

Also schön, mein lieber Graf, sagte er sich. Wir sind auf halbem Wege. Jetzt muss ein Köder an den Haken, dann die Angel auswerfen und schauen, ob das hübsche Fischlein anbeißt. Das Budget, dass man ihm in Aussicht gestellt hatte, ließ zum Glück genügend Spielraum, ihr etwas zu bieten und dabei selbst einen guten Schnitt zu machen. Wichtiger noch war ihm, dass er dank der jungen Frau weitgehend unterm Radar bleiben konnte, während sie womöglich im Dreck wühlte und Staub aufwirbelte. Er bemühte sich, ernst zu werden. Sein Angebot musste sie überzeugen.

»Sie haben vollkommen recht, liebe Marina. Bitte verzeihen Sie mir. Ich schieße manchmal übers Ziel hinaus, wenn ich mich freue. Und über Sie und Ihre Fähigkeiten freue ich mich wirklich, das können Sie mir glauben. Ich halte unsere Begegnung für eine Fügung. ... Entschuldigen Sie bitte, ich schweife schon wieder ab. Eine wichtige Frage, besitzen Sie einen Führerschein und Fahrpraxis?«

»Führerschein ja, Fahrpraxis mangels eigenen Autos

weniger. In Köln nutze ich aber manchmal Car-Sharing.«

»Das genügt vollauf. Wer in Köln fahren kann, kommt auch in Italien klar. Das heißt, ich kann Sie selbständig arbeiten lassen.«

»Aber was und wie?« Allmählich wurde Marina das Herumgeeiere des Grafen zu bunt. »Kommen Sie endlich zur Sache, bitte. Was erwarten Sie konkret von mir? Hellsehen kann ich nämlich wirklich nicht.«

Der Graf schloss die Augen und faltete die Hände, als wolle er beten. Dann griff er fast pathetisch nach Marinas Fingern, umschloss sie fest und beugte sich zu ihr über den Tisch. Er senkte seine Stimme.

»Wollen Sie sich bitte für mich als Kunstsachverständige gegen Honorar auf die Suche nach den besagten Schmuckstücken machen und diese, sobald wir sie gefunden haben, für meine Auftraggeber prüfen? Natürlich erst, nachdem wir genauer wissen, wonach wir suchen, versteht sich. Vermutlich wird es Anfang kommender Woche soweit sein, dass ich Informationen erhalte. Und selbstverständlich müssen Sie nichts aus eigener Tasche bezahlen. Zum Start bekommen Sie 5.000,00 Euro Spesen, damit Sie sich alle Utensilien besorgen können, die Sie für eine gründliche Prüfung brauchen. Ich werde Sie mit der erwähnten Galeristin bekannt machen. Die Dame kann Ihnen bei der Zusammenstellung behilflich sein.

Nehmen Sie sich unterwegs anständige Hotels. Kaufen Sie sich ein kleines Schwarzes oder einen spießigen Hosenanzug. Nicht, dass ich Ihren heutigen Auftritt nicht bezaubernd fände, aber wer in dieser Branche arbeitet, muss mit Seriosität beeindrucken. Ich stelle Ihnen einen Wagen zur Verfügung. Drüben in der Garage stehen genug herum. Suchen Sie sich das Auto aus, von dem Sie glauben, dass es am besten zu Ihnen passt.

Wenn meine Partner grünes Licht geben, darf ich Ihnen ein Honorar in Höhe von 15.000,00 Euro zahlen. Brutto, versteht sich. Fünf erhalten Sie vorab als Vorschuss zusammen mit den Spesen, damit Sie unabhängig agieren können. Die restlichen zehn, wenn das Geschäft mit Ihrer Hilfe erfolgreich über die Bühne gegangen ist. Das wird, wenn alles gut geht, in etwa vier Wochen der Fall sein. Sollte es Komplikationen geben oder das Geld nicht reichen, bin ich jederzeit für Sie da. Mit dem eigentlichen Ankauf haben Sie selbstverständlich nichts zu tun, darum kümmere ich mich. Sie sollen mir nur helfen, alles vorzubereiten und dafür zu sorgen, dass wir nicht übers Ohr gehauen werden.« Dr. Ludowig Franz Graf Starhemberg ließ ihre Hände los und lehnte sich zurück. Aufmerksam beobachtete er, welche Wirkung seine Worte auf die junge Frau hatten. Dann fügte er leise hinzu: »Sagen Sie bitte ja!«

Marina war blass geworden. Sie hatte mit einigem gerechnet, damit nicht. Zwanzigtausend Euro und ein Auto. Und das für einen Job, der in ein paar Wochen erledigt sein würde. Als Monatsgehalt gewissermaßen. Natürlich wusste Sie, dass in diesen Kreisen Provisionen in enormen Größenordnungen üblich waren. Wenn Graf Starhemberg einen Millionendeal erwartete, würden für ihn vermutlich ein paar hunderttausend drin sein. Das hieß, wenn das alles der Wahrheit entsprach, dann würde er die Summe, die er ihr zugedacht hatte, aus der Portokasse bestreiten können. Wenn es der Wahrheit entsprach. Wenn.

Denn dass man ihr, einer Berufsanfängerin, eine derartige Verantwortung zutraute, das klang wie ein Traum. Völlig unglaubwürdig. Und ehrlich gesagt, zwanzigtausend Euro waren eine Summe, die sie sich nicht einmal richtig vorstellen konnte. Ungefähr in diese Richtung hatte sie sich günstigstenfalls das Salär für Ihr gesamtes erstes Jahr als Assistentin im MAKK erhofft.

Sie wusste, dass sie es konnte. Und hatte sie nicht vor ein paar Stunden gesagt: Alles auf eine Karte? Wenn der Mann in ihr genau die Expertin sah, die er brauchte, sollte sie das nicht einfach stolz machen? Aber so viel Verantwortung! Und dazu in einem fremden Land. Was, wenn sie scheiterte? Oder schlimmer, wenn der Deal wirklich auf Steuerhinterziehung im großen Stil hinauslief? Mitgegangen, mitgefangen, mitgehangen. Andererseits klangen Ludowigs Argumente logisch.

Marina bat ihren Gastgeber, Wein nachzuschenken. Ohne Wasser. Sie leerte das Glas in einem Zug.

»Nochmal, bitte!« Der Graf erfüllte ihr den Wunsch. »Wie bald muss ich mich entscheiden?«

»Wenn Sie sich sofort entscheiden, können Sie mit dem eigenen Auto zurückfahren.«

»Mit Alkohol im Blut durch diese enge Altstadt? Ich wüsste nicht mal, wo ich den Wagen parken soll.« Starhemberg lachte.

»Wohl wahr, wie dumm von mir. Passen Sie auf. Wir haben heute Freitag. Nutzen Sie das Wochenende zum Nachdenken und rufen Sie mich Montag an. Wenn Sie einverstanden sind, holt Sie Paolo wieder ab. Wenn nicht, vergessen Sie bitte einfach alles, was Sie in der letzten Stunde hier von mir erfahren haben, und werfen Sie meine Karte weg. Dann hat dieses Treffen nie stattgefunden.

Jeder von uns lebt wieder sein Leben wie zuvor. Einverstanden?« Marina schluckte. Dann nickte sie.

»Okay. ... Bekomme ich bitte noch ein Glas?«

»Aber gern. Freut mich, dass er Ihnen schmeckt.«

Apulien. Die schwüle Hitze des Tages war einer sanften Brise von See gewichen. Touristen saßen barfuß im warmen Sand. Sie blickten nach Westen, wo die Sonne gerade am Horizont im Golf von Táranto versank. Ein Schauspiel, das hier jeden Abend gegeben wurde. Und jeden Abend zog es aufs neue Schaulustige in seinen Bann.

Tarik und Brahim Benna gehörten nicht zu diesen Schaulustigen. Sie hatten bei ihrer Ankunft das Spektakel kurz zur Kenntnis genommen, wandten sich dann nach rechts und bummelten zwischen Autoscooter und Riesenrad hindurch zum Hafen. Tarik grinste.

»Eh Digga, det hat hia och schon bessere Zeiten jesehn. Kiek ma, wie verrostet der olle Lunapark is.«

»Ja, Mann, müsste ma wieda jestrichen werden. Wat sachste zu det Riesenrad?«

»Absolut krass, Digga. Von da oben siehste prima, ohne jesehn zu werden.«

»Jenau. Und der Hafen is von die hohe Betonmauer jeschützt. Keen Problem mit Seejang. Jut zu verteidijen.« Die beiden Brüder umrundeten das Hafenbecken, wobei sie mit ihren Smartphons Fotos machten. »Check die Fischkutter, Bro. Dazwischen passt locker ne Yacht.«

»Stimmt. Drüben, bei die Motorboote wär et zu enge, oda?«

»Hundert pro. Wenn, denn kommt nur de linke Seite hiainfraje, wo die jroßen Kähne liejen.«

»Außer, se wolln draußen ankern und komm mit een kleenet Beiboot.«

»Denn wäre wieda rechts bessa. Det wäre unauffälljer.«

»Fick dir, Digga, die Bucht is perfekt. Könn se nachher selba entscheiden, wie ses jern hätten. Und Platz für Autos zum Parken is hier och. Zwee Kneipen mit jroße-Fensta, von wo de allet im Blick hast. Eene aus Richtung Dorf, eene zwischen die beeden Hafenbecken.« Brahim, den sein Bruder Tarik grundsätzlich nur Digga nannte, nickte zustimmend.

»Jo, Bro. Is‘n Scheißnest. Verpennt seit mindestens den Siebzijern. Kommt keene Sau drauf. ... Jut. Denn lass uns abhaun. Wir müssen noch Quartiere orjanisiern.«

»Sachste in Berlin Bescheid, det die et weiterjeben könn?«

»Mach ick.« Sichtlich zufrieden zogen die Benna-Brüder ab. Campomarino war für ihre Zwecke der ideale Ort. Im nahegelegenen Städtchen Maruggio würden sie mit Sicherheit geeignete Unterkünfte finden. Der Tag verabschiedete sich im Westen mit einem in allen Regenbogenfarben glühenden Abendhimmel über der schimmernden Wasserfläche des Golfs von Táranto.

Sottotenente Lippi alias Agente Vittorio Pazzi lag auf seinem Bett und starrte an die Decke. Er hatte eine ganz miese Woche hinter sich. Schlimm genug, dass er in dieses Drecksnest Savelli versetzt worden war, schlimm genug, dass er sich gleich zu Beginn seiner neuen Laufbahn als Verkehrspolizist bei den Leuten hier unbeliebt gemacht hatte. Zu allem Überfluss verpassten ihm seine

Kollegen von allen Seiten Fußtritte.

Stolz hatte er am Donnerstag in Crotone die erbeutete Waffe präsentiert, diesen amerikanischen Revolver, mit dem ihn der Mercedes-Besitzer bedroht hatte. Er wollte Anzeige gegen den Mann erstatten. Was der Agente daraufhin zu hören bekam, war zunächst allgemeines Gelächter und dann die erste Standpauke seines Revierleiters. Er möge bitte den guten Don Alberto in Frieden lassen. Der Kauz hätte unter seiner schrulligen Mutter genug zu leiden. Die Donna genieße als »eiserne Lady von Pietrapaola« im ganzen Gebirge einen geradezu legendären Ruf. Einige Anekdoten, die man sich über die alte Kratzbürste erzähle, seien so zum Schreien komisch, dass sie eigentlich verfilmt gehörten. Don Camillo und Peppone seien gegen die Greisin Waisenknaben gewesen.

Ihr Sohn versuche, den mangelnden Respekt daheim durch herrisches Auftreten in der Öffentlichkeit zu kompensieren. Dabei schieße er zwar manchmal ein bisschen übers Ziel hinaus, abgedrückt hätte er aber mit seiner prähistorische Knarre noch nie. Wahrscheinlich funktioniere sie gar nicht mehr. Einen Waffenschein besitze der Don ganz sicher trotzdem. Den hätten sie ausdrücklich in den Akten vermerkt. Über Details müsste sich der Herr Agente in Cosenza erkundigen, falls ihn das interessiere, weil Pietrapaola bekanntlich in den dortigen Zuständigkeitsbereich falle. Aber bitte nach Feierabend in seiner Freizeit.

Hier in Crotone werde man definitiv keine Anzeige gegen Alberto Brokkoli aufnehmen, denn der sei mit seinem klapprigen Gefährt und der museumsreifen Kanone quasi Teil der Folklore Kalabriens. Zudem komplett harmlos. Wenn der Mann irgendwann gestorben sei, müsse die Provinzverwaltung wahrscheinlich jemanden einstellen, der seine Rolle gegen Honorar übernehme. Für Touristen. Solche Details könne ein Grünschnabel aus Rom, der als gelernter Schreibtischhengst über Umwege ins Revier gekommen sei, natürlich nicht wissen. Drum Schwamm drüber und das Auto beim nächsten Mal einfach durchlassen. Dies sei ein Befehl! Marke und Kennzeichen kenne er ja jetzt. Und die Waffe möge er gefälligst zurückgeben.

Verärgert über diese Zurechtweisung, brach der strafversetzte Verkehrspolizist zu Commissario Hofer nach Cosenza auf. Während seiner Dienstzeit! Doch anstatt Rückendeckung von seinem Chef zu erhalten, gab es den nächsten Rüffel. Ob er sich nicht genügend in die Akten der 'Ndrangheta-Familien eingelesen hätte? Die Brokkolis spielten da oben eine gewichtige Rolle. Zwar gebe es bisher kaum belastbares Beweismaterial gegen den Patriarchen und seine Mutter, aber gerade deshalb müsse es doch, zum Teufel noch eins, die erste und vornehmste Aufgabe eines DIA-Undercover-Agenten sein, sich das Vertrauen solcher Leute zu erwerben und ihnen nicht absichtlich auf den Schlips zu treten. Und überhaupt: Was sei denn daran so schwer zu begreifen, dass sein Auftrag laute, sich ein bisschen dumm und korrupt zu stellen? Das eingenommene Geld müsse er nachher natürlich als Beweismittel gegen Quittung hier abliefern, aber um die Leute dranzukriegen, brauche es zuallererst einen Kronzeugen. Stattdessen produziere der Herr Agente Strafzettel am laufenden Band und bringe alle gegen sich auf. Wenn ihm das Spaß mache, brauche er es nur sagen. Der

Commissario könne dafür sorgen, dass er bis ans Ende seines Lebens Strafzettel verteile. Ob ihm das lieber sei?

Wie gesagt, es war eine wirklich miese Woche gewesen. Wahrscheinlich musste der junge Mann seine Aufgabe hier noch einmal gründlich durchdenken, einen Plan entwickeln und dann ganz von vorn beginnen. Sottotenente Lippi alias Agente Vittorio Pazzi lag auf seinem Bett und starrte an die Decke. Gleich morgen früh würde er den Revolver persönlich zu Don Alberto zurückbringen. Am besten eingewickelt in Geschenkpapier mit einem Blumenstrauß für die Frau Mama nebst kniefälliger Entschuldigung. So hatte er sich Polizeiarbeit nicht vorgestellt. Mist!

Kapitel 8 – Kevin

Wenn etwas an dem knuddeligen roten FIAT 500 auffiel, dann war es die Tatsache, dass er, obgleich nicht gerade das jüngste Modell, blitzblank wie frisch aus dem Werk daherkam. Was daran lag, dass er bis vor kurzem als exotisches Sammlerstück zwischen verschiedenen Ferraris, Lamborghinis, Bentleys und Alfa Romeos in Starhembergs Garage gestanden hatte. Vor seiner Übergabe war er von Paolo, dem umtriebigen Chauffeur des Grafen, gründlich durchgecheckt und geputzt worden. Jetzt rollte der kleine Wonneproppen durch die Toskana nordwestlich von Florenz. Wegweiser am Straßenrand kündigten den Flughafen »Amerigo Vespucci« an. Am Steuer saß eine vergnügt die Radiomelodie mitsummende Marina Casanova. Marina hatte nicht lange überlegen müssen, sich für dieses Auto zu entscheiden. Mal abgesehen davon, dass sie sich mit den rassigen Sportboliden und schweren Luxusmaschinen, die in der Garage standen, etwas überfordert gefühlt hätte: Wichtig war es ihr, während ihrer künftigen Arbeit im Land nicht zu sehr Aufsehen zu erregen. Und das hätte eine Frau in ihrem Alter mit einer riesigen Nobelkarosse ganz ohne Zweifel. Da der Graf im Gespräch bereits um dezente, geschäftsmäßige Kleidung gebeten hatte, galt das ihrer Meinung nach erst recht für ihr Fahrzeug. Starhemberg hatte diese Entscheidung ausdrücklich gelobt. Das war am frühen Dienstagmorgen gewesen.

Den Vormittag hatte die junge Frau zu einer ausgiebigen Probefahrt durch die Berge genutzt. Nun war sie unterwegs zum Florentiner Flughafen. Wenn alles klappte, würde dort in einer halben Stunde Tarzan landen. Also ihr Tanzpartner Kevin von den Kölschen Harlequins. Eine verblüffende Wendung der Dinge? Keinesfalls. Marina hatte beschlossen, nach ihren eigenen Spielregeln zu spielen; Graf Starhemberg war zwar zunächst nicht begeistert gewesen, hatte dann aber nachgegeben. Es sei ihre Sache, wofür sie ihr Geld ausgebe. Sofern nachher das Ergebnis stimme, sei alles andere okay. Wobei, so einfach und logisch die Entscheidung jetzt schien, so mühevoll hatte sich Marina zu ihr durchgerungen.

Der Abend nach dem Treffen in Starhembergs Villa war einfach nur grauenvoll gewesen. Sie hatte die halbe Nacht kein Auge zu bekommen. Der viele Wein hatte sicher seinen Teil dazu beigetragen, aber nur einen geringen. Was ihr immer und immer wieder durch den Kopf ging, war das »irre Dreieck«, wie sie es nannte.

Ecke eins: Sie bekam einen Top-Auftrag auf ihrem Spezialgebiet, erhielt die Chance, sich womöglich fachlich einen Namen zu machen und sollte dafür fürstlich entlohnt werden. Für eine arbeitsuchende Berufsanfängerin ein Traumstart.

Genau darin aber lag das Problem, die zweite Ecke. Es hörte sich alles zu verlockend an. Einen Haken an der Sache hatte der Graf ja selbst eingeräumt. Sie würde vermutlich für Steuerbetrüger arbeiten. Auch wenn sie mit dem besagten illegalen Geschäft persönlich nichts zu tun bekommen würde, allein, dass sie diesen Leuten half, machte sie das nicht mitschuldig? Irgendwie? Okay, es ging ihr eigentlich gar nicht unbedingt um den moralischen Aspekt, denn in einem Punkt hatte Starhemberg recht: Der Staat zog jedem weiß Gott genug Geld aus der Tasche. Allein wenn sie an die Mehrwertsteuer auf ihr Lieblingstiramisu in der Pizzeria »Diana« dachte oder auf gesundes Obst im Supermarkt. Das war Beutelschneiderei! Ganz zu schweigen von den vielen Blitzern an den Straßen. Modernes Raubrittertum! Und wenn es den Verkäufern dieses Schmuckes hier half, selbst aus einer prekären Lage zu entkommen, warum sollte das Finanzamt davon profitieren? In dem Punkt hielten sich ihre Skrupel bei näherer Überlegung tatsächlich in Grenzen.

Ihre Bedenken, und das war die dritte Ecke, gingen eher in eine andere Richtung. Selbst wenn ihr persönlich kein Vorwurf zu machen war, konnten Kontakte zu solchen Leuten gefährlich werden. Machte sie sich erpressbar? In was für ein Milieu konnte sie geraten, wenn sie sich auf den Grafen und seine Freunde einließ? Keine Frage, der Mann machte einen seriösen Eindruck. Er war gebildet, kultiviert, charmant. Unter anderen Umständen hätte sie sich sogar ein bisschen in ihn verlieben können. Aber ein Gefühl in ihrem Bauch signalisierte ihr überdeutlich, dass an der ganzen Geschichte etwas oberfaul sein musste. Mehr noch, dass ihr womöglich Gefahr drohen könnte.

Nun war Marina Casanova nicht der Typ Frau, der sich vor dem ersten Anschein von Gefahr versteckte. Im Gegenteil. Diese Ecke machte das »irre Dreieck« genau genommen erst richtig interessant. Denn wenn etwas faul war, wäre es vielleicht nützlich, der Sache nachzugehen?

Da sich ihre Gedanken den gesamten Samstag um besagtes Dreieck im Kreis gedreht hatten, entschloss sie sich, am Sonntagmorgen in die Kirche zu gehen. In die Heilig Kreuz Kirche - Santa Croce. Ihrer Überzeugung nach gab es keinen besseren Ort, um sich zu sammeln, die Gedanken zu sortieren. Egal wie andere darüber dachten, das Kölsche Mädsche hatte von Kindesbeinen an das Gefühl gehabt, dass ihr in solchen ehrwürdigen Gemäuern jemand zuhörte. Jesus? Die Gottesmutter? Sie wusste es nicht. Jedoch, wann immer sie in ihrem Leben vor schwierigen Entscheidungen gestanden hatte, nach einem stillen Gebet zu Füßen der Jungfrau Maria fand sie meist die richtigen Antworten auf ihre Fragen.

Die feierliche Atmosphäre der großen frühgotischen Halle hatte ihr aufgewühltes Nervenkostüm beruhigt. Um sie herum, am Boden, an den Wänden, die in Stein gemeißelten Namen großer Männer: Galileo, Machiavelli, Michelangelo. Gräber von Menschen, die den Verlauf der Geschichte beeinflusst hatten. Für Augenblicke hatte die junge Kunsthistorikerin eine Ahnung überkommen, als könne sie deren Gegenwart spüren. Ein Rendezvous mit der Ewigkeit.

Sie war erst wieder aus ihrer Trance erwacht, als sie jemand freundlich darauf hinwies, dass sie die Kirche jetzt verlassen müsse. An der Tür würden zahlende Kunstliebhaber warten, die er erst einlassen könne, wenn alle Gottesdienstbesucher draußen seien.

Auf der Piazza vor Santa Croce war sie am Dante-Standbild stehengeblieben. Was hätte er an ihrer Stelle getan? Der große florentinische Dichter war einer gewesen, der sich immer einmischte, auch wenn ihm das hinterher oft Ärger einbrachte. Was im Übrigen auch für Galileo und Machiavelli galt. Ach, zum Kuckuck mit ihrer Wankelmütigkeit. War es nicht Machiavelli gewesen, der meinte: »Gut ist, was nützt«? Was er durchaus nicht auf persönlichen Nutzen als vielmehr auf das Gemeinwohl bezogen wissen wollte.

Das war's! Machiavelli hatte recht! Marina Casanova fiel es wie Schuppen von den Augen. Es ging ja gar nicht darum, ob sie selbst etwas von dem Auftrag hatte; im Gegenteil. Wenn es sich wirklich um wertvolle Kunstschätze handeln sollte und irgendetwas damit nicht in Ordnung wäre, dann hätte sie doch die verdammte Pflicht und Schuldigkeit, dagegen einzuschreiten. Aber dafür musste sie natürlich erstmal mitmachen. Und sollte sie sich täuschen und alles verliefe ganz sauber und legal? Auch gut. Dann hätte sie auf alle Fälle ihren Spaß gehabt. Also warum nicht ein bisschen Detektiv spielen? Miss Marple oder Hercule Poirot?

Allerdings brachten genau diese beiden Helden sie auf den Gedanken, dass es womöglich sinnvoll wäre, einen vertrauenswürdigen Helfer dabei zu haben. So wie Miss Marple ihren Mister Stringer oder Poirot den Captain Hastings. Ganz allein im fremden Land, wer weiß, was alles passieren konnte? Und noch während sie überlegte, war ihr eingefallen, wer ihr Mr. Stringer werden könnte: Tarzan. Kevin. Ihr Tanzpartner von den Kölschen Harlequins. Sie hatte ihn sofort angerufen. Er hatte ohne zu überlegen zugesagt. Als er erfuhr, dass alles auf Marinas Rechnung gehen würde, meinte er, er hätte sowieso gerade Bock auf Urlaub. In seinem Betrieb sei seit der letzten Verschärfung der Coronaregeln die Stimmung dermaßen im Keller. Einer sei des anderen Teufel. »Et bliev nix wie et wor«, was ungefähr so viel heißen sollte wie, »Es bleibt nichts, wie es mal war.« Fertig. So war Kevin. Nicht die hellste Kerze auf der Torte, aber ein Typ, mit dem man Pferde stehlen konnte.

Tja, und nun also war der knuddelige rote FIAT 500 auf dem Weg zum Flughafen, um Kevin abzuholen. Gut gelaunt trällerte Marina den Song mit, der gerade im Radio lief.

Am Terminal angekommen, musste sie nicht lange suchen. Kevins blonder Wuschelkopf überragte die meisten anderen Ankömmlinge deutlich. Dazu ein papageienbuntes Hemd, Anglerhütchen und Sonnenbrille. Typisch! Der absolute Hammer aber war seine in den Harlequinsfarben grün-rot-weiß karierte Maske mit Bommeln an beiden Enden. Offensichtlich Marke Eigenbau. Mit einem Jauchzer flog Marina ihm in die Arme.

»Harlequins e Levve lang!«

»Harlequins e Levve lang! ... Na du machst ja Sachen, Rinchen. Jut siehste aus.«

»Danke, du auch, Tarzan. Schön, dass du so schnell kommen konntest.«

»Haste Sorjen, haste Kummer? Wähl dem Tarzan seine Nummer. Aber mal im Ernst. Wat jenau ist denn los? Ich hab ehrlich gesagt nur die Hälfte von dem verstanden, was du mir am Telefon erklärt hast. Immerhin hat mir dein Anruf endlich zum Urlaub verholfen. Ich hab meinem Chef gesagt, es sei ein Notfall, und wenn er mir nicht freiwillig erlaubt, zu dir zu kommen, bummle ich sämtliche Überstunden des letzten halben Jahres ab und danach kann er mich mal gerne haben. Das hat geholfen. Ist doch ein Notfall, oder?«

»Und ob. Aber komm erstmal mit zum Auto. Ich erklär dir alles unterwegs.«

»Seit wann hast du ein Auto?«

»Seit heut Morgen. Ist gewissermaßen ein Dienstwagen.« Beim Anblick des Kleinwagens fiel Kevin die Kinnlade runter.

»Das ist aber nicht dein Ernst? Die Asphaltblase ist dein Dienstwagen? Muss ja ein lausiger Job sein. Wie soll ich denn da reinpassen?«

»Hab dich nicht so«, erwiderte Marina, »ich hab mir den selbst ausgesucht. Ich hätt auch einen Lamborghini nehmen können.« Kevin tippt sich an die Stirn.

»Du hast wat? Du hast diese Knutschkugel einem Lamborghini vorgezogen? Also ehrlich, du musst nicht ganz dicht sein. ... Aber wahrscheinlich flunkerst du nur, und ich bin gerade drauf reingefalllen. ... Ha, ha. Guter Witz.«

»Nee ehrlich. In echt. Wir müssen in nächster Zeit vor allem auf zwei Dinge achten: unauffällig bleiben und seriös wirken. Was glaubst du, warum ich mir gestern diesen grauen Hosenanzug gekauft habe.« Kevin musterte sie skeptisch.

»Ich hab mich schon gewundert. Unauffällig und seriös also. Aber du weißt hoffentlich, dass das für‘n Harlequin zwei nahezu unerreichbare Zustände sind? Vor allem in der Kombination.«

»Deswegen sage ich‘s dir ja gleich. Dein Hawaii-Hemd ist übrigens das erste, was bei dir weg muss. Die Maske sowieso. Danach reden wir über die Shorts und die Sandalen.«

»Das wagst du nicht.«

»Und ob.«

»Nur über meine Leiche!«

»Wenn‘s sein muss.«

»Bring mich sofort zum Flughafen zurück!«

»Vergiss es. Und jetzt halt endlich die Klappe und hör mir zu.«

Als der rote Kleinwagen vor Starhembergs Villa stoppte, kannte Kevin alle notwendigen Details und wusste in etwa, was ihn hier auf dem Berg erwartete. Für ihn stand ein Gästezimmer bereit, gleich neben dem von Marina. Deren Gepäck hatte Catalina bereits am Morgen in einem geräumigen begehbaren Schrank verteilt. Jetzt begrüßte das Mädchen die Neuankömmlinge mit dem obligatorischen Dienstboten-Knicks und griff nach Kevins Rucksack. Was der unter keinen Umständen zulassen wollte, worauf es zu einem kleinen Gerangel kam. Fast wären sie dabei mit den Köpfen zusammengestoßen. Erst da gab Catalina nach, entschuldigte sich und lief tiefrot an. Dem sonst um keinen Spruch verlegenen Kevin ging es nicht anders. Für einige wenige Momente bleib er sprachlos. Marina musste grinsen, als sie die beiden nun wie begossene Pudel nebeneinanderstehen sah. Fröhlich klopfte sie ihnen auf die Schulter.

»Sowas passiert, wenn zwei Welten aufeinandertreffen. Früher nannte man das Kulturkampf. Aber weißt du, liebe Catalina, weder mein Assistent - sie wählte diesen Begriff bewusst, denn so hatte sie die Notwendigkeit seiner Anwesenheit dem Grafen begründet - noch ich sind feine Leute. Bitte verstehe es nicht als Angriff auf deine Berufsehre. Wir wollen einfach manches alleine machen. Übrigens vielen Dank, dass du mir beim Einzug geholfen hast. Zeig Kevin jetzt bitte sein Zimmer und lass ihn seinen Krempel tragen. Ich denke, ihr werdet euch schon aneinander gewöhnen, wenn ihr euch besser kennenlernt.«

Auf dem Weg ins Obergeschoss kam der junge Mann nicht aus dem Staunen heraus. Ein ums andere Mal zischte er Marina ein »Bow eh, geil!« ins Ohr. Seiner »Chefin« entging nicht, dass damit zuweilen auch das Hausmädchen gemeint war, das die »Herrschaften« durch die mondänen Räume führte. Marina nahm es ihrem Tarzan nicht übel. Erstens war Kevin für sie wirklich nur ein zuverlässiger Kamerad. Mehr nicht. Und zweitens konnte sie nicht leugnen, dass die zierliche junge Frau sehr viel Grazie besaß und ihren Beruf ausgesprochen ernst nahm. Ein englischer Buttler hätte kaum mehr Stolz und Würde in jede seiner Bewegungen legen können. Beeindruckend.

Das Abendessen bereitete Catalina im Atrium am Springbrunnen. Neben Brot, Öl und Oliven fanden sich diverse kleine Pfannen mit Meeresfrüchten, gedünsteten Tomaten, Knoblauch, gerösteten Schinkenstreifen sowie ein Schälchen frisch angemischten Pestos mit kräftiger Basilikumnote, eine große Pfeffermühle und geraspelter Grana Padano. Als krönenden Höhepunkt stellte sie schließlich eine riesige Schüssel selbstgemachter Spaghetti in die Mitte. Dazu reichte sie Chianti und Wasser. Marina fühlte sich wie im Himmel. Kevin, frisch geduscht und nun etwas dezenter gekleidet, ließ sich nicht zweimal bitten. Er gestattete Catalina, ihm reichlich aufzutun.

Graf Starhemberg freute es, seine Gäste in so guter Stimmung vorzufinden. Sein Wochenende war nicht weniger anstrengend gewesen als das von Marina. Deren Fragen hatten ihn durchaus beunruhigt. Hatte er aufs richtige Pferd gesetzt? Nichts konnte er bei diesem Geschäft weniger brauchen als Zweifel. Noch hätte er die Reißleine ziehen können, noch waren keine Interna preisgegeben. Aber das würde sich ändern. Spätestens dann kam es darauf an, dass niemand im Team nervös wurde. In dem Fall würde es kaum zu vermeiden sein, die betreffende Person zu eliminieren. Weswegen er sich zwar einerseits über Marinas Zusage freute, andererseits jedoch ziemlich entsetzt zur Kenntnis nahm, dass sie einen Assistenten kommen lassen wollte. Da sie sich von diesem Vorsatz jedoch nicht abbringen ließ, hatte er nachgegeben. Die Frau war für ihn eine Investition in die Zukunft, eine Absicherung, auf die er nicht mehr verzichten wollte. Insofern schien ihm das Risiko eines weiteren Mitwissers kalkulierbar. Seine Geschäftspartner würden im Notfall geeignete Mittel und Wege finden.

Nichtsdestotrotz interessierte es den Grafen brennend, welche Qualitäten der Herr Assistent mitbrächte, die für Frau Casanova so unverzichtbar seien? Ob er denn auch vom Fach sei? Eine Frage, die Kevin kurz und knapp klarstellen konnte.

»Nein.«

»Ach?«

»Ja.«

»Und was genau werden Sie dann beitragen können?«

»Ich bin Marinas, also Frau Casanovas, Techniker.« Diese Formulierung hatten die beiden Harlequins im Auto abgesprochen. Es kam der Wahrheit durchaus nahe. Weswegen Kevin die Zusammenhänge sehr souverän erklären konnte. »Sehen Sie, Herr Graf, ich arbeite in Deutschland in einem Betrieb, der Feinmechanik-Werkzeuge beziehungsweise Werkzeugmaschinen für Hersteller im Bereich Feinmechanik produziert. Mein Job ist es, unsere Produkte zu prüfen, bei Problemen Lösungen zu finden, unter Umständen auch einmal zu experimentieren, Neuheiten zu testen und ja, zuweilen zu improvisieren, um zum gewünschten Ergebnis zu kommen. Ich kenne mich mit Geräten, wie sie Frau Casanova für ihre Arbeit brauchen wird, gut aus, stehe als Bastler und Tüftler bereit, ein Mikroskop beispielsweise anzupassen, vielleicht eine zusätzliche Linse einzubauen oder etwas in der Art.«

»So sieht es aus«, ergänzte Marina, nachdem sie ihre letzte Spaghetti genüsslich mit einem Schluck Chianti heruntergespült hatte, »er ist wirklich ein Experte mit solchen Sachen. Einen besseren gibt es nicht. Und da wir nach Ihren Worten nicht genau wissen, was auf uns zukommt, scheint es mir unerlässlich, jemanden wie Kevin dabei zu haben. Gewissermaßen als Backup und Problemlöser.« Sie schenkte dem Grafen ihr bezauberndstes Lächeln. Dem fiel angesichts so überzeugender Argumente nichts mehr ein.

»Ein Problemlöser also!« Er nickte. »Na gut, dann soll es so sein. Willkommen im Team. Ich hoffe, es gefällt Ihnen in meinem bescheidenen Heim.«

»Och wissen Sie, das ist alles ganz okay.« Kevins herablassende Attitüde brachte Marina fast dazu, laut loszuprusten. Zum Glück hatte sie gerade keinen Chianti im Mund. Tarzan schien ihre Heiterkeit nicht zu bemerken. Ungerührt fuhr er fort. »Wenn Ihre Perle, also die Catalina, wenn die immer so lecker kocht, bleibe ich gern auch länger.«

Graf Starhemberg verkniff sich ein »Gott bewahre!« Ein wenig pikiert antwortete er stattdessen:

»Das freut mich, und ich werde es dem Mädchen ausrichten.« Jetzt konnte Marina nicht mehr ansichhalten. Sie lachte laut los. Die verwirrten Blicke der beiden Männer machten die Sache nicht besser. Es dauerte eine Weile, bis sie sich beruhigt hatte. Dann meinte sie:

»Bitte entschuldigen Sie, meine Herren. Herr Graf, Sie kennen mich inzwischen gut genug und wissen, dass man mich schnell zum Lachen bringt. Tut mir wirklich leid.« Der Angesprochene winkte ab.

»Keine Ursache. Habe ich was Falsches gesagt?«

»Nein, nein, überhaupt nicht. Es ist nur, Sie beide sind so extrem unterschiedliche Männer. Wenn ich höre, wie Sie hier gerade versuchen, trotzdem irgendwie sinnvoll miteinander zu kommunizieren, bitte seien Sie mir nicht böse, das klingt für eine Außenstehende wirklich komisch. ... Aber das ist ganz allein meine Schuld, dass ich so albern bin. Und im Moment kommt dazu, dass ich mich einfach auf die Aufgabe freue.« Der Graf beugte sich erleichtert vor, ergriff ihre Hand und hauchte einen Kuss darauf.

»Signorina, wer könnte Ihnen böse sein?« Kevin stimmte ihm zu.

»Da haben Sie vollkommen recht. Und außerdem, wir sind beide Karnevalisten, tanzen im gleichen Verein. Ohne bisschen Spaß und Albereien geht bei uns sowieso nichts. Narren halt.«

»Ach, im gleichen Verein sogar? Das ist schön. Davon müssen Sie mir mehr erzählen.« Womit das Eis gebrochen war. Es wurde ein fröhlicher Abend. Zu vorgerückter Stunde ließ Kevin die anderen beiden am Springbrunnen allein und machte sich auf die Suche nach Catalina. Er hielt es für angebracht, sich für den kleinen Streit am Auto zu entschuldigen und persönlich für das gute Essen zu danken. Er traf sie im Garten auf einer Bank. Zum Glück ohne den Gärtner.

Kapitel 9 – Adrienne

Brahim und Tarik Benna saßen in der Trattoria »Ave Cäsar« an der Hauptstraße von Maruggio. Sie genossen ihr Frühstück und beobachteten die Menschen, die vorübergingen. Der malerische Ort mit seinen engen Gässchen und uralten Häusern strahlte die Ruhe jahrtausendealter Selbstzufriedenheit aus. Da gab es steinerne Zeugen der Römerherrschaft, Kirchlein, die von Tempelrittern erbaut worden waren, und selbst die Bauten aus jüngerer Zeit wirkten irgendwie, als müssten sie schon ewig stehen. Zwischen den Häuserzeilen, quer über die schmalen Einbahnstraßen, hing Wäsche. Farbenprächtige Blütenblätter, die von über graue Mauern ragenden Bäumen herrührten, bedeckten hier und da die Gehwege wie zum Empfang eines Brautpaares.

Bei ihrer Quartiersuche hatten die Brüder viele interessante Dinge gelernt. Unter anderem, dass die besagten Einbahnstraßen des Ortes offenbar so angelegt worden waren, dass ein Fremder, der einmal in der Stadt war, nie wieder herausfand. Es sei denn, er war bereit, die ausgeschilderte Straßenführung zu missachten und falsch abzubiegen, was zwangsläufig zu Konflikten mit der Verkehrspolizei und saftigen Strafen führte. Ein ausgeklügeltes System, um Touristen zu melken. Brahim war beeindruckt.

»Muss ma erstma drauf komm, Digga. Det bringt in Summe vamutlich mehr ein, als die hundert Meta Straßenstrich von Onkel Yussuv in Berlin-Mitte, wa. Der kann nur nachts abkassiern. Hia klingelts rund um de Uhr.«

»Jo, Bro.« Tarik wirkte nachdenklich. »Ob wa de Seiten wechseln und hia bei de Polente anfangen sollten?«

»Du spinnst, Digga. Erstens würd dir Onkel Yussuv den Arsch aufreißen, zweitens ham de Bullen selba nüscht davon und drittens, wenn det Ding jlatt jeht, brauchste nie wieda arbeeten.«

»Ick hab noch nie jearbeitet, Bro. Du übrijens och nich, oda?«

»Ja, jut. Ick meente det mehr allejorisch.«

»Wie?«

»Vajiss et Digga. ... Sach ma, haste heut schon nach Neuigkeeten jekieckt.«

»Jupp.«

»Und?«

»Jeht los.«

»Echt? Wurde Zeit. Und wie?«

»Jeheime Kommandosache. Mit Bluff-Faktor. Wo de Ware is, weeß nur eena.«

»Onkel Yussuv?«

»Nee, Bro. Nennt sich ‚Dea Absenda'. Hat mit unsre Family nüscht zu tun. Et heißt, wenn de Ware hia ankommt, werden wa informiert. Denn muss allet bereit sein und schnell jehn. Denne jibt sich een Kontaktmann von dem zu erkenn. Hat unsre Fotos bei. Wia bring ihn nur zum Treff und sorjen für seine Sichaheet. Allet andere macht diesa Kontaktmann direkt mit den Prinzen seine Leute ab. Haste eijentlich ne Ahnung, worum et übahaupt jeht, Bro?«

»Vajiss et, Digga.«

»Allet streng jeheim, wa?«

»Digga!«

»Jo, Bro.« Mit diesen Worten beendeten die Benna-Brüder ihr Frühstück, zahlten und fuhren zum Strand am Golf von Táranto, um ihren Plan erneut Position für Position durchzugehen und auf Schwachstellen zu prüfen. Onkel Yussuv sollte stolz auf sie sein.

Auf dem Hügel bei Florenz, vor Starhembergs Villa, herrschte an diesem Morgen geschäftiges Treiben. Paolo hatte den Bentley vorgefahren und der Graf drängte seine beiden neuen Mitarbeiter zur Eile. Die erwarteten Informationen seien bei der Galeristin eingetroffen. Höchste Zeit, aufzubrechen. Entgegen Marinas Vermutung, führte ihr Weg sie jedoch nicht nach Florenz sondern in südwestlicher Richtung in eine Kleinstadt namens Montelupo. Sie ahnte zwar die Antwort, fragte aber doch lieber nach.

»Warum?«

»Meine Liebe«, antwortete Starhemberg, »das ist genau wie bei mir. In der Stadt sitzen nur die Kleinen, die ihr Geschäft überwiegend mit Touristen machen. Da sind natürlich auch gute Galeristen und Kunsthändler dabei, aber die richtig dicken Fische brauchen keine Schaufenster in der Fußgängerzone. Spitzenleute arbeiten abseits des Mainstreams. Und ich kann Ihnen versichern, Signora Adrienne de Petuchi ist eine Spitzenfrau. Eine der ganz Großen in unserem Business.« Marina bekam eine Gänsehaut. Sie blickte zu Kevin. Er war eingeschlafen. Die weichen Sitze und die kurze Nacht ... Typisch Tarzan eben.

Die Galerie der Signora de Petuchi lag in einer Seitenstraße, etwas abseits des Zentrums von Montelupo. Es handelte sich um sehr modern gestaltete Räume in einem ehrwürdigen alten Gemäuer. Gut klimatisiert, standen darin einige moderne Skulpturen. Die meisten Bilder an den Wänden ließen sich stilistisch der Popart beziehungsweise der Postmoderne zuordnen. Von wenigen Ausnahmen abgesehen.

Am großen Schreibtisch begrüßte die Ankömmlinge eine Dame mittleren Alters. Sie stellte sich als Beatrice, die Büroleiterin von Signora de Petuchi vor. Sie bat die Herrschaften, im hinteren Teil des Geschäfts auf einer ausladenden lederbezogenen Wohnlandschaft Platz zu nehmen. Die Chefin werde gleich Zeit für sie haben. Ob sie solange Kaffee und Kekse ...? Kevin nahm das Angebot dankend an, Marina und der Graf baten lediglich um ein Glas Wasser.

Sie mussten nicht lange warten. Eine elegante junge Frau im blauen Etuikleid, sie mochte Anfang, Mitte dreißig sein, trat aus der Tür an der Rückseite des Raumes und näherte sich ihren Gästen mit geschäftsmäßigem Lächeln. Wobei sie zunächst den Grafen - Küsschen rechts, Küsschen links - in den Arm nahm, bevor sie den beiden anderen die Hand reichte.

»Das also sind Ihre neuen Mitarbeiter, lieber Graf? Freut mich sehr, Sie kennenzulernen. Gestatten, mein Name ist Adrienne de Petuchi, Sie dürfen mich gern Adrienne nennen. Willkommen in meinem kleinen Reich der Künste.«

»Marina Casanova, angenehm.«

»Und mich können Sie einfach Kevin nennen. Reicht.«

»Angenehm.« Kam es Marina nur so vor oder schaute die Dame ihrem Tarzan etwas länger in die Augen als den anderen? War da ein Aufblitzen gewesen? Kevin schien es ebenfalls bemerkt zu haben. Jedenfalls betrachtete er die Dame mit unverhohlenem Interesse. Na prima, dachte Marina, das kann ja was werden. Hatte sie sich womöglich den falschen Helfer gesucht? Ach Unsinn, wenn sie Kevins offensichtliche Wirkung auf die italienische Damenwelt in die richtige Richtung lenkte, könnte ihnen das vielleicht sogar nützlich sein. Abwarten. Die Lady ließ sich ihren Gästen gegenüber in einen Sessel sinken. Grazil schlug sie die Beine übereinander. Graf Starhemberg wirkte längst nicht so distinguiert wie gewöhnlich. Fast ein wenig nervös fragte er:

»Adrienne, Sie haben Neuigkeiten für uns?« Sie lächelte.

»So ist es. Beatrice, die Mappe.« Die Büroleiterin holte eine schmale Klemmmappe aus dem Regal und reichte sie ihrer Chefin. Diese blätterte kurz darin, als wolle sie die Unterlagen auf Vollständigkeit prüfen, warf sie dann auf den Tisch und fuhr fort. »Heute Nacht erreichte mich die Nachricht, dass das Kleinod, das Sie für Ihre Kundin erwerben wollen, zusammen mit einigen anderen Bologna verlassen hat. Nach meinen Informationen haben die Verkäufer die Zeit möglicherweise tatsächlich genutzt, wie von Ihnen vermutet, Kopien anfertigen zu lassen. Zumindest geht in Insiderkreisen dieses Gerücht um. Sie sollen einen Goldschmied kontaktiert haben. Aber dafür würde ich meine Hand nicht ins Feuer legen, denn selbst die Frage, wann und wie genau die Preziosen aus Deutschland nach Italien kamen, lässt sich nicht mit letzter Sicherheit sagen. Wir können nur hoffen, dass unsere Informanten nicht auf eine falsche Fährte gelockt wurden. Wir haben es hier mit dem seltenen Fall zu tun, dass wirklich fast alle Beteiligten Stillschweigen bewahren. Was angesichts des Gegenstands, über den nun zumindest Klarheit besteht, auch kein Wunder ist.«

»Und? Ist er es?«

»Mit neunundneunzigprozentiger Wahrscheinlichkeit, lieber Graf. Allerdings, und das verkompliziert die Sache, der Mann, der in Italien für die Abwicklung des Verkaufs zuständig ist, er wird überall nur ›Der Absender‹ genannt, hat verlauten lassen, dass es nun kein Bieterverfahren und folglich auch keine Möglichkeit zur Besichtigung geben wird. Das Geschäft sei zur Familieninterna erklärt worden. Es gebe ein Gebot eines entfernten Verwandten über die gesamte Ware, das niemand überbieten könne. Vermutlich von dem Mann, der das Unternehmen überhaupt erst angestoßen hat. Anscheinend will er nun alles für sich.« Dr. Ludowig Franz Graf Starhemberg entgleisten sämtliche Gesichtszüge.

»Ernsthaft? Das verstößt gegen jede Gepflogenheit, das ist unanständig«, wetterte er. »Dann kann das nur dieser Wüstenprinz sein, dieser Ölscheich, dieser gottverdammte, aufgeblasene ...«

»Mäßigen Sie sich, Graf. Ja, ich denke auch, dass er es ist. Nicht zu ändern. Aber Sie wussten von Anfang an, dass diese Entwicklung eintreten könnte.«

Marina verfolgte gespannt das Gespräch. Irgendwie klangen die Aussagen so unglaubwürdig und klischeehaft, dass sie sich wie in einer schlechten Fernseh-Seifenoper fühlte. Meinten die beiden das wirklich so, wie sie es sagten? Oder war es am Ende nur ein großer Bluff, um sie zu täuschen? Auf alle Fälle hatte Starhemberg sie belogen. Er wusste offenbar genau, worum es hier ging. Ein Blick zu Kevin. Der zuckte leicht mit den Schultern und zog die Augenbrauen hoch. Der Graf schien sichtlich um Haltung bemüht. Zumal seine Gegenüber so ruhig und sachlich sprach, als ginge es um einen Termin beim Zahnarzt.

»Ja, natürlich wusste ich es. Ich habe auch Vorkehrungen getroffen. Trotzdem. Ich hatte gehofft, dass es nicht so weit kommen würde. Adrienne, haben Ihre Informanten durchblicken lassen, welche Summe meine Auftraggeberin zu zahlen bereit ist?«

»Selbstverständlich.«

»Hm.« Starhemberg sah die fragenden Blicke von Marina und Kevin. »Liebe Freunde. Ganz kurz zu Ihrem Verständnis und mit Bitte um absolute Verschwiegenheit: Es handelt sich bei der Preziose, über die wir hier reden, um ein privates Erbstück des früheren polnischen Königshauses. Es ist eng mit der polnischen Geschichte verwoben. Meine Auftraggeberin ist eine Nachfahrin König Stanislaus Leszczynskis. Sie sagte mir, dass das Schmuckstück sein rechtmäßiger Besitz gewesen sei und man es ihm und damit der ganzen Nation gestohlen habe. Deshalb ist jede Menge emotionaler Bindung und nationalen Stolzes mit im Spiel. Wir kämpfen hier für eine gute Sache. Es geht um Fragen der Ehre und der Gerechtigkeit für ein altes europäisches Adelsgeschlecht. Da die Dame nicht ganz unvermögend ist, hat sie uns ermächtigt, das gute Stück um jeden Preis nach Hause zu bringen. Um fast jeden.«

»Nach Polen«, nickte Kevin.

»Nicht direkt. Aber mehr darf ich dazu nun wirklich

nicht sagen.« Alle schwiegen. Für Marinas Geschmack klang die Erklärung nicht gerade glaubwürdig. Zu pathetisch. Hätte nicht Kevin neben ihr gesessen, sie wäre wahrscheinlich aufgestanden und aus dem Geschäft ausgestiegen. Sofern man ihr das jetzt noch erlaubt hätte. Zum Glück war sie diesen merkwürdigen Menschen nicht allein ausgeliefert.

Nach einer Weile wandte Starhemberg den Kopf Adrienne zu und sah sie scharf an. »Also gut«, sagte er entschlossen. »B-Plan. Wenn wir den Boten abfangen können, können wir ihn vielleicht trotzdem zum Verkauf überreden. Wir haben gute Argumente. Und zwar in bar.«

»Ihnen ist klar, dass der Prinz das als Kriegserklärung auffassen dürfte?«

»Durchaus. Das heißt, wir müssen schnell sein und möglichst ebenfalls inkognito bleiben. Ich gehe davon aus, dass Sie weder über Namen noch über das konkrete Objekt, um das es uns geht, geredet haben?«

»Selbstverständlich.«

»Schön. Dann müssen wir das Risiko eingehen. Ein Nein würde meine Auftraggeberin nicht akzeptieren. Signora, was sagen Ihre Informanten zum Weitertransport?«

»Richtung Süden. Flugzeug und Bahn kommen eher nicht infrage, um die Sachen außer Landes zu bringen. Bleibt rein logisch gesehen nur das Schiff. Von Bologna aus hat sich ein Autokonvoi, bestehend aus mindestens zwei Wagen, auf den Weg gemacht. Wir glauben, dass der Bote einen Hafen irgendwo südlich von Rom ansteuert. Wer den Prinzen kennt, weiß, dass er gern mit seiner Yacht durchs Mittelmeer schippert. Irgendwo in Apulien, Kalabrien oder Sizilien sollte es möglich sein, an einer lauschigen Marina ...« Ein Seitenblick auf Marina Casanova brachte sie zum Schmunzeln. »Pardon, Ihr Name, liebe Signorina Casanova, passt offenbar gut zu unserem Fall. Entschuldigen Sie meine Heiterkeit, aber Sie wissen wahrscheinlich, dass man bei uns Yachthäfen allgemein Marina nennt?«

»Keine Ursache. Ich weiß, was Sie meinen. Ging mir gerade ähnlich«, grinste die Angesprochene.

»Gut, also: Nach Lage der Dinge kommen die erwähnten drei Regionen infrage. Der Prinz ankert dort gewohnheitsmäßig häufiger. Sein Landgang dürfte folglich kaum für Aufsehen sorgen. Zum Konvoi. In einem Wagen fährt der Bote mit seinem Paket. Möglicherweise eine Familienkutsche. Das zweite Auto folgt in größerem Abstand. Marke unbekannt. Da sitzen bewaffnete Sicherheitsleute drin. Genaue Anzahl ebenfalls unbekannt.«

»Sein Paket?«

»Schwer zu sagen. Ich gehe mal von einer Golftasche oder Anglerutensilien aus. Irgendetwas, womit man dort unten nicht auffällt. Vielleicht hat der Bote auch Frau oder Freundin dabei, damit es nach Urlaub aussieht.«

»Kennzeichen?«

»Unbekannt. Möglich, dass sie die unterwegs wechseln.«

»Ein Pärchen mit Urlaubsutensilien.« Starhemberg schüttelte den Kopf. »Wie sollen wir die denn finden? Davon gibt es tausende in Italien!« Adrienne warf einen amüsierten Blick über ihre drei Gäste; wobei ihre Augen wieder etwas länger auf Kevins Gesicht hängenblieben. Dann meinte sie:

»Darf ich mir einen Vorschlag erlauben?« Der Graf

nickte. »Dann empfehle ich folgende Vorgehensweise: Sie, Starhemberg, kennen doch eine Menge Leute in Kalabrien, die sowieso bei der Abwicklung Ihres Geschäfts behilflich sein sollen. Lassen Sie die ausbaldowern, ob und wo dort unten Typen auftauchen, die da nicht hingehören. Zumindest die Wächter sollten auffallen. Drei bis vier fremde Kerle, die irgendwo unmotiviert in der Landschaft herumstehen ...« Marina widersprach.

»Was, wenn das auch zwei Pärchen sind, nur mal angenommen?«

»Unwahrscheinlich. Da, wo die Jungs herkommen, dürfen Frauen nicht mitspielen. ... Weiterhin sollte es für Sie möglich sein, lieber Graf, in Erfahrung zu bringen, ob die Yacht des Prinzen bereits in See gestochen ist. Das könnte Rückschlüsse auf seine Zeitplanung zulassen.

Gut. Sie, Signorina, sollten sich die Materialangaben in meiner Mappe vornehmen, um zu entscheiden, was Sie für die Erstellung eines Echtheitszertifikats benötigen. Beatrice wird Ihnen alles Nötige beschaffen.«

»Sind Fotos dabei?«

»Leider nein. Aber sehr detaillierte Beschreibungen zu Herkunft und Verarbeitung.«

»Schwierig.«

»Sie sollen ja nur überprüfen, ob das betreffende Stück, sofern wir es in die Hand bekommen, historisch oder ein Fake ist. Das werden Sie schon schaffen. Oder?« Die herablassende Art der Frau ärgerte Marina. Überhaupt wurde ihr die Sache immer suspekter. Es half nichts. Zum Kneifen war es zu spät. Augen zu und durch.

»Okay.«

»Der dritte Punkt ist die Frage, welche Route der Bote

wählt, beziehungsweise welchen Zielpunkt er ansteuert. Immerhin muss so ein Übergabeort bestimmte Kriterien erfüllen. Vielleicht zählen sie sogar auf Helfer vor Ort. Das grenzt die Möglichkeiten ein. Darauf könnten Kevin und ich uns konzentrieren. Zu unserem Vorteil könnte folgendes gereichen: Es ist anzunehmen, dass sie die Strecke nicht in einem Ritt zurücklegen, sondern Pausen machen, um zu prüfen, ob sie verfolgt werden. Getarnt als Sightseeing historischer Sehenswürdigkeiten beispielsweise. Sie wollen ja auch nicht vor der Yacht des Prinzen ankommen. Denn je länger sie dort ohne ersichtlichen Grund herumlungern, desto mehr Aufmerksamkeit würden sie auf sich lenken. Folglich wählen sie vermutlich nicht den kürzesten Weg zum Ziel. Vielleicht können wir den Boten sogar vorher abfangen.« Kevin nickte begeistert.

»Das finde ich eine großartige Herangehensweise. Dürfte ich dazu gleich einen weiteren Vorschlag machen?« Adrienne nickte ihm aufmunternd zu. »Danke, also, wir sollten uns nicht nur auf den Konvoi konzentrieren. Warum sollten die Leute über Kopien nachdenken, wenn sie nachher doch nur mit einem Paket losfahren? Was, wenn da nicht nur diese zwei oder drei Autos auffällig nach Süden ziehen, sondern ein weiterer Bote ganz locker allein irgendwie als Tourist mit der Bahn hinterherfährt, und der ist der mit den echten Klunkern?« Marina blickte ihren Partner verblüfft an.

»Wie kommst du denn darauf?«

»Film gucken. Kino, verstehste?« Und zu den anderen. »Sie kennen sicher den Thriller ›Oceans 12‹ mit George Cloony? Die Sache mit dem Nachtfuchs und dem Fabergé Ei? Da lief es genauso. Es gibt keine sicherere Lösung für die Typen, wenn sie wissen, dass sie unter Beobachtung stehen. Sagen Sie nichts. Die ganze Kiste stinkt zum Himmel. Die Leute wissen, dass sie sich gerade unbeliebt machen und dass womöglich nicht nur seriöse Kaufinteressenten wie Sie, sondern auch Ganoven hinter dem Schmuck her sind.« Starhemberg verzog unmerklich sein Gesicht. »Solche Sachen sprechen sich rum. Sonst hätten die sich nicht das Ding mit dem zweiten Auto ausdenken müssen. Folglich wäre es nur konsequent, ein Ass im Ärmel zu haben, mit dem keiner rechnet.«

»Außer Ihnen, lieber Kevin!« meinte Adrienne anerkennend. »Ein brillanter Gedanke. Was meinen Sie, Graf?« Der zuckte mit den Schultern.

»Bleibt uns wohl nichts weiter übrig. Dann mal los.«

Mittwochabend in Pietrapaola. Ziemlich verschwitzt saß Agente Vittorio Pazzi an einer langen Tafel im Hof des alten Herrenhauses der Brokkoli. Dass ihm die Schweißtropfen auf der Stirn standen, dafür gab es mehrere gute Gründe.

Der Tag an der Landstraße bei Savelli mit zahllosen zerrissenen Strafzetteln, die sich in seiner Hosentasche in mit Eurozeichen bedruckte Scheinchen verwandelten, war heiß und anstrengend gewesen. Es kostete ihn immer wieder Kraft und Überwindung, nicht einfach alle Fahrzeuge, die nicht der Straßenverkehrsordnung entsprachen, stillzulegen und jeden, der ihn deswegen zu bestechen versuchte, zu inhaftieren. Aber der Undercover-Polizist hatte klare Befehle und die standen nun mal über seinen moralischen Vorstellungen von Polizeiarbeit.

Dann diese Einladung in die Höhle des Löwen. Das war Donna Antonias Werk. Die alte Dame hatte sich am letzten Wochenende so über den netten jungen Polizisten gefreut, der nicht nur ihrem missratenen Sohn den Revolver zurückgebracht, sondern zugleich ihr selbst mit einem Sträußchen Blumen aufgewartet hatte, dass sie ihn spontan zu diesem Abendessen in Familie einlud. Quasi als Vorbild für ihre Enkel und Urenkel und so weiter, denn sie konnte sich nicht erinnern, wann von denen ihr jemals jemand Blumen geschenkt hatte. Außer zum Geburtstag. Don Alberto wagte keinen Widerspruch. Das Schießeisen, dass er sich hatte abnehmen lassen, so erfuhr Agente Pazzi, war ein Familienerbstück von Donna Antonias Vater selig. Der Pate von Pietrapaola hatte sich von seiner Mutter einiges anhören müssen, als sie von seinem Missgeschick erfuhr. Umso erfreuter zeigte sich die Patriarchin, das gute Stück wieder im Hause zu wissen.

So kam es also, dass sich der Polizist am Tisch einer der wichtigsten ’Ndrangheta Familien Kalabriens wiederfand. Dieser Tisch war mehr als reichlich mit Köstlichkeiten der Region gedeckt und die Hausherrin plauderte fröhlich von besseren Tagen. Die Augen aller anderen waren eher misstrauisch auf den seltsamen Gast gerichtet. Pazzi alias Sottotenente Lippi fühlte sich von den Blicken Don Albertos, seiner Söhne, Töchter, Schwiegersöhne, Schwiegertöchter und deren Kindern regelrecht durchbohrt. Und wäre das alles noch nicht genug Grund für seine Schweißausbrüche gewesen, dann seien an dieser Stelle einige geografische Details über das Städtchen auf dem Berg angemerkt.

Sein Moped hatte Pazzi-Lippi ziemlich weit unten am Hang, auf einem Parkplatz mit Trinkwasserbrunnen stehen lassen müssen. Weiter kam man mit Fahrzeugen hier kaum. Die Gassen verengten sich hinter dem Parkplatz schon bald zu schmalen Kopfsteinpflastersteigen, die dann wieder einem Gewirr von Treppen wichen. Zwar gab es theoretisch eine zweite Zufahrt über die Via Dema von der anderen Seite des Berges, gewissermaßen von seinem Gipfel her, die bis zum Marktplatz, der Piazza Dema, mit dem winzigen Rathaus führte, aber diese Straße war wegen Bauarbeiten gerade gesperrt. Das focht die meisten Anwohner nicht an; sie holperten ungeniert durch die Baustelle. Aber soweit wollte sich der Verkehrspolizist doch nicht herablassen, auch noch selbst gegen die Straßenverkehrsordnung zu verstoßen. Folglich war er in der späten Nachmittagssonne den steilen Berg über die Steige und Treppen heraufgekraxelt.

Da saß er nun, verschwitzt wie er war, fühlte sich trotz der großzügigen Bewirtung extrem unwohl und folgte im Wesentlichen schweigend den Ausführungen der alten Dame. Was diese ihm wiederum als vornehme Zurückhaltung, ja gebührende Ehrung ihres hohen Alters auslegte, wofür sie ihn mit Komplimenten überhäufte. Was die Sache nicht besser machte. Ein Blick zu Don Alberto sagte ihm, dass der heftig ansich halten musste, nicht zu platzen und ihn vor versammelter Mannschaft standrechtlich zu erschießen. Kurzum, es war ein unterhaltsamer Abend mit wirklich gutem Essen im Kreise der Familie.

Allerdings bekam die Idylle zu späterer Stunde einen kleinen Schönheitsfehler. Don Lorenzo Brokkoli, Don

Albertos Bruder, betrat den Hof, flüsterte seinem Neffen Luigi etwas ins Ohr, was dieser an seinen Bruder Mario weitergab, der aufstand, zu seinem Vater lief und diesem seinerseits ins Ohr flüsterte. Der runzelte die Stirn und wandte sich an seine Mutter. Da sie schon etwas schwer hörte, musste der Padrone lauter werden. Für Pazzi leider nicht laut genug. Mehr, als dass der männliche Teil der Familie sich in Kürze verabschieden müsse, weil unaufschiebbare Arbeit warte, verstand der Undercover-Agente nicht. Bedauerlich, da es sich wohl um sehr wichtige Angelegenheiten handeln musste.

Kurz darauf hob Donna Antonia die Tafel auf. Nicht ohne den Hinweis, dass man so einen schönen Abend bald wiederholen müsse und dass der Agente doch bitte ihr Haus als das seine betrachten möge. Der junge Polizist bedankte sich höflich, wischte sich den Schweiß von der Stirn und beschloss, dieses Angebot wörtlich zu nehmen, denn die plötzliche Betriebsamkeit, die die Herren Brokkoli so spät am Abend überkam, schien ihm zumindest einer genaueren Beobachtung wert.

Kapitel 10 – Wahrheiten

Marina saß in ihrem Zimmer im Haus des Grafen und starrte abwechselnd auf den Bildschirm ihres Tablets und auf die Papiere. Einfach unfassbar! Angesichts der fast unglaubwürdigen Zahlenangaben schien es absolut unmöglich, keinen Namen und kein Bild des Objektes zu finden. Eine derartige Pracht musste dokumentiert sein. Aber wo?

Starhemberg hatte sie eigentlich auf ein Glas Wein eingeladen, aber Marina war nicht nach trauter Zweisamkeit. Obwohl ihr Tarzan ausdrücklich dazu geraten hatte. Der Spinner. Na ja. Vielleicht hatte er recht. Vielleicht. Vielleicht hätte sie sollen. Vielleicht. Vielleicht hatte sie einfach keine Lust mehr, sich mit ihrem Auftraggeber einzulassen. Spätestens nachdem, was sie heute erfahren hatte. Vielleicht.

Kevin war nicht mit in die Villa zurückgefahren. Adrienne hatte ihm vorgeschlagen, die gemeinsame Suche nach Routen und Zielen bei ihr durchzuführen. Sie verfüge über umfangreiches Kartenmaterial, GPS und so weiter und so fort. Dass Kevin ohne zu zögern zustimmte, versteht sich von selbst. Marina war es trotz Adriennes intensiver Betreuung gelungen, ihn kurz vor ihrer Abreise wenigstens fünf Minuten unter vier Augen zu sprechen.

»Die wickelt dich absichtlich um den Finger.«

»Sehe ich auch so.«

»Ich schätze, da steckt der Graf dahinter.«

»Nicht mein unwiderstehlicher Charme?«

»Mach keine Witze. Ich denke, sie soll dich ein bisschen besoffen machen, um herauszufinden, was wir vorhaben.«

»Ja logisch. Denkst du, ich bin blöd? Denkst du wirklich, ich halte mich für so geil, dass mir jede Frau sofort ohnmächtig in den Arm fällt, wenn ich sie nur scharf ansehe? Glaubst du das?«

»Was ich glaube, spielt keine Rolle. Ich wollte dich nur bitten, vorsichtig zu sein. Kein Wort über unsere Skepsis. Und lass dich nicht manipulieren!«

»Wo denkst du hin?« Kevins breites Grinsen hatte fast von einem Ohr zum anderen gereicht. »Ich weiß, was zu tun ist.«

»Und das wäre?«

»Spaß haben und Klappe halten.«

»Von mir aus auch so.«

»Weißt du was, Rinchen? Weißt du, was dein Problem ist? Du bist inkonsequent. Einerseits sagst du, wenn da was faul ist, müssen wir es rausfinden. Abenteuer und so. Wenn dann aber immer klarer wird, dass wirklich was faul ist, kriegst du Schiss und würdest am liebsten abhauen.«

»Vermutlich. Was schlägst du vor?«

»Den Spieß umdrehen. Sieh die Leute als Beute und uns als Jäger.« Marina verzog ihr Gesicht.

»Ich weiß nicht, ob mir das liegt.«

»Ach komm, denk an Karneval. Da bist du doch auch nicht so zimperlich. Weißt du, wenn die Galeristin meint, mich verführen zu müssen, um mich aushorchen und zu ihrem Schoßhündchen machen zu können, dann mach du es doch mit dem Grafen genauso! Ich wette, der ist deinem Charme vom ersten Tag an verfallen. Wenn du ihm bisschen Leckerli gibst, frisst der dir aus der Hand. Im

Bett werden Männer gesprächig.«

»Merk du dir das nur selber, Tarzan«, hatte Marina lachend erwidert. Tja, und nun saß sie hier, grübelte über den Zahlen und verzichte darauf, den Grafen zu verführen. Morgen war auch noch ein Tag. Zurück zu den Fakten.

Also, bei dem Objekt handelte es sich um einen repräsentativen Bruststern, achtspitzig mit achtundvierzig Hauptstrahlen und einem Durchmesser von sage und schreibe 15,5 cm. Hergestellt irgendwann zwischen 1746 und 1749 von einem Schweizer Juwelier für den polnischen König. Der eigentliche Hammer allerdings war nicht der Stern selbst, sondern das Material, aus dem er bestand: Über tausend Diamanten, besser gesagt, Brillanten! Früher Brillantschliff an Diamanten unterschiedlichster Größe. Der zentrale Stein sollte über 20 Karat wiegen. Zusammengehalten wurde das Kunstwerk von gediegenem Silber. Aber das war noch nicht alles. Über den Brillanten lag der breite Rahmen eines tiefdunkelroten Malteserkreuzes aus 104 Rubinen. Und innerhalb der Kreuzrippen, auf den Brillanten, zwischen den Rubinen, sollten sich aus Gold ziseliert vier Worte finden: Pro, Fide, Lege, Rege. Was immer das bedeutete. Wahrscheinlich ein Wahlspruch. So ein Stück musste schlichtweg unbezahlbar sein.

Marina grübelte. Schweizer Juwelier, polnischer König, 1749 ... Wie hieß dieser König gleich nochmal? Lipinsky oder Leschinski? Das musste sich doch herausfinden lassen, wer zu der Zeit König war und was für einen Juwelier er beschäftigte. Sie gab die Daten in die Suchmaschine ein. Das Ergebnis verblüffte sie. 1749 war kein

Leschinsky oder Lepinsky polnischer König, sondern August III., Kurfürst von Sachsen, Sohn von August dem Starken. Wie passte das denn jetzt zusammen? Nächster Suchbegriff: Juweliere am Hofe Augusts.

Au wei, das waren viele. Dinglinger zum Beispiel und ... Moment. Ein Schweizer namens Jean Jacques Pallard. Der Mann arbeitete von 1746 bis 1749 in Dresden an einer Brillantgarnitur, von der bis heute nur noch der ... Bruststern des polnischen Weißen Adler-Ordens ... im Grünen Gewölbe ...

Bei Marina schrillten sämtliche Alarmglocken. Im Nu gab sie den Namen des Sterns ein und im nächsten Moment erschien das Wunder schweizerisch-sächsischer Juwelierskunst. Versehen mit dem Vermerk: Gestohlen beim Einbruch in die Dresdener Schatzkammer im Jahr 2019. Bam! Soviel zum Thema verarmter Landadel mit Waldbesitz. Was für eine dreiste Lüge!

Marina schwindelte. Sie wollte schreien. Sie biss sich auf die Lippe bis Blut kam. ... Atmen. Ganz ruhig. Einatmen, ausatmen, einatmen, ausatmen, ... Langsam wich die Schockstarre. Konnte das wahr sein? Waren nicht schon erste mutmaßliche Täter gefasst? Was machte der Raub in Italien? Und was hatte es mit dieser Nachfahrin ... Marina versuchte nochmal eine andere Schreibweise von Leschinski. Und da kam er:

Stanislaus Leszczynski. Rivale der sächsischen Kurfürsten im Kampf um den polnisch-litauischen Thron. Von den Schweden bereits während der Herrschaft August des Starken im sogenannten Großen Nordischen Krieg kurzzeitig zum Interimskönig bestimmt, wurde er nach dem Tod des alten Haudegens, trotz der offiziellen

Wahl von dessen Sohn durch die Vertreter der polnischen Adelsrepublik, von Frankreich und Schweden erneut als König eingesetzt. Was ihm nicht viel nutzte. Er wurde von den eigenen Landsleuten verjagt und verbrachte den Rest seines Lebens im Exil. Leszczynski schien also daheim in Polen nicht sonderlich beliebt gewesen zu sein, schlussfolgerte Marina. Und aus dieser kurzen Regierungszeit sollten Ansprüche auf den Stern resultieren? Höchstens aus der etwas seltsamen Auffassung, dass der Stern des höchsten polnischen Ordensritters einzig und allein ihm gebühre. Und zwar, weil ihm die Wahl seines Konkurrenten missfiel. Bezahlt und in Auftrag gegeben hatte den Stern jedoch Kurfürst August III. in Dresden. Übrigens lange nach den Putschversuchen des Möchtegernkönigs, weswegen er auch rechtmäßig dem sächsischen Staat gehörte.

Na das war ja ein Ding! Aber wenn der Bruststern, den Graf Starhemberg für seine Auftraggeberin wollte, aus dem Raub stammte, dann konnten die anderen Stücke, die sich dabei befinden sollten, nur ebenfalls dorther kommen!

Marina wurde heiß und kalt. Was tun? Die Polizei rufen? Aber was hatte sie denn in der Hand? Ein paar technische Daten zu einem Schmuckstück, ein paar mündliche Andeutungen des Grafen? Die Polizisten würden sie auslachen. Es liefen genug Wichtigtuer und Trittbrettfahrer herum. Nein. Sie musste unbedingt mit Tarzan reden.

Aber nicht jetzt, das konnte ihn zu unüberlegten Handlungen bringen. Und wahrscheinlich sollte sie doch mit Starhemberg schlafen. Um ihn auszuhorchen. Der Kerl musste ein Gauner sein. Es schien ihr absolut unglaubwürdig, dass er von alldem nichts wissen sollte.

Andererseits, der Galeristin und ihm musste klar sein, dass es heutzutage nichts nutzte, Fotos geheimzuhalten. Um diese Zusammenhänge herauszufinden, bedurfte es keiner Kunsthistorikerin mit Masterabschluss. Das konnte jeder, der sich ein bisschen Mühe gab. Wollten die sie für dumm verkaufen? Oder sollte es ein Test ihrer Loyalität sein? Alles Fake?

Nein, nein, nein. Sie musste unbedingt gleich morgen früh mit Kevin reden. Und dann mit dem Grafen schlafen. Oder zur Polizei. Oder, und dann ...

Nee, alles Quatsch! Sie brauchte jetzt vor allem ganz dringend ein Bier. Zum Glück hatte sie eine Flasche Moretti als eiserne Ration im Gepäck. Die hatte sie jetzt bitter nötig. Um wieder klar im Kopf zu werden.

Kevin konnte sein Glück kaum fassen. War die kleine Catalina in der vergangenen Nacht eine sanfte Brise gewesen mit Händchen halten, bisschen Knutschen, bisschen Kuscheln, entpuppte sich Adrienne als Orkan. Ohne viel zu fragen war sie über ihn gekommen, hatte ihn umgehauen. Sowas hatte er noch nicht erlebt. Wahrscheinlich waren die meisten Mädels, mit denen er sonst zu tun hatte, einfach zu jung, vermutete er, zu unsicher. Diese Italienerin wusste, was sie wollte, und sie nahm es sich ungeniert. Mit dem Ergebnis, dass der junge Mann aus Deutschland komplett erschöpft auf dem Rücken lag, ungläubig in die Luft starrte und auf die heftigen Atemzüge neben sich lauschte. Sehr schön. Kevin schloss die Augen. Die harmonische Stille hielt allerdings nicht lange an. Adriennes Stimme riss ihn aus seinen erfreulichen Gedanken.

»Was glaubst du eigentlich, wer ich bin?«

»Du? Hm, na eine Kunsthändlerin. Oder etwa nicht?«

»Auch.«

»Auch?«

»Glaubst du, von Kunst allein kann man heutzutage leben?«

»Und wovon dann?«

»Von Informationen. Ich handle überwiegend mit Informationen.«

»Zum Beispiel mit solchen wie denen, die du heut Dr. Ludowig Franz Graf Starhemberg beschafft hast?«

»Zum Beispiel. Zum Beispiel aber auch mit Informationen über meine Partner. Ich hab meine Quellen und will wissen, mit wem ich es zu tun bekomme. Bei Franz Ludowig bin ich im Bilde. Der ist ein Hochstapler, der mit etwas Glück ein paar wirklich lukrative Kunden an die Hand bekommen konnte. Die finanzieren ihm seinen exzessiven Lebensstil. Jedenfalls, solange er ihnen interessante Angebote offerieren kann. Spätestens allerdings, wenn die Familie derer von Starhemberg mitkriegt, dass er mit ihrem guten Namen krumme Geschäfte macht, dürfte er ernsthafte Probleme bekommen.«

»Ach?«

»Ja. ... Das war jetzt eine Gratis-Information, weil ich denke, dass du eh kein Geld hast, mich ordentlich zu bezahlen. Aber dafür bist du mir jetzt eine andere Information schuldig.«

»Worüber denn?«

»Wer bist du? Wer ist diese Marina Casanova? Oder genauer gesagt: Was seid ihr? Was spielt ihr für ein Spiel?«

»Das sind jetzt aber gleich vier Informationen. Das ist

dann aber ...«

»Keine Sperenzchen!« Im Nu hockte ihm Adrienne rittlings auf dem Bauch, seine Oberarme fest unter ihre Knie geklemmt, und presste einen Dolch an seine Kehle. Eine scharfe Klinge. Kevin spürte, wie ein dünner Blutfaden seinen Hals seitlich herunterlief. Er war komplett bewegungsunfähig.

»Du weißt, wer wir sind.«

»Die Wahrheit.«

»Das ist die Wahrheit.«

»Das glaubst du doch selbst nicht, mein Kleiner. Niemand gerät ausversehen in so ein Spiel, bei dem es um Millionen geht. Also nochmal: Wer bist du?«

»Ein stinknormaler Arbeiter, der in seiner Freizeit im Karneval ...«

»Lüg nicht!« Sie drückte fester. Der Schmerz trieb Kevin Tränen in die Augen. »Polizei, Versicherung, Mafia? Oder seid ihr von diesen bescheuerten Clan-Typen engagiert, um uns auszuschalten?«

»Was?«

»Rede!«

»Weder noch. Ich lüge nicht«, winselte Kevin. »Ich weiß ja nicht mal, wovon du redest.«

»Letzte Chance.« Adrienne nahm das Messer von seinem Hals, setzte die Spitze direkt über Kevins Herz, richte sich dabei auf, um auch die zweite Hand an den Griff zu nehmen und so mit ihrem gesamten Körpergewicht zustoßen zu können. »Wenn du mir jetzt nicht die Wahrheit sagst, dann massakriere ich dich erst und schneide dir anschließend die Eier ab. Als Warnung an alle, die glauben, eine Adrienne de Petuchi verarschen zu können.«

Kevin hatte ja durchaus damit gerechnet, dass er im Bett ausgefragt werden sollte. Aber doch nicht so! Das überstieg seine Kräfte. Er begann hemmungslos zu weinen. Schluchzend versuchte er der Frau klar zu machen, dass sie sich irrte.

»Wenn du sagst, dass der Graf kein Graf ist, dann ... dann hat Marina wohl sowas geahnt. ... Das Zusammentreffen war wirklich Zufall und sie ...«

»Schwachsinn. Keine normale junge Frau quatscht ohne Grund einen alten Bock an. Noch dazu in einer öffentlichen Schatzkammer.«

»Marina ist keine normale Frau.«

»Was dann? Super Woman? Letzte Warnung.«

»Sie ist ein Harlequin. Genau wie ich.«

»Harlequin? Ist das so eine Art Geheimorganisation?«

»Nein. Das ist unsere Tanzgruppe in Köln.«

»Du wirst mir gleich was vortanzen, wenn du mich weiter anlügst«, fauchte die Italienerin. Inzwischen zeigten sich auch auf Kevins Brust Blutstropfen.

»Du musst mir glauben. Ich bin ein stinknormaler Arbeiter und ... und ...«, er schniefte, »und sie ist wirklich gerade mit dem Studium fertig geworden und ... und sucht einen Job.«

»Im Museum?!«

»Im Museum. Mich hat sie nur gebeten, ihr zu helfen, weil wir Freunde sind ... Weil sie Angst hat, an die falschen Leute zu geraten. ... Damit notfalls jemand die Polizei rufen kann. ... Und jetzt bring mich endlich um, verdammt noch mal! ... Aber bitte, bitte lass Marina laufen.« Er verstummte und seine Tränen rannen ungehemmt. Sie vermengten sich auf Adriennes Kopfkissen mit seinem Blut.

Adrienne atmete tief durch. Sie warf den Dolch achtlos zu Seite, griff nach einem Taschentuch und tupfte Kevins Hals und die Stelle auf der Brust ab, an der ihre Dolchspitze seine Haut leicht perforiert hatte. Dann sprang sie auf, lief zu einem Schränkchen, holte Pflaster, bedachte beide Verletzungen mit einem Küsschen und verarztete sie fachmännisch.

Kevin war einerseits erleichtert, wusste andererseits allerdings nicht, was diese neuerliche Wendung bedeuten sollte. Er heulte jetzt wie ein junger Hund. Er konnte es einfach nicht zurückhalten. Das war ihm alles zu viel. Er bekam Schüttelfrost. Mit der Folge, dass die Dame sich sogar zärtlich an ihn schmiegte, ihn mit einem Laken zudeckte und beruhigend streichelte. Eine irgendwie komplett surreale Situation. Kevin fühlte sich hoffnungslos überfordert. Wie durch einen Schleier hörte er leise ihre jetzt wieder weiche, ruhige Stimme.

»Entschuldige bitte, dass ich dir weh getan habe. Aber es musste sein. Ich musste mir Klarheit verschaffen. Nimm's mir nicht übel, Kleiner, du magst ein passabler Liebhaber sein, aber du bist auch der größte Trottel, der mir jemals untergekommen ist. So leicht und schnell habe ich noch keinen Mann ins Bett gekriegt. Und da schon Ludowig meinte, es könne mit dir irgendwas nicht ganz koscher sein ...«

»Hast du das alles für ihn gemacht?« fragte Kevin, der sich langsam wieder in den Griff bekam.

»Für ihn?« Adrienne lachte. »Nie im Leben. Ich arbeite grundsätzlich nur für mich. Und ich mache ausschließlich, worauf ich Lust habe. ... Übrigens, hier, nimm das Taschentuch und schnäuz dich mal richtig, mein Kleiner.« Er folgte artig ihrer Aufforderung und wischte sich bei der Gelegenheit gleich auch die Wangen trocken, soweit Adrienne ihm die Tränen nicht schon weggeküsst hatte. Dann sah er sie an.

»Warum?«

»Warum?« Sie hob die Augenbrauen. »Warum ich mit dir geschlafen hab, oder warum ich dich fast getötet hätte?«

»Beides.«

»Ersteres, weil es mir Spaß gemacht hat. Und natürlich, um dich in meine Gewalt zu bekommen. Das Zweite, nun, wie gesagt. Ich handle mit Informationen. Ich werde mich aber nie auf irgendetwas Kriminelles oder sonstwie Illegales einlassen. Mein Geschäftsprinzip. Ich bin eine faire Maklerin interessanter Fakten. Was andere damit machen, will ich nicht wissen. Deshalb aber muss ich unbedingt neutral bleiben, darf mich in nichts hineinziehen lassen.«

»Und das hast du bei mir befürchtet? Dass ich dich in was hineinziehen will?«

»So ähnlich. Das plötzliche Auftauchen der Signorina Casanova und die plumpe Art, wie du sofort auf meine Anmache angesprungen bist ... Weißt du, wenn man es mit Typen wie Ludowig zu tun hat, muss man verdammt vorsichtig sein. Insofern kann ich deine Marina loben, dass sie die Idee hatte, dich hinzuzurufen. ... Aber egal. Jetzt hab ich dir wirklich sehr viel von mir erzählt und du siehst, dass ich glaube und hoffe, dass du mir auch die Wahrheit gesagt hast.«

»Ist es, ich schwöre.« Kevin hob zwei Finger seiner rechten Hand in die Luft. Adrienne richtete sich auf und kniete sich neben ihn.

»Musst du nicht. Der Punkt ist, wenn deine Marina wirklich so clever ist, wie du sagst, dann weiß sie inzwischen auch ohne Fotos, worum es sich bei der Preziose handelt, die der feine Herr Graf so dringend haben will. Ich habe ihr alles idiotensicher aufgeschrieben. Und wenn sie das weiß und sie keine Mafiosa sondern eine verantwortungsbewusste Kunsthistorikerin ist, dann dürfte sie gerade eine schlaflose Nacht erleben. Sollte also tatsächlich alles so sein wie du sagst, dann sind wir Verbündete, falls nicht, hast du mich jetzt in der Hand. Jedenfalls ein bisschen.« Sie lächelte und griff nach den beiden noch immer in die Luft gestreckten Fingern. »Ludowig muss nicht ganz dicht sein, wenn er glaubt uns alle benutzen zu können. Er verdient sich 'ne goldene Nase, verschwindet und wir kommen im günstigsten Fall in den Knast. Nicht mit mir. Darum jetzt Klartext: Wenn wir uns nicht mitschuldig machen wollen, müssen wir verhindern, dass diese Kunstschätze Italien verlassen. Denn sonst wird es sehr schwer, sie zu retten.«

»Sie zu retten?« Kevin machte ein so verblüfftes Gesicht, dass Adrienne laut lachen musste.

»Ja. Aber das hat bis morgen Zeit. Jetzt bin ich dir erstmal eine kleine Entschädigung schuldig, glaube ich.« Damit legte sie seine Hand an ihre Brust und sich selbst sanft auf ihn. Kevin ließ es geschehen. Er schloss die Augen. Wahnsinn. Himmel und Hölle konnten so nah beieinanderliegen. Es würde wohl eine Weile dauern, bis er die Erlebnisse dieser Nacht verdaut hätte.

In Bezug auf Marina ging Adriennes Prophezeiung hundertprozentig in Erfüllung. Trotz ihrer Moretti Notration bekam sie kaum ein Auge zu. Und wenn, dann folgten umgehend Albträume, aus denen sie schweißgebadet hochfuhr. Anders als sonst brachte das Erwachen jedoch keine Erleichterung, denn die Realität sah kein bisschen besser aus. Marina wälzte sich im Bett, bekam Kopfschmerzen, nahm Kopfschmerztabletten. Gegen Morgen erreichte sie ein fröhlicher Gruß Kevins auf ihrem Smartphone. Die Botschaft lautete:

»Guten Morgen, falls du‘s noch nicht gemacht hast, brauchst nicht mehr mit Ludowig schlafen. Wir haben alles geklärt. Grüße von Adrienne, Tarzan ... P.S.: Ich will dir natürlich nichts vorschreiben. Wenn du Bock auf den Kerl hast. Du bist erwachsen. Harlequins e Levve lang!« Dazu ein zwinkerndes Smiley.

Das war definitiv nicht die Sorte Humor, die Marina im Moment beruhigt hätte. Im Gegenteil. Schon wieder schrillten sämtliche Alarmglocken. Was hatten die beiden geklärt? Das konnte doch nur heißen, dass sich Kevin tatsächlich hatte umdrehen lassen, dass sie nun doch wieder ganz auf sich gestellt war. Was dachte sich der Kerl eigentlich? Hatte der gar kein Verantwortungsbewusstsein? Sie schrieb zurück:

»Wann können wir reden? Es ist dringend!« Die Antwort ließ auf sich warten. Irgendwann machte sie sich frisch, versuchte irgendwie die Spuren der Nacht aus dem Gesicht zu retuschieren und begab sich ins Atrium zum Frühstück. Appetit hatte sie keinen, aber ein Kaffee und etwas Obst konnten vielleicht nicht schaden. Catalina hatte wie immer mehr als genug aufgetafelt. Zum Glück war der Graf schon weg. Er hatte ihr eine Rose hinterlassen und ein Zettelchen, dass er in dringenden Geschäften unterwegs sei. Sie könne zum Abendessen mit ihm rechnen. Er habe auch Adrienne dazu eingeladen, damit sie gemeinsam die nächsten Schritte beraten könnten. Er sei schon sehr gespannt. Gruß und Kuss, Ludowig

Gruß und Kuss? Was bildete sich der Mistkerl ein! Mittlerweile war Marina sogar der Appetit auf frisches Obst vergangen. Sie nahm ihre Kaffeetasse und trat hinaus auf die Terrasse. Der Blick über die sonnigen Hügel der Toskana beruhigten ein wenig ihre strapazierten Nerven. Wie lautete das bekannte Bonmot von Oscar Wilde? »Am Ende wird alles gut. Und wenn es nicht gut ist, dann ist es noch nicht das Ende.« Der hatte gut reden. Kurz nach zehn klingelte endlich ihr Telefon. Kevin.

»Kannst mich abholen kommen.«

»Mehr hast du mir nicht zu sagen.«

»Den Rest erfährst du, wenn du hier bist.«

»Kannst du nicht wenigstens was andeuten? Du glaubst nicht, was ich rausgefunden hab. Ich hab Angst, scheißende Angst, verstehst du?«

»Adrienne wollte, dass du‘s rausfindest. Glaub mir, alles Roger. Und jetzt schwing deinen süßen Hintern in den Asphaltpickel und komm her. Bis gleich.«

Alles Roger. Der hatte Nerven. Diese Sprüche machten sie fertig. Es half nichts. Um nicht unterwegs einen Hungerast zu bekommen, schmierte sie sich ein Käsebrötchen, packte ein paar Weintrauben ein und machte sich auf den Weg.

Kapitel 11 – Absprachen

In Sant Eufémia Lamézia an der kalabrischen Westküste, direkt vor dem Lamezia Terme International Airport, wartete ein klappriger Mercedes, Baujahr 1973. Zwei junge Männer standen daneben und rauchten, am Steuer saß ein grauhaariger, braungebrannter Mann mit Strohhut. Don Alberto mit seinen Söhnen Mario und Luigi. Während die beiden Raucher tiefenentspannt wirkten, trommelte ihr Vater nervös aufs Lenkrad. Er hasste es, warten zu müssen. Zum Glück dauerte es kaum mehr als eine Zigarettenlänge, und durch das Tor eilte mit elastischen Schritten ein Herr im hellen Anzug mit Aktentasche. Dr. Ludowig Franz Graf Starhemberg. Freundlich lächelnd trat er zu den Männern. Don Alberto fühlte sich bemüßigt, kurz den Wagen zu verlassen, um dem Grafen mit leichter Verbeugung die Hand zu reichen. Danach stiegen alle vier ein und Don Alberto kutschierte sie zu einer nahegelegenen Pizzeria. Nachdem sie bestellt hatten und die Kellnerin hinterm Tresen verschwunden war, kamen sie zur Sache.

Der Graf erläuterte den Stand der Dinge. Worauf Luigi meinte, ob es dafür nötig gewesen wäre, extra mit dem Jet hierher zu fliegen? Das hätte man telefonisch klären können. Sein Vater wies ihn zurecht. Angesichts der immer engmaschigeren Telefonüberwachung durch die DIA sei jedes persönliche Treffen sicherer als ein Telefongespräch. Und der Herr Graf habe gewiss noch andere wichtige Geschäftstermine in der Region, was die Sache unauffälliger mache. Letzterem musste Starhemberg leider widersprechen. Weswegen die Frage blieb, wie nun weiter zu verfahren sei. Denn wenn er am Ende wirklich täglich mit dem Flugzeug pendeln müsse, dann würde das schon recht auffällig sein. Nach längerer Überlegung unterbreitete er einen pragmatischen Vorschlag. Einer der jungen Herren sollte sich ein Prepaid Telefon besorgen, dessen Guthaben man in jedem Supermarkt aufladen könne. Er würde seiner Bevollmächtigten, einer Deutschen, ein ebensolches Gerät besorgen. Dann könnten er selbst wie auch der Padrone sich aus den Absprachen weitgehend heraushalten. Sollte wider Erwarten trotzdem jemand diesen Telefonen auf die Spur kommen, sei es, dass eines verloren ginge oder gestohlen würde, so würde es von den Gesprächen wahrscheinlich keine Mitschnitte sondern nur Verbindungsnachweise geben. Und wer würde schon Verdacht schöpfen, wenn zwei junge Leute häufig miteinander telefonierten?

»Kann die Dame Italienisch?« fragte Don Alberto.

»Leider nein«, entgegnete Starhemberg.

»Dann komme nur ich infrage!« strahlte Mario. »Ich war schon in der Schule gut in Deutsch und bei Gino in Düsseldorf hatte ich ja eh fast nur mit Deutschen zu tun. Das krieg ich hin. Ist sie wenigstens hübsch? Wie alt ist die Dame?« Starhemberg amüsierte der Enthusiasmus des Burschen.

»Ich kann Ihnen versichern, lieber Mario, diese Dame, sie heißt übrigens Marina, dürfte in etwa Ihr Alter sein und ist sogar ausgesprochen hübsch. Von Beruf ist sie Kunsthistorikerin. Wenn wir das Stück in unseren Händen halten, wird sie prüfen, ob es auch das echte ist oder ob uns jemand mit einer Kopie verschaukeln will.«

»Wunderbar!« freute sich Mario. Sein Vater zeigte

sich zwar nicht ganz so begeistert, sah aber den praktischen Nutzen der Verabredung ein. Und Luigi meinte:

»Wenn das so ist, dann wird es wirklich am besten sein, wenn unser Single Mario den Kontaktmann spielt. Ich hätte daheim gleich wieder ein Eifersuchtsdrama an der Backe.« Womit die Sache entschieden war.

Don Alberto versprach, all seine Augen und Ohren überall an der Küste hier in Kalabrien wie auch drüben in Apulien anzuweisen, ab jetzt genauer hinzusehen, wer sich auffällig in der Nähe geeigneter Yacht- und Fischereihäfen herumtriebe. Nur von Sizilien hielt er wenig. Erstens, weil die Überfahrt mit der Fähre zusätzliche Risiken und zeitliche Aufwände für den Boten zur Folge hätte. Zum Zweiten sah es mit seinen Beziehungen zu den Sizilianern nicht sonderlich gut aus. Die Reviere der Familien seien klar abgesteckt. Also eher Waffenstillstand als Frieden. Aber davon abgesehen, glaube er auch nicht daran, dass Sizilien ein wirklich gutes Pflaster für die arabischen Clans sei. Wenn Starhembergs Mitarbeiter bei ihrer Analyse zu einem anderen Ergebnis kämen, was er nicht glaube, dann müsse man halt nachdenken. Aber wie gesagt ...

Das Essen wurde serviert. Um weitere Treffen zu vermeiden und sofort Nägel mit Köpfen zu machen, fuhren die vier Männer gleich nach dem Dessert und noch bevor sie Starhemberg wieder zum Flughafen brachten zu einem Telefonladen, besorgten sich die nötigen Prepaid Geräte und tauschten die neuen Nummern aus. Als der Graf wenig später mit seiner Maschine Richtung Norden abhob, umspielte ein breites Grinsen sein Gesicht.

Don Alberto sah ihm vom Wagen aus einen Moment

nach, spuckte dann aus dem Fenster und meinte verächtlich:

»Arrogantes Arschloch.«

»Mag sein«, antwortete Luigi, »aber er zahlt gut.«

»Und für mich springt dabei 'ne heiße Braut raus!« ergänzte Mario. »Das nenn ich mal ein Geschäft!«

»Ihr habt ja keine Ahnung«, knurrte der Padrone, während er den Motor anließ und den Gang einlegte. »Wer so mit Geld um sich schmeißt, verdient mit dem Job garantiert viel mehr. Der will uns bescheißen. Aber nicht mit Don Alberto! Wir sehen erstmal, wie sich die Sache entwickelt. Wenn sich eine Gelegenheit bietet, machen wir das Geschäft selbst, capito?« Seine beiden Jungs nickten artig. Luigi fügte hinzu:

»Hast recht Papa. Mal ehrlich, so einen Schnösel vermisst am Ende sicher niemand.«

Abends in der Villa Starhemberg. Die Runde am Tisch im Atrium wirkte fröhlich und gelöst. Und das waren die vier Teilnehmer auch einigermaßen. Wenngleich jeder aus einem anderen Grund.

Der vermeintliche Graf, der die Gelegenheit nutzte, Marina ihr neues Prepaid Telefon zu überreichen, freute sich über die damit gestiegene Wahrscheinlichkeit, sich im Falle eines Scheiterns aus allem herausreden zu können. Auch dass sie, obgleich sie bei ihren Nachforschungen auf einige Hintergründe gestoßen war, das alles so sportlich nahm, schien ihm Beleg genug, dass letztlich jeder Mensch seinen Preis besaß. Ihrer war offensichtlich nicht sonderlich hoch. Besonders erfreulich: Marina ging sogar wieder auf seine kleinen Flirtversuche ein.

Ihre Verspannungen des gestrigen Tages schienen also Geschichte. Dass Adrienne ihm außerdem grünes Licht in Sachen Kevin gegeben hatte, machte den Tag rund.

Adrienne wiederum war gut gelaunt, weil nach der rundum befriedigenden Nacht mit Kevin auch die Verständigung mit Marina gelungen war. Im Allgemeinen kannte die Frau kaum moralische Bedenken. Ein gutes Geschäft war ein gutes Geschäft und fertig. Gesetze übertraten andere, sie blieb Dienstleister im Hintergrund. Im vorliegenden Fall lagen die Dinge allerdings anders. Hier ging es um ein Kapitalverbrechen gegen das Weltkulturerbe. Vom ersten Moment an, als ihr die Tragweite dieses Auftrags klar wurde, stand für sie außerfrage, dass sie versuchen musste, die Schätze irgendwie zu retten. Das war sie ihrer Reputation als seriöse Kunsthändlerin schuldig. Eine Frage des guten Rufes. Nun dafür gleich zwei Verbündete gefunden zu haben, ließ ihre Erfolgsaussichten deutlich steigen.

Kevin? Kevin genoss das Abenteuer. Noch nie hatte er bei einem Job, der nicht mit Karneval und den Kölschen Harlequins zu tun hatte, so viel Spaß gehabt. Punkt. Über die Risiken würde er sich Gedanken machen, wenn es soweit wäre. Der gestrige Abend hatte ja gezeigt, dass man sich manchmal sowieso nicht wehren konnte und einfach abwarten musste, was passiert. Kommt Zeit, kommt Rat.

Ganz so sorglos wie Kevin und wie sie es nach außen vorspielte, war Marina nicht. Jedoch waren ihr im Gespräch mit Adrienne und Kevin etliche schwere Steine vom Herzen gefallen. Der wohl größte: Sie musste aus besagtem Organ keine Mördergrube mehr machen. Es fanden sich zwei Menschen an ihrer Seite, denen sie anscheinend vertrauen konnte. Mit deren Hilfe würde sie sich guten Gewissens der Herausforderung stellen können. Und sollte es am Ende wirklich so sein, wie Ludowig es erwartete, würden sie die italienische Polizei einschalten, um die Preziosen aus dem Grünen Gewölbe nach Hause zu bringen. Sollte hingegen alles nur ein großer Bluff sein, auch nicht schlimm. Dann musste sie sich wenigstens nicht vorwerfen, untätig geblieben zu sein. Und einen weiteren Grund zu entspannter Fröhlichkeit gab es für Marina. Sie war nicht mehr gezwungen, mit dem Möchtegern-Grafen zu schlafen, um hinter seine Absichten zu kommen. Denn so sehr sie bei ihrer Ankunft hier eigentlich Lust auf ein kleines erotisches Abenteuer gehabt hatte, so sehr hatten ihr die jüngsten Entwicklungen die Stimmung verhagelt. Diesen Arsch würde sie am ausgestreckten Arm verhungern lassen! Fand sich sicher besseres Männer-Material in Italien.

Apropos Männer. Etwas gewundert hatte sich Marina über Kevins großes Pflaster am Hals. Dass er sich beim Rasieren geschnitten habe, glaubte sie ihm nicht. Sie wusste, dass er der Trockenrasur-Fraktion angehörte. Da aber sowohl Tarzan als auch ihre neue Verbündete zu diesem Thema beharrlich schwiegen, ließ sie es dabei bewenden. Irgendwann würde sie schon erfahren, was in jener Nacht in Montelupo geschehen war.

Kurz und gut, die Stimmung bei Tisch war prächtig und nach einem wunderbar leichten, erfrischenden Abendessen wurden die Ergebnisse der jeweiligen Recherchen ausgetauscht. Als erstes stellte sich heraus, dass die Wünsche der Kunsthistorikerin, ihr Equipment betreffend, das veranschlagte Spesenbudget bei weitem übertraf. Es schien außerdem unsicher, ob alles rechtzeitig zu beschaffen wäre. Adrienne schlug vor, anstatt alles neu zu kaufen, es mit Ausleihe zu versuchen. So wurde es beschlossen und Beatrice übermittelt. Trotzdem stockte der Graf Marinas Spesenkonto um zweieinhalbtausend Euro auf. Weil sich ihre Aufgabe dahingehend geändert hatte, sich intensiver zusammen mit Kevin an der Suche nach dem Boten zu beteiligen, war mit höheren Ausgaben zu rechnen. Er wollte sich nicht knausrig zeigen.

Als geradezu spannend erwies sich die Analyse von Adrienne und Kevin. Wie Starhembergs kalabrischen Partner schlossen sie Sizilien weitgehend aus. Blieb Apulien oder Kalabrien. Da wiederum schien das Gebiet rund um den Golf von Táranto am interessantesten. Was theoretisch auch ein Stück der Basilikata einschloss, aber in diesem mittleren Küstenabschnitt fanden sich kaum geeignete kleine Häfen.

Der östliche apulische Küstenstreifen an der Adria rund um Brindisi jedenfalls fiel aus. Zu viele Touristen und damit auch reichlich Polizei. Auf der Westseite Kalabriens, am Tyrrhenischen Meer, wäre das zwar nicht das Problem gewesen, aber ähnlich wie etwas weiter nördlich in Kampanien, rund um Neapel, trieben sich dort eine Menge kleiner Diebe herum. Da lag das Risiko für die Clanleute, ihre Beute vorzeitig zu verlieren, einfach zu hoch. Außerdem wäre der Prinz dort wahrscheinlich nicht freiwillig an Land gegangen. Zu allem Übel war in Cosenza ein Teil der DIA-Eliteeinheiten untergebracht. Und dass diese Antimafia-Polizisten ihre Augen und Ohren überall hatten, war hinlänglich bekannt.

Damit blieben wirklich nur die Ost- und die Westküste

des Golfes von Táranto übrig. Adrienne präferierte die Westküste, denn es gab dort in einem kleinen Nest namens Mandatoriccio ein geradezu monströs protziges Hotel mit dem schönen Namen Castello. Unweit davon lag die Marina di Cariati. Wenn ihre Informationen stimmten, hatte der Prinz in diesem Hafen bereits mehrfach geankert und bei der Gelegenheit oben im Castello rauschende Feste gefeiert. Sein erneutes Auftauchen würde also niemanden verwundern und kaum Aufsehen erregen. Man konnte annehmen, dass er vor Ort genügend Freunde besaß, die für ihn tätig werden konnten. Das waren eine Menge guter Argumente.

Starhemberg übertrug die Aufgabe, diese Überlegungen den Partnern im Süden zu übermitteln, Marina. Es sei die Gelegenheit, den Kontakt zu Mario Brokkoli herzustellen.

Kevin gab allerdings einen kleinen Widerspruch zu Protokoll. Er regte an, die Ostküste des Golfes nicht völlig zu vernachlässigen. Auch dort gebe es hübsche kleine Häfen und wegen des etwas höheren touristischen Anteils auch mehr Ferienwohnungen und Pensionen, in denen sich das Team des »Absenders« unauffällig einquartieren könnte. Der Einwand wurde zur Kenntnis genommen und für berechtigt gehalten.

Stand die Frage, wo der Bote beziehungsweise die Boten vor dem finalen Zusammentreffen in Warteposition gehen konnten. Es musste ein touristischer Hotspot sein, allerdings auch nicht zu groß. Und vor allem, von dort aus musste man mit dem Auto in wenigen Stunden an einem der möglichen Übergabepunkte sein. Nach längerer Beratung einigten sich die vier Anwesenden, ihr Augenmerk hauptsächlich auf zwei Orte zu lenken. Beides Weltkulturerbe, beides eher etwas für speziell historisch interessierte Menschen, beides touristisch gut erschlossen, ohne überlaufen zu sein. Dort würden weder ein Backpacker noch eine junge Familie sonderlich auffallen. Und selbst für die Security-Männer fänden sich genug dezente Quartiere in der Nähe.

Die Rede war vom Castél del Monte im Norden Apuliens. In der Gegend gab es mehrere Campingplätze und vermietbare Bungalows. Der zweite Ort lag weiter südlich, fast zentral im Hinterland des Golfes in der Basilikata. Es handelte sich um Materá, die Höhlenstadt, die erst im vorigen Jahr als europäische Kulturhauptstadt etwas mehr ins Blickfeld des internationalen Tourismus gerückt war.

Natürlich konnten sämtliche Spekulation falsch sein, darüber war man sich in der Runde einig. Aber für die Nachforschungen von Marina und Kevin schienen das Castél del Monte genau wie Materá geeignete Ausgangspunkte. Womit auch beider nächste Reiseziele feststanden. Starhemberg bat Adrienne, ihre Kontakte spielen zu lassen, um die Route des Prinzen herauszufinden und möglichst jede seiner Stationen zu dokumentieren. Wenn alle Stricke rissen, mussten sie sich daran orientieren und notfalls blitzartig reagieren. Weswegen Kevin und Adrienne beschlossen, sich ebenfalls Prepaid Telefone zu besorgen, um eine geschlossene Kommunikationskette jenseits der üblichen Smartphone- oder Internetverbindungen zu schaffen.

Nachdem soweit alles klar war, quälte Kevin nur noch eine Frage: Was sei zu tun, wenn sie den oder die Boten tatsächlich fänden und er oder sie wollten nicht verhandeln? Starhemberg lächelte eisig.

»Kidnappen. Einsperren und die Pistole auf die Brust. Aber das überlasst ihr lieber meinen kalabrischen Geschäftspartnern aus Pietrapaola. Die sind auf so etwas spezialisiert.«

Damit war nun wirklich alles gesagt. Der Gastgeber ließ Catalina Wein aus dem Keller bringen. Dass sein Hausmädchen an diesem Abend etwas verschnupft dreinblickte, entging ihm. Anders als Kevin, dem die Sache durchaus peinlich war. Grund: Adrienne hatte sich spontan entschlossen, ein bisschen mitzufeiern und erst am Morgen nach Hause zu fahren. Wie selbstverständlich hatte sie Catalina angewiesen, in Kevins Zimmer bitte ein zweites Kopfkissen, ein zweites Laken und Handtücher aufs Bett zu legen.

Kapitel 12 – Aufbrüche

Samstagvormittag. Agente Vittorio Pazzi alias Sottotenente Antonio Lippi stand mit seinem Blumenstrauß vor dem Haus der Brokkolis und klopfte brav mit dem schweren Eisenklopfer gegen das Tor. Einmal, zweimal, beim dritten Mal steckte Mario seinen Kopf heraus. Er betrachtete den jungen Mann in seiner schicken Verkehrspolizisten-Uniform und den Blumenstrauß. Ein breites Grinsen zog sich von einem Ohr zum andern. Er musste arg an sich halten, nicht laut zu lachen.

»Aha!« stellte er fest. »Zu Oma oder zu meiner Schwester?«

»Ich würde gern Ihrer Frau Großmutter einen Besuch abstatten. Nachdem sie mich neulich so großzügig bewirten ließ, wollte ich mich einfach nochmal bedanken.«

»Mal im Ernst, wenn ich es nicht besser wüsste, müsste ich vermuten, du willst meine Oma heiraten, Bulle. Übrigens, ich heiße Mario, kannst mich duzen.« Damit öffnete er das Tor und ließ den Agente ein.

»Danke, dann nenn mich bitte Vittorio. Aber ich versichere dir, dass ich keine derartigen Ambitionen hege. Ist wirklich nur ein kurzer Höflichkeitsbesuch.«

»Ja, schon gut. Komm rein. Aber sag mal, du bist aus Rom, oder?«

»Ja, warum?«

»Du musst mir mal helfen. Wie man hier oben eins von unseren Bauernmädels anbaggert, das weiß ich. Aber ich hab jetzt durch, … äh, … durch so einen Chat, verstehst du? Also da hab ich eine Klassefrau kennengelernt. Studiert und mit allem Pipapo. Und jetzt haben wir demnächst unser erstes Date. Gibt‘s irgendwas, was man dabei beachten sollte?«

»Puh, du kannst Fragen stellen.« Pazzi runzelte die Stirn. »Also über ’nen Chat, das hatte ich noch nicht. Wo kommt sie denn her? Aus Rom?«

»Nee, aus Deutschland.«

»Na ja, die sollen ja eher ein bisschen spröde und sehr ordentlich sein. Hab ich gehört.«

»Das ist relativ. Ich war ein Jahr bei meinem großen Bruder in Düsseldorf. Da liefen Schlampen rum, das würde sich hier keine Frau trauen, so rumzulaufen.«

»Ja gut, aber sagtest du nicht, sie wär ’ne Klassefrau?«

»Ist sie.«

»Hm, na ja, ein Blumenstrauß ist immer hilfreich.« Er blickte auf den Feldblumenstrauß, den er für die Patriarchin dabei hatte. »Bisschen schicker als der vielleicht. Und auf alle Fälle ein sauberes Hemd oder Shirt oder so. Und nicht gleich mit der Tür ins Haus fallen, erst mal bisschen Konversation. Was sie mag oder so.«

»Ja.« Mario nickte. »Sowas in der Art dachte ich mir. Was hältst du von 100 roten Rosen?«

»Na das ist wahrscheinlich schon wieder bisschen viel fürs erste Mal. Ihr kennt euch ja kaum, wie du sagst. Rosen wäre schon okay, aber ein kleiner Strauß und bunt gemischt. Nicht nur rot. Wenn du gleich den Megaromantiker raushängen lässt, kriegt sie womöglich einen Schreck und fühlt sich überfordert. Ich würd es auf alle Fälle vor allem langsam angehen lassen. Paar Komplimente, aber nicht zu viel.«

»Zum Essen einladen?«

»Klar, aber wenn sie selbst bezahlen will, lass sie ruhig. Das brauchen sie manchmal, weil sie sich unabhängig zeigen wollen. Das musst du einfach akzeptieren. Da merkt sie dann, dass du sie nicht unter Druck setzt.«

»Klingt logisch. Danke!«

»Sag mir hinterher, wie es funktioniert hat.«

»Mach ich, und jetzt viel Spaß mit Oma. Wo sie wohnt, weißt du ja.«

»Danke, ich find mich hin.« Na fein, dachte sich Pazzi-Lippi, als er die steile Stiege zu der alten Dame hochkeuchte, jetzt werde ich noch zum Liebesberater der Mafia.

Die betagte Patriarchin war von dem Besuch und dem neuerlichen Blumenstrauß hochentzückt. Was zur Folge hatte, dass sie dem jungen Mann ihr halbes Leben ausbreitete. Der wollte zwar ursprünglich nicht lange bleiben, aber je mehr Donna Antonia erzählte, desto interessierter hörte er zu. Allmählich begann er zu begreifen, wie die Leute hier oben tickten, wie die alten 'Ndrangheta-Familien funktionierten, wer über welche Ecke mit wem versippt und verschwägert war. Der Undercover Polizist kam zu dem Schluss, dass man die Donna eigentlich als Schulungsreferentin zur DIA-Fortbildung für Polizisten im Außendienst einladen sollte. Hätte er das alles schon früher gewusst, …

Auf dem Rückweg nach draußen kam er an einer nur angelehnten Tür vorbei. Er hätte vermutlich nicht darauf geachtet, hätte er nicht von drinnen die Stimmen von Don Alberto und seinen Söhnen gehört. Er konnte nicht umhin, stehenzubleiben und zu lauschen. Luigi zählte irgendetwas auf, das den alten Don aufregte.

»Also, wir hätten ein junges Pärchen mit Kind, dass

seit gestern in Mandatoriccio eine Ferienwohnung gemietet hat. Angeblich fahren die einen Mercedes. Ein paar Orte weiter südlich lungern seit längerem irgendwelche Typen rum. Aber das sind nur Tunesier aus der dortigen Flüchtlingsunterkunft, die hoffen, dass sie bleiben dürfen. Ansonsten ist alles unauffällig. Drüben in Apulien, genauer in Maruggio, sollen zwei Penner rumlaufen, die angeblich aus Deutschland stammen, sich aber in einem Dialekt unterhalten, den keiner versteht. Ich tippe auf Schweizer. Die beiden Typen geben sich zwar als Brüder aus, aber ihr Vermieter schwört Stein auf Bein, dass das höchstens warme Brüder sein können. Die fahren fast jeden Abend zum Sonnenuntergang ans Meer.

Na ja, und dann sind da ein paar von unseren Leuten und den Freunden von der Sacra Corona Unita, die sich gegenseitig nicht über den Weg trauen. Wahrscheinlich geht es dabei eher um Revierkämpfe. Ach so, und in Materá laufen hunderte rum, auf die die Beschreibung passen könnte. Vielleicht kann Mario mal hinfahren und sich selber ein Bild machen?«

»Das klingt alles ziemlich schwachsinnig«, knurrte Don Alberto. »Die Schwuchteln können wir schon mal ausschließen, mit solchen Leuten macht der Prinz keine Geschäfte. Die lässt er, wenn er sie erwischt, günstigstenfalls kastrieren. Sein Onkel legt wert auf Zucht und Anstand im Emirat. Die haben Gesetze wie bei uns unterm Duce.« Mario wiegte den Kopf.

»Bleibt die Familie in Mandatoriccio.« Sein Vater nickte.

»Die könnte passen. Ich hab mit dem Manager vom Castello gesprochen. Angeblich hat sich der Prinz für übernächste Woche angesagt. Er will wieder einen Ball geben. Allerdings wird das nicht funktionieren. Dafür sind die gültigen Corona Regeln zu streng. Notfalls wird er deshalb alleine mit seiner Crew und ein paar Mädchen feiern, hieß es.«

»Das wäre die perfekte Lösung.« Luigi rieb sich die Hände. »Dann hören wir einfach auf, die Nadel im Heuhaufen zu suchen, warten ab, bis der Prinz die Klunkern hat und kidnappen dann ihn.«

»Und dann?« fragte sein Vater.

»Dann holen wir uns ganz locker den ganzen Plunder und passen dem Knaben ein paar Schuhe aus Beton an. ... Oder besser, seine ganze Yacht gluckert bei einem peinlichen Manövrierfehler ab, weil sie mit einem Fischkutter zusammenstößt.«

»Das ist dein Vorschlag, Söhnchen?«

»Na ja, warum ni...«

»Du bist der größte Schafskopf unter Italiens Sonne, Luigi!« brüllte sein Vater. »Schlimmer, du willst uns vermutlich alle umbringen, wie?«

»Nein.«

»Oh doch, du hirnloses Riesenbaby! Es wird schon heiß genug werden, wenn es uns gelingt, dem Scheich seine Beute vor der Nase wegzuschnappen. Aber das könnte er noch sportlich sehen, weil er ja nicht wirklich was verliert und weil er hoffentlich nie erfährt, wer es war. Aber wenn wir uns an einem Mitglied des Königshauses vergreifen, dann ist das was anderes. Dann scheißt sein Alter sämtliche unserer Konkurrenten derartig mit Ölmillionen zu, dass keiner von uns auch nur die Nase vor die Haustür stecken kann. Die löschen uns aus. Einen nach dem anderen. ... Herr im Himmel, lass es Hirn regnen!«

Schweigen. Pazzi hörte Schritte, die im Zimmer auf und ab gingen. Nach einer Weile ergriff Mario das Wort.

»So kommen wir nicht weiter. Aber ich denke, dass an der Theorie mit dem Castél del Monte oder mit Materá was dran sein könnte. Die Sachverständige und ihr Assi müssten heute beim Castél ankommen. Ich würde gern vielleicht morgen hinfahren um ...«

»NEIN!« donnerte der Don. Er wollte sich anscheinend nicht beruhigen. »Du bleibst hier. Jedenfalls mindestens bis Montag. Bis dahin nehme ich die Sache jetzt selbst in die Hand. Es muss irgendwer was wissen! Ich werde ein paar Besuche machen. Wenn das auch nichts bringt, dann, in Gottes Namen, fahr hin. Aber keine Schnellschüsse ins Blaue. .... Das gilt für euch beide, ist das klar?!« Eine Faust schlug auf den Tisch. Danach änderte sich der Ton der Schritte. Sie näherten sich der Tür.

Der Undercover-Agente sah zu, dass er Land gewann. Wenn er alles richtig verstanden hatte, dann bereitete die Bande ein richtig dickes Ding vor. Jetzt bloß keinen Fehler machen und nicht erwischen lassen, dachte er. Er schaffte es mit knapper Not rechtzeitig durchs Tor.

Irgendwo auf der Autobahn südlich von Rom. Zwei junge Leute in einem auf Hochglanz polierten Fiat 500 fortgeschrittenen Alters. Kevin nervte:

»Och Menno, ich hätte gern Rom gesehen. Wenigstens ganz kurz.«

»Ganz kurz?« Marina zog die Brauen hoch.»Der Umweg durch Rom hätte uns Stunden gekostet.«

»Spielverderberin.«

»Beschwer dich nicht. Das Castél del Monte soll was ganz besonderes sein.«

»Hat das eigentlich mit dem Quartier geklappt? Ich hasse Zelte!«

»Es war noch ein Bungalow frei.«

»Wenigstens was.«

»Wie steht's übrigens mit Catalina? Hat sie sich heut Morgen wieder eingekriegt?«

»Nö.« Kevin verschränkte die Arme. »Ja, tut mir leid, vielleicht wär sie die Frau fürs Leben gewesen. ... Man kann halt nicht alles haben.« Marina grinste.

»Ein Pflaster am Hals reicht.«

»Ach, halt die Klappe. Aus dir spricht nur der Neid der Besitzlosen. Kann ich dafür, dass du untervögelt bist?«

»Noch so'n Spruch und ich schmeiß dich an der nächsten Raste raus. Versprochen.«

»Sorry, tut mir leid.«

»Entschuldigung angenommen.«

»Du, da drüben, was steht da auf dem Wegweiser? Montecassino?«

»Ja. Abtei Montecassino. Ist das das Ding da oben auf dem Berg?«

»Kann sein, seh ich von der Beifahrerseite aus nicht richtig.«

»Und ich will bei dem Verkehr die Augen nicht von der Straße nehmen. Google mal. Irgendwie muss ich den Namen schon gehört haben.«

»Is mir auch so. Moment.« Kevin kramte sein Smartphone aus der Tasche. »Oh wow, erstens ist es ein uraltes Kloster und zweitens fand hier eine der größten Schlachten des Zweiten Weltkriegs statt. ... Pass auf. ... Also, die deutschen Truppen haben hier 1944 massive Verteidigungsstellungen in die Berge gebaut, um den Vormarsch der Alliierten von Süden auf Rom zu stoppen.«

»Kannst du dir gar nicht vorstellen, wenn du diese schöne friedliche Landschaft siehst.«

»Pass auf, der bremst.«

»Ja, weil der andere Idiot mit dem Porsche ohne zu blinken rübergezogen ist.«

»So viel zum Thema friedliche Landschaft.« Kevin war nicht böse, dass Marina am Steuer saß. Schön, dass sie gern Auto fuhr. Er konnte sich weiß Gott besseres vorstellen, als sich auf der Autobahn mit rücksichtslosen Deppen und LKWs herumzuärgern. Zum Beispiel auf dem Beifahrersitz zu schlafen.

Er wurde unsanft geweckt. Fast wäre Kevin mit dem Kopf gegen die Frontscheibe geschlagen; einzig der Gurt des Wagens hatte schlimmeres verhindert. Eine Weile war es Marina gelungen, die Schlaglöcher der Buckelpiste einigermaßen gekonnt zu umrunden. Das letzte war zu breit gewesen.

»Aua! Was machst du denn? Wo ist die Autobahn?«

»Wir sind schon eine Weile runter. Laut Navi müssten wir bald da sein.«

»Ich seh nur Olivenbäume.« Der junge Mann dehnte sich, soweit es der Gurt zuließ, und gähnte herzhaft. »Oliven, Oliven, Oliven. Bis zum Horizont. ... Nix gegen Oliven, aber ich könnt jetzt einen Kaffee vertragen.«

»Ich auch. Kommt bestimmt gleich was. Schau mal, was da auf dem Schild steht.«

»Wir sollen Schneeketten aufziehen. ... Echt jetzt? Schnee in Süditalien?«

»Ja, die Warnung, dass die hier keinen Winterdienst haben, hab ich auch gesehen. Wahrscheinlich sind wir höher als es den Anschein hat. Ich meine aber das andere, das da.«

»Ach so, ja.«

»Vorbei. Hast du's erkennen können?«

»Ja. Du hättest hier rechts abbiegen müssen.« Kevin rauschte erneut mit Schwung Richtung Scheibe. Der Gurt quetschte ihm die Rippen. »Au, Scheiße, spinnst du? Was soll denn das?«

»Manchmal bist du echt 'ne große Hilfe, Tarzan«, knurrte Marina, während sie auf der schmalen Landstraße wendete.

»Und wozu hast du ein Navi?«

»Das sagt, ich soll geradeaus weiterfahren. Das hat die Querstraße gar nicht.«

»So viel zum Thema KI.«

»Du könntest ja auch den Routenplaner auf deinem Smartphone einschalten.«

»Wenn auf dem Schild schon ganz klar ›Da lang!‹ steht, dann lohnt sich das jetzt auch nicht mehr.«

»Faulpelz.«

»He, guck mal, da vorn geht es den Berg hoch. Und oben drauf, ist das nicht schon das Castél?«

»Bow. Das thront ja wirklich richtig über der Landschaft. Irre.«

Wenige Kilometer weiter, direkt unterhalb des wuchtigen achteckigen Baues aus der Zeit des letzten Stauferkaisers, bog Marina auf den Campingplatz ein. Wohnwagen,

Zelte und Bungalows verteilten sich um das Rezeptionsgebäude. Eine Menge wichtigtuender Menschen wuselte zwischen den Gebäuden hin und her. Einige schleppten Kleidersäcke, andere Kleiderständer. Die Dame vom Empfang fertigte die Neuankömmlinge zwischen Tür und Angel ab. Zu ihrem Bungalow gehe es immer geradeaus. Das Auto bitte draußen stehn lassen. Alles weitere bei Bedarf später. Ach, übrigens: Es gebe am Abend eine Modenschau mit einem Designer aus Mailand. Alles geladene Gäste. Deswegen bleibe das Restaurant heut für die Öffentlichkeit geschlossen. Schwub, weg war sie.

Marina und Kevin brachten ihr Gepäck in den Bungalow. Für den Moment waren sie zu müde, um sich über irgendetwas Gedanken zu machen. Das Castél lief ihnen nicht weg. Gegessen hatten sie unterwegs im Auto. Also beschlossen sie, nach der Aufregung der letzten Tage erstmal eine ausgedehnte Ruhepause zu genießen. Der Bungalow besaß zwar nur ein Doppelbett, aber das störte die beiden nicht. Dafür waren sie lange genug befreundet. So kam es, dass sie bald darauf friedlich nebeneinander lagen und tief und fest schliefen.

Geweckt wurden die Reisenden von donnernden Bässen und jubelnden Menschen. Die Modenschau war in vollem Gange. Vom Restaurant aus hatten die Macher einen T-förmigen Laufsteg gebaut, was es den Models erlaubte, das Haus als Backstage-Bereich mit kurzen Wegen zu nutzen. Marina und Kevin sahen dem Treiben eine Weile belustigt zu. Junge Männer und Frauen liefen, dynamisch ihre Hüften schwingend, in ziemlich originellen Kostümierungen auf und ab. Alles Retro. Sechziger und siebziger Jahre. Hippie-Stile, glitzernde Phantasieuniformen, lange Kleider und Miniröcke. Behängt mit reichlich Modeschmuck, auf dem Kopf verwegene Hüte oder elegante Tücher. Einzig letztere hielt Marina tatsächlich für tragbar. Der Rest schien ihr bestenfalls für Karneval geeignet. Aber dafür hatte sie ja ihr hübsches Harlequinskostüm. Also kein Bedarf, lange stehenzubleiben. Womit sie bei Kevin offene Türen einlief, denn allmählich meldete sich bei ihm der Hunger. Trotzdem gingen sie nicht direkt zum Auto sondern drehten erst eine Runde über den Platz, um eventuelle Auffälligkeiten zu finden. Sie fanden aber keine. Jedenfalls nicht auf den ersten Blick.

Wohnmobile aus halb Europa standen hier herum. Den Kennzeichen war zu entnehmen, dass es sich um Holländer, Schweden, Deutsche und so weiter handelte. PKWs mit Zelten daneben kamen aus Spanien, Frankreich, Russland. Natürlich waren auch Italiener darunter. Das Verbot, mit dem Wagen aufs Gelände zu fahren, galt wohl nur für Nutzer der ziemlich eng stehenden Hütten. Was erklärte, warum so verhältnismäßig wenige Autos auf dem Parkplatz an der Straße standen. Im Moment genaugenommen nur ihr kleiner roter Fiat und die Wagen des Mode-Trosses aus Mailand.

Zwei Orte weiter entdeckten sie am Straßenrand ein Gasthaus. Der zugehörige Biergarten unter alten Laubbäumen machte einen guten Eindruck. Marina parkte ein.

»Luigi, Mario!« Die Stimme des Padrone von Pietrapaola donnert durch das Haus der Brokkolis. »Pronto!«

Im Laufschritt kamen die Gerufenen. Luigi wirkte mürrisch.

»Was gibt‘s denn so Dringendes? Das Spiel Napoli gegen die Roma ist in fünf Minuten zu Ende und wir liegen nur ganz knapp zwei zu eins vorne.«

»Das interessiert mich einen Scheißdreck. Hört mir zu: Ich komme gerade aus Mandatoriccio. Im Castello ist ein schwarzer Porsche-SUV mit deutschem Kennzeichen angekommen. So ein Panzer für Snobs. Vier ganz smarte Jungs in schwarzen Anzügen mit Sonnenbrillen saßen drin. Araber. Sie haben ein Schreiben des Prinzen dabei. Das ist sein offizielles Vorauskommando. Security.«

»Verdammt«, rief Mario, »das passt zu dieser Familie. Wann statten wir denen einen Besuch ab?«

»Gar nicht. Du fährst sofort runter und beginnst mit der Beschattung. Luigi organisiert genug Männer, dass wir ab Mitternacht eine Rundumobservierung mit je zwei Leuten haben.«

»Nur das Ferienhaus oder auch das Castello?« wollte Luigi wissen. Sein Vater musste an sich halten, um nicht gleich wieder loszubrüllen.

»Du bist und bleibst ein Schwachkopf, Luigi. Was glaubst du wohl, wer den Geschäftsführer und seine Assistenten so schön regelmäßig schmiert? Das Hotel ist zwar neutraler Boden, aber das heißt nicht, dass sich da drin irgendeine Laus den Rüssel putzen könnte, ohne dass ich es als erster erfahre. Und jetzt an die Arbeit!«

Was der Padrone nicht wusste: Unweit vom Castello in Mandatoriccio stand auf einem öffentlichen Parkplatz in Strandnähe ein Moped. Ein junger Mann in Badehose und mit Handtuch bewaffnet schlenderte am Meer entlang. Ein großer Strohhut warf Schatten auf sein Gesicht. Scheinbar interessierte er sich vor allem für einen guten

Platz zum Schwimmen und vielleicht auch für die eine oder andere Badenixe, die sich in der Nachmittagssonne rekelte. Wer genau hinsah, stellte fest, dass sein Blick ein ums andere Mal den Berg hinauf zu dem mondänen Hotel wanderte. Agente Vittorio Pazzi alias Sottotenente Antonio Lippi hatte nämlich seit dem Gespräch am Morgen das Anwesen der Brokkolis nicht mehr aus den Augen gelassen. Er war dem Padrone in gebührendem Abstand gefolgt und hatte wie dieser die Ankunft der auffälligen Herren beobachtet. Da er am Wochenende dienstfrei hatte, machte er sich umgehend auf den Heimweg nach Savelli, zog sich um und kehrte als Badegast an die Küste zurück. Sein Moped wies keinerlei äußerlichen Merkmale eines Polizeifahrzeugs auf. Eine Vorsichtsmaßnahme seines Chefs, die ihn nun lediglich als einen unter vielen jungen Burschen mit ähnlichen Ambitionen erscheinen ließ. Bei den gegenwärtigen Temperaturen bedurfte er nicht einmal eines Schlafsackes, um die Nacht im Freien zu verbringen. Genau das hatte er nämlich vor. Sein Instinkt sagte ihm, dass der Besuch des Padrone nur der Anfang einer sehr speziellen Geschichte sein konnte.

Lippi wurde nicht enttäuscht. Gerade hatte er eine schöne Runde im warmen Sand hinter sich. Er begab sich zum Moped und begann, am Vergaser zu schrauben. Als Vorwand, um der Straße ein Stück näher zu sein. Eine gute Entscheidung. Im nächsten Moment röhrte ein schnittiger Alfa Romeo vorüber. Den kannte der Polizist. Es war das Spielzeug von Mario Brokkoli, wenn der nicht gerade im Oldtimer seines Vaters mitfahren musste. Und wie nicht anders zu erwarten, bog der Wagen in Richtung Castello ab. Der Undercover-Agente holte sein Fernglas unterm Badetuch hervor und sah einem Raubvogel nach, der über dem Ort kreiste. Dann senkte er das Glas und nahm den Alfa ins Visier. Merkwürdigerweise fuhr der gar nicht zum Castello sondern bog auf halbem Wege erneut ab. Und zwar in die Straße, in der die schicken neuen Appartementhäuser für Familienurlauber standen. Seltsam. Dummerweise war er damit Lippis Blicken entschwunden. Dem Polizisten fiel das Gespräch vom Morgen ein. Die Sache mit dem Pärchen in der Ferienwohnung. Es half nichts. Planänderung. Er zog sich wieder an, schnallte sein Badezeug aufs Moped und tuckerte gemächlich in Richtung der Appartements. Egal, was das alles bedeutete, rein zufällig passierte es bestimmt nicht.

Marios Wagen entdecke er schon von weitem. Er parkte am Straßenrand. Möglichst zügig fuhr er daran vorbei, was sich als gute Entscheidung herausstellte. Mario saß nämlich noch immer drin. Entspannt zurückgelehnt am Steuer, im Mund eine Zigarette. Also entweder eine Observierung oder er wartete auf jemanden. Lippi bog am Ende der Straße rechts ab und hielt an, sobald er sich außer Sichtweite glaubte. Vorsichtig schlich er bis zu einem Gebüsch, von dem aus er die Straße am Appartement-Block einsehen konnte. Soweit er das von hier beurteilen konnte, gab es keine Veränderung. Was tun? Natürlich konnte er unmöglich ewig hier in den Sträuchern hocken. Es wäre nur eine Frage der Zeit gewesen, jemand hätte ihn bemerkt und die Polizei verständigt. Es würde ihm schwerfallen, zu erklären, dass er weder ein Spanner war noch einen Einbruch vorbereitete. Er kam nicht mehr dazu, den Gedanken zu Ende zu spinnen. Ein Schlag ins Genick ließ es dunkel um ihn werden.

Kapitel 13 – Spekulationen

Als er wieder zu sich kam, spürte er Kabelbinder um Hände und Füße, auf dem Mund ein festes, chemisch müffelndes Klebeband. Anscheinend lag er hinter einer Wand, die zu einer Art Carport gehörte. Neben ihm saß Mario Brokkoli auf einer Holzkiste und rauchte. Als der sah, dass sein Gefangener die Augen öffnete, begann er zu grinsen.

»Guten Morgen, Agente Pazzi! Oder soll ich dich lieber irgendwie anders nennen? Ich vermute mal, du gehörst zu den Bluthunden des Prinzen? ... Mach‘s Maul auf!«

»Hmhmhm.«

»Ach so, ja, entschuldige. Eine Vorsichtsmaßnahme, damit du nicht das ganze Viertel zusammenschreist, Bulle. Ich nehme an, nach Einsicht in deine Lage hat sich das erledigt. Uno momento, prego.« Mario riss das Paketband vom Mund des Polizisten.

Undercover-Agente Lippi-Pazzi gratulierte sich dazu, heute nur die falschen Fahrzeugpapiere eingesteckt zu haben. Der Mafiosi hatte ihn offenbar durchsucht. Wäre er auf den Brustbeutel mit dem Tagebuch gestoßen, hätte das üble Folgen haben können. So blieb ihm etwas Spielraum, um sich herauszuwinden. Nur wie? Mario kam ihm unabsichtlich zu Hilfe.

»Bist du ein Polizist oder nicht? Wenn ja, wieso folgst du mir? Wenn nein, dann sag mir, wer hier wohnt und warum du hier herumschnüffelst?«

»Ich bin wirklich Verkehrspolizist. Von einem Prinzen weiß ich nichts.«

»Und was machst du dann hier?«

»Also, du weißt ja, man hat mich strafversetzt, weil ... Hm, das würde jetzt zu weit führen.«

»Komm zur Sache.« Mario zündete sich eine weitere Zigarette an.

»Die Sache ist die. Ich hab euch heute Morgen belauscht.«

»Aha!« Mario stand auf, stellte seinen Fuß auf den Bauch des am Boden liegenden und begann, langsam den Absatz zu drehen. »Dachte ich mir, dass es nicht nur um die Oma ging.«

»Nein, du verstehst mich falsch. Eigentlich war ich wirklich nur da, um mich zu bedanken. Du weißt ja, dass ich gleich nach Dienstantritt ein paar Fehler gemacht habe, die mir dein Vater übelgenommen hat. Als mich die Kollegen aufklärten, wer Don Alberto ist, hab ich richtig Schiss bekommen. Na ja, und weil deine Großmutter sich nun so für mich eingesetzt hat, ...«

»Quatsch keine Opern sondern red endlich Klartext!« Mit diesen Worten trat ihm der junge Brokkoli kräftig in die Magengrube. Lippi krümmte sich vor Schmerz. Ihm wurde kurz schwarz vor Augen. Im nächsten Augenblick schaute er in die Mündung eines Schalldämpfers. »Mach dir keine falschen Hoffnungen. Das Ding ist so leise, den Plop bekommt keiner mit. Ich zähle jetzt bis drei und wenn du mir dann keine halbwegs plausible Erklärung bietest ...«

»Du musst mich einfach ausreden lassen. ... Als ich von Donna Antonia kam, stand eure Tür offen. Ihr habt ziemlich laut gestritten. Ich hab nicht viel verstanden, nur was von einem Pärchen hier in Mandatoriccio. Ich hab da erst nichts drauf gegeben. Heute Nachmittag war ich wirklich nur zum Baden hier. Kannst den Bademeister unten am Strand fragen. Der hat mich sicher gesehn. Aber dann bist du mit dem Auto vorbeigedonnert. Da fiel mir euer Streit wieder ein. Ich bin neugierig geworden. Für einen Ex-Carabiniere, der bei seinen Vorgesetzten etwas gutzumachen hat, ist es immer von Vorteil, ein paar Informationen anbieten zu können.« Mario hatte sich während dieser Erklärung wieder auf die Kiste gesetzt.

»Das ist alles?« fragte er.

»Das ist alles.«

»Klingt, als ob du bisschen weich in der Birne bist, Bulle. Was deine Strafversetzung erklären würde.« Er überlegte. »Immerhin bist du ehrlich und gibst zu, dass du uns ausspioniert hast. Und dass es dir dabei um persönlichen Vorteil geht, macht dich schon ein bisschen sympathischer. Für einen Bluthund des Prinzen, von dem du ja behauptest, du würdest ihn nicht kennen, stellst du dich auch zu dusselig an. Diese Leute würden sich nie so überrumpeln lassen.« Mario kratzte sich am Kopf. Dann steckte er die Pistole weg, klappte ein Messer auf und durchtrennte die Fesseln seines Gefangenen. Wofür dieser sich höflich bedankte. Der junge Brokkoli winkte ab.»Du machst ja auch nur deinen Job. Aber wenn ich dich noch einmal erwische, dass du mir oder jemandem aus der Familie nachspionierst, bekommst du Nachhilfe im Tauchen. Ohne Atemgerät, dafür mit Flossen aus Beton an den Füßen. Versprochen.«

»Hm, ich werd mich dran halten. Danke. Schätze, jetzt bin ich dir einen Gefallen schuldig?«

»Bist ja doch nicht so blöd, wie du aussiehst, Bulle«,

grinste Mario.

»Wenn du mir sagst, worum es hier geht, könnte ich vielleicht ...«

»Nanana, nicht gleich zu viel auf einmal. Gibt man dem Kerl den kleinen Finger, grapscht er gleich nach dem ganzen Arm. Tststs. Aber um deine Neugier wenigstens rudimentär zu befriedigen: Wir sind hier die Guten. Es gibt einen Araberprinzen, der in Italien ein krummes Ding drehen will. Nichts, was die Polizei interessieren muss, aber wir von den alten Familien haben unseren Mitbürgern gegenüber gewisse Verpflichtungen. Deshalb bin ich hier. Wenn du mir hilfst, wäre für dich sogar ‘ne kleine Prämie drin. Was meinst du, Pazzi? Gehaltsaufbesserung gefällig?«

Das war ein Angebot, bei dem Pazzi-Lippi nicht lange nachdenken musste. Wenn die ’Ndrangheta glaubte, ihn auf ihrer Gehaltsliste zu haben, würde er leichter an weitere Informationen kommen. Das Geld würde er natürlich ordnungsgemäß bei seinem Chef in Cosenza abrechnen. Klar war das ein Spiel mit dem Feuer, aber besser als Verkehrskontrollen zu machen, allemal.

Die Ruhe und Gelassenheit im Süden Italiens wirkten wie Balsam auf Marinas angespanntes Nervenkostüm. Auf dem Weg zum Gasthof waren sie erneut durch endlose Olivenhaine gefahren. Am Straßenrand eingefriedet durch kleine Mauern aus aufgeschichteten Feldsteinen. Zwischen den teils sehr alten Bäumen tauchte hier und da ein verfallenes Haus auf, dann wieder eine ziemlich neureich wirkende Villa. Und überall halbrunde, in die Erde eingegrabene Steinhütten. Weit und breit keine

Menschenseele.

Selbst in dem idyllischen Biergarten herrschte einigermaßen Leere. Auf die Frage, ob dies normal sei, antwortete der smarte Kellner, dass sie einfach zu früh dran wären. Die Küche sei bereits heftig am Teig ausrollen, denn für den späteren Abend hätten sich mehrere Gesellschaften angekündigt.

Ein Blick durch die Tür ins Restaurant bestätigten Marina seine Worte. Am großen, aus Ziegeln gemauerten Ofen mitten im Raum, plackten sich zwei schweißnasse, muskulöse Männer mit freien Oberkörpern vor dem offenen Feuer. Ein Anblick, den sie gern länger genossen hätte. Allein, sie wusste, dass das einigermaßen voyeuristisch wirken musste, und wenn sie nachher keine dummen Anmachsprüche riskieren wollte ... Mit einem Seufzer setzte sie sich zu Kevin an den Tisch im Garten.

Ihr »Assistent« hatte sich derweil hier draußen umgesehn. Zwei Tische weiter saßen zwei sehr junge Frauen, Teenager, die wie Backpacker aussahen. Jedenfalls lagen große Rucksäcke neben ihnen unterm Tisch. An der Mauer, drüben beim Eingang, lehnten zwei Fahrräder. Mit denen waren sie offenbar unterwegs. Ihre Gesichter, Arme und Beine waren braungebrannt. Sie unterhielten sich auf Englisch. Kevin machte Marina auf die beiden Mädchen aufmerksam.

»Die quasseln zwar englisch, aber so braun wie die sind, könnten es auch Italienerinnen sein.«

»Und warum dann englisch reden?«

»Engländerinnen sind es trotzdem nicht. Die kenn ich. Im Urlaub sind die immer entweder käseweiß oder krebsrot. Dazwischen gibt‘s nichts.«

»Du und deine Klischees.«

»Nix Klischees, empirische Langzeitstudien auf Mallorca.«

»Na gut, Herr Forschungsreisender. Und was wäre mit indisch oder pakistanischstämmigen Engländerinnen.«

»Amerikanerinnen?«

»Vielleicht.« Kevin ließ nicht locker.

»Was wäre mit Araberinnen, die nicht gleich als Araberinnen erkannt werden wollen und deshalb englisch reden?« Marinas Gesicht wurde ernst. So dezent als möglich drehte sie sich nach den Ladies um.

»Arabische Frauen mit Fahrrad und Rucksack allein unterwegs? Das wäre ungewöhnlich. Da kommt niemand drauf.«

»Stimmt.« Kevin nickte. »Hat Adrienne ja auch gesagt. Was aber nicht heißt, dass es das nicht vielleicht trotzdem gibt. Erinnerst du dich an Gaddafi, den lybischen Diktator? Der hatte seine Leibwache ausschließlich aus Frauen zusammengestellt. Eine knallharte Elitetruppe, dem Revolutionsführer treu ergeben bis in den Tod.«

»Echt?«

»Echt. Und denk an die syrischen Kurden. Erinnerst du dich an die Bilder vom Kampf gegen den IS? Da sind junge Frauen absichtlich an vorderster Front in die Schlacht gezogen, um die verklemmten Islamisten zu schocken.«

»Was heißt das für uns?«

»Dass Ihre Pizza fertig ist«, antwortete an Kevins Stelle lachend der Kellner. Er hatte ihre letzte Frage aufgeschnappt und stellte nun mit Schwung zwei Teller auf den Tisch. »Wohl bekomm‘s, die Herrschaften!«

»Wo haben Sie so gut Deutsch gelernt?« wollte Kevin wissen.

»Mein Großvater hat in München ein Ristorante. Ich habe bei ihm gelernt.«

Die frische Pizza schmeckte wirklich ausgezeichnet. Trotzdem war es mit Marinas Ruhe vorbei. Immer wieder gingen ihre Augen zu den beiden Mädchen am anderen Tisch. Sollten die womöglich wirklich ...? Sie schüttelte den Kopf.

»Die sind höchstens achtzehn, oder?« zischte sie. »Die sind viel zu jung.« Kevin zuckte mit den Schultern.

»Manche Frauen sehen jünger aus, als sie sind.«

»Ja, aber bei Teenagern ist es doch meist umgekehrt. Die sehen oft schon älter aus, als sie sind.«

»Auch wieder wahr. Also ziemlich unwahrscheinlich, dass der Clan sie geschickt hat. Mit einem millionenschweren Schatz! Ehrlich, das wäre selbst mir zu riskant.«

»Vielleicht ist genau das das Kalkül, dass jeder das denkt. Keine Männer, viel zu jung, Fazit: harmlos.«

»Das stimmt. Das könnte wieder dafür sprechen, dass sie Boten sind. Und noch was«, Kevin fuchtelte mit seinem Messer vor Marinas Nase herum, »wenn beispielsweise ich versuchen würde, eine davon anzugraben, um Informationen zu bekommen, und sie schreit, ich hätte sie belästigt, was denkst du, wem man glaubt? Das sind quasi Unberührbare.«

»Dann gibt es nur eine Lösung. Wenn wir tatsächlich glauben, dass die Mädels was mit dem Transport zu tun haben könnten, dann muss ich mich um sie kümmern. Du kannst mir maximal den Rücken freihalten.«

»Wie denkst du dir das?«

»Erstmal müssen wir rausfinden, wo sie Quartier genommen haben. Danach sehen wir weiter.«

»Sie saßen schon vor uns hier. Wenn sie heute irgendwo ankommen wollen, dann müssen sie sicher bald los. Könnte klappen.«

»Kau schneller, Tarzan, sie bezahlen.«

Kaum, dass die beiden Backpackerinnen losgeradelt waren, rannte ihnen Marina bis zur Straße nach. Sie wollte wissen, in welche Richtung sie die Verfolgung aufnehmen mussten, denn sofort mit dem Wagen hinterher, das wäre zu auffällig gewesen. Kevin kümmerte sich derweil um die Rechnung. Der Kellner fragte mit Blick auf Marina, ob die Mädchen etwas verloren hätten.

»Och«, meinte Kevin, »nicht direkt, meine Freundin wollte sie nur was fragen, hat es dann aber verpeilt und war nicht schnell genug. Jetzt versucht sie, sie einzuholen.«

»Halb so wild.« Der Kellner winkte ab. »Die wohnen im Motel ›Il Falco‹. Das liegt in der übernächsten Querstraße.«

»Ach, kennst du sie näher?«

»Flüchtig. Wie man sich halt kennt, wenn jemand seit fast einer Woche jeden Abend hier zum Essen kommt. Sie studieren in London, stammen aber ursprünglich von hier. Haben angeblich auch Verwandte im Libanon. Töchter reicher Eltern, wenn du mich fragst. Machen jetzt in den Semesterferien Radtouren durch die Region. Mit dem Englischgequatsche tun sie sich nur wichtig, damit andere nicht verstehen, worüber sie reden.«

»Aber wohnen im Motel?«

»Na denkst du, die sind mit dem Fahrrad von London hierhergekommen? Ich hab den Wagen gesehen. Ich sag dir, wenn du dir eine von denen angelst, legst du dich ins gemachte Bett.« Er grinste. »Kann aber auch sein, du überlebst die Anmache nicht. Sie trainieren angeblich chinesischen Kampfsport.«

»Klingt nach schmerzhafter persönlicher Erfahrung?«

»Kein Kommentar«, zwinkerte der Kellner, bedankte sich für das üppige Trinkgeld und verschwand im Haus. Schwer atmend kam Marina den kleinen Anstieg von der Straße herauf getrabt.

»Ich bin vorsichthalber ein Stück hinterhergerannt«, keuchte sie. »Sie sind in die übernächste Straße eingebogen. Hast du gezahlt?«

»Logo.«

»Dann los, Tempo jetzt!« Kevin tat jedoch nicht dergleichen sondern lehnte sich zurück.

»Immer mit der Ruhe. Die wohnen gleich um die Ecke, in einem Laden, der sich ›Il Falco‹ nennt. Ist ein Motel. Dort steht auch ihr Wagen.« Marina blickte ihn entgeistert an.

»Woher weißt du das?«

»Setz dich!« Genüsslich berichtete ihr Kevin, was er soeben erfahren hatte.

Wie sich herausstellte, gehörte das »Il Falco« zu den Geheimtipps im Norden Apuliens. Nicht auf Anhieb zu entdecken, wenn man nicht wusste, wonach man suchte. Der Komplex flacher, bungalowartig aneinandergereihter Apartments duckte sich hinter eine hohe Hecke an einer kaum befahrenen Seitenstraße. Dass über dem breiten Tor aus dichtem Schilfgeflecht ein kleines Schild mit Namen,

Wappen und Telefonnummer hing, bemerkten zufällige Passanten wirklich erst, wenn sie direkt davorstanden.

Marina hatte den Wagen ein paar Meter weiter geparkt. Sie war nervös. Spätestens seit Kevin in seinem Bericht bei »aus der Region« und »Libanon« angekommen war, schrillten bei ihr wieder mal die Alarmglocken. Soviel sie wusste und in den vergangenen Tagen gelesen hatte, waren die Diebe von Dresden Libanesen gewesen. Eine Großfamilie mit Angehörigen in halb Europa. Leute aus der Region konnten Kontakte zu den hiesigen Mafiosi von der Sacra Corona Unita, wie die in Apulien hießen, haben. Oder zum Clan gehören. Oder beides. Die Wahrscheinlichkeit, durch Zufall auf die richtige Spur gestoßen zu sein, schien hoch. Aber wie nun weiter?

»Wir können schlecht da reinmarschieren und zu den Mädels sagen, zeigt uns mal euren Schmuck.« Marina war ratlos. Kevin pfiff durch die Zähne.

»Wenn, dann würde ich so eine Aktion lieber deinem neuen Freund aus Kalabrien überlassen. Wenn das wirklich ausgebildete Killerbienen sind, dann verzichte ich dankend auf eine Bekanntschaft.«

»Feigling. Und übrigens ist Mario nicht mein Freund. Ich kenne den Kerl ja gar nicht.«

»Er ruft aber dauernd an. Du solltest mal zurückrufen.«

»Dauernd stimmt auch nicht. Er hat mir vorhin nur mitgeteilt, dass er heute Abend eine verdächtige Familie observiert.«

»Ich dachte, er hätte auch gesagt, dass er uns am Montag vielleicht besuchen kommt?«

»Vielleicht.«

»Vielleicht wäre es gut, bis dahin wenigstens ein bisschen mehr zu wissen, um sich mit ihm beraten zu können.«

»Womit wir wieder am Anfang stehen: Wie? Soll ich hier draußen auf sie warten und dann morgen den ganzen Tag im ersten Gang fünf Meter hinter ihnen herfahren?« Kevin kicherte.

»Das stell ich mir lustig vor. ... Na gut, pass auf, ich steig jetzt aus und schaue, ob ich durch die Hecke oder das Tor was sehen kann.«

Gesagt getan. Einen Moment blieb Marina sitzen, dann hielt sie es nicht mehr aus. Sie schnallte sich ebenfalls ab und folgte ihrem Beifahrer. Der winkte, sie möge sich beeilen. Neben dem linken Torpfosten hatte er eine Lücke entdeckt, durch die man das Gelände recht gut übersehen konnte.

»Guck dir das an, Rinchen. Klein aber fein. Siehst du den gläsernen Flachbau, da in der Mitte? Ich wette, das Blaue dahinter ist ein total schicker Pool. Bow, da hätt ich jetzt Bock drauf. Den ganzen Tag nur Hitze und Staub. Ich glaub, ich krieg Schnappatmung.«

»Nicht so laut, Tarzan!« Die Warnung kam zu spät. Etwas klapperte, dann quietschte es, und bevor die beiden reagieren konnten, wurde das Tor aufgezogen. Vor ihnen stand der Hausmeister, bewaffnet mit Spaten und Harke. Kevin fuhr erschrocken zusammen. Durch den geöffneten Spalt war zu sehen, dass der Mann sich anscheinend nebenan um eine Blumenrabatte gekümmert hatte. Allerdings schaute er nicht sehr grimmig. Er hatte schnell erfasst, dass es sich um Ausländer handeln müsse, weswegen er freundlich auf Englisch fragte, ob er helfen könne. Geistesgegenwärtig antwortete Marina, sie seien auf der

Suche nach einem Nachtquartier und im Gasthof habe man ihnen den Tipp gegeben, dass in diesem Motel vielleicht ein Appartement frei wäre.

Nicht nur eines, erhielt sie zur Antwort. Weil in Italien die Ferienzeit erst in ein paar Tagen begänne, sei die Anlage fast leer. Womit er das Tor weiter öffnete und die beiden Schmalspuragenten bat, näherzutreten. Er würde sie zur Rezeption bringen. Die Chefin sei heut Abend persönlich da und könne ihnen sicher ein Angebot machen. Nach kurzem Zögern folgten sie dem Hausmeister.

Das »Il Falco« erwies sich als einfache aber elegante und sehr gepflegte Anlage. Prachtstück war der gläserne Flachbau im Zentrum, den sie bereits von draußen gesehen hatten. Er enthielt Rezeption und Frühstücksraum. Nach Westen hin schloss sich eine kleine Terrasse an. Sie mündete, wie von Kevin vermutet, in einen azurblauen, ziemlich großen Pool. Der Blick Richtung Sonnenuntergang war unverbaut. In der Ferne, zwischen den Kronen einiger junger Bäume, erhob sich der Berg mit dem Castél del Monte. Ein atemberaubendes Panorama.

Kevin hatte Marina zwar zugeflüstert, sie sei wahnsinnig, sie in der Höhle der Löwinnen einzuquartieren, aber seine Tanzpartnerin ignorierte den Einwand geflissentlich.

Gut für sie: Das Zimmer war noch nicht bereit. So spät hatte die Chefin nicht mehr mit neuen Gästen gerechnet, aber in einer Stunde? Wenn sie sich vielleicht so lange etwas zu essen besorgen wollten? Marina stimmte zu. Natürlich wollten sie nicht nochmal essen, aber das ging die Motelmanagerin nichts an. Immerhin mussten sie ja zurück zum Campingplatz, um ihre Sachen zu holen.

Kevin war die Sache nicht geheuer. Natürlich freute er sich auf ein abendliches Bad im Pool. Trotzdem. Sich in so unmittelbare Nähe möglicherweise hochgefährlicher Elitekämpferinnen zu begeben?

Marina meinte nur, er solle sich gefälligst nicht so mädchenhaft haben. Er sei doch sonst Frauen gegenüber nicht schüchtern. Das sei was anderes, murrte er. Das hier seien keine Frauen sondern Mordmaschinen. Amazonen. Vollkommen unberechenbar. Wahrscheinlich. Marina bekam einen Lachanfall. Mit der Folge, dass Kevin die nächste Viertelstunde kein Wort mehr sprach und die beleidigte Leberwurst spielte.

Spätestens als sie am Campingplatz ankamen, war das Thema aber abgehakt. Hier tobte nämlich gerade die Aftershow Party. Kevin, der sonst keine gute Fete ausließ, runzelte die Stirn und schüttelte nur den Kopf. Dieser überdrehte Haufen, teilweise offenbar schon von Alkohol und Partydrogen zugedröhnt, war ihm äußerst suspekt. An Schlaf wäre hier wohl in den kommenden Stunden kaum zu denken. Ohne große Umwege packten sie ihre Sachen, beglichen die Rechnung und trollten sich zum Auto. Bevor sie einstiegen, hielt es der junge Mann für nötig, seine Partnerin in den Arm zu nehmen.

»Entschuldige bitte. Du hast mit allem recht. Ich bin ein Feigling. Ja, stehe ich dazu. Aber: Gemeinsam schaffen wir das.« Marina lächelte und drückte ihn.

»Natürlich schaffen wir das. Nur, ob ich recht habe, da bin ich mir nicht so sicher. Warten wir‘s ab.«

Kapitel 14 – Affairen

Festbeleuchtung über Apulien. Sternenklarer Himmel und seidenweiche Luft. Bevor sie Feierabend machte, hatte die Managerin den beiden Harlequins ein paar Windlichter, Oliven, Nüsse, Gläser und eine Flasche Champagner im Eiskühler auf die Terrasse gestellt. Jetzt planschten sie vergnügt mit ihren gefüllten Gläsern in der Hand und fühlten sich so frei wie lange nicht mehr. Der Abend hätte romantisch werden können, lauerte da nicht hinter einer der Türen die Gefahr. Blöd dabei: Sie wussten nicht einmal, ob es die richtigen Kandidatinnen waren. Sie wussten nicht, ob dort die gestohlenen Preziosen lagerten. Sie wussten nicht, ob die Mädchen wirklich gefährlich waren. Vielleicht waren es einfach nur Töchter reicher Eltern, die mit ihrem schicken Schlitten und ein paar teuren Fahrrädern ihren Schulabschluss feierten. Wer weiß? Und es war nur eine Frage der Zeit, wann sich besagte Tür öffnen würde. Marina und Kevin hatten keinen Plan, was dann passieren würde. Sie mussten es auf sich zukommen lassen.

Und es kam auf sie zu. Eigentlich ziemlich erwartungsgemäß in Persona zweier äußerst attraktiver Ladies in knappen Bikinis. In der Hand trugen sie eine Flasche Chianti und Gläser. Man begrüßte sich freundlich. Nachdem sie sahen, wie die beiden Harlequins es mit ihrem Champagner hielten, kamen sie mit dem Rotwein ebenfalls ins Wasser, um mit den Neuen anzustoßen. Natürlich erkannte man sich aus dem Biergarten wieder. Dass die Deutschen dort den Tipp bekommen hatten, sich hier nach einem Appartement umzusehen, erschien logisch.

Alle vier machten sich miteinander bekannt. Die Mädchen hießen Jasmina und Salome. Sie erzählten, dass ihre Familien aus Beirut stammten, sie selbst aber in Apulien geboren und in London aufgewachsen wären. Als Marina ihre Vermutung mit dem Schulabschluss äußerte, stimmten sie dem fröhlich zu. Ja, sie hätten gerade ihr A-Level, also ihr Abi, geschafft. Im Herbst begänne das Studium, der Ernst des Lebens, und bis dahin wollten sie noch ein bisschen ihre Freiheit genießen.

Es wurde erzählt und gelacht. Jasmina und Salome nahmen gern die Einladung an, vom Champagner zu kosten. Im Gegenzug spendierten sie eine Runde Chianti. Nach und nach schwanden die Hemmungen. Wobei Marina peinlichst darauf achtete, dass weder Kevin noch ihr ein falsches Wort über die Lippen kam. Zum Glück schienen die Mädchen weniger zu vertragen. Sie plapperten jede Menge. Leider nur albernes Zeug. Dennoch entwickelte sich der Abend etwas merkwürdig. Anders als Adrienne interessierten sich die Damen scheinbar nicht die Bohne für den blonden Jüngling im Becken. Im Gegenteil. Je mehr der Alkohol seine Wirkung entfaltete, desto mehr bemühten sie sich um die Kunsthistorikerin. Der wurde die Sache zunehmend unangenehm. Zwar hatte sie selbst noch im Biergarten genau so ein Szenario theoretisch für sinnvoll erachtet. Allerdings wusste sie nun in der Praxis nicht, wie sie mit der Situation umgehen sollte.

Währenddessen fühlte sich Kevin regelrecht kaltgestellt. Er beobachtete das Treiben um seine Partnerin und fragte sich verzweifelt, was das sollte. War es echt? War es gespielt? Wenn gespielt, warum? Um sie um den Finger zu wickeln oder um ihn eifersüchtig zu machen?

Wollten sie einen Keil zwischen sie treiben? Alles nur dem Alkohol geschuldet oder knallhart kalkuliert? Vorsichtshalber entleerte er sein letztes Glas Champagner nicht in den Mund, sondern kippte es unauffällig ins Wasser. Schade drum, aber es schien ihm jetzt wichtiger, einen klaren Kopf zu behalten.

Einträchtig saßen zwei Männer nebeneinander in dem schnittigen Alfa Romeo. Meist schwiegen sie und beobachteten eine Haustür und die darüberliegende Fensterfront. Es war schon dunkel, als einer der beiden, es handelte sich um Sottotenente Antonio Lippi alias Agente Vittorio Pazzi fragte:

»Was tun wir hier eigentlich genau?« Der andere, der Besitzer des Autos, Mario Brokkoli, steckte sich seine nächste Zigarette an, spuckte aus dem Fenster und meinte schließlich genervt:

»Wenn ich das wüsste.«

»Aber du musst doch wissen, warum du hier sitzt.«

»Weil Papa es gesagt hat.«

»Das reicht?«

»Das reicht.«

»Ich kapier‘s nicht. Du musst mir ja nicht viel sagen, aber es ist doch so, wenn es, wie du sagst, um eine gute Sache geht und ich dir helfen soll ...«

»Betrachte die Maßnahme als Bestrafung. Weil du Jagd auf mich gemacht hast. Jetzt musst du mir die Langeweile vertreiben.«

»Ich? Jagd auf dich? Na so würde ich es nicht formulieren. Das sähe anders aus. Aber gut, wenn du mir nichts sagen willst, dann kann ich ja jetzt nach Hause fahren.«

»Du bleibst hier und leistest mir Gesellschaft, Bulle. Jedenfalls bis die Ablösung kommt.« Der Agente sah, wie sein neuer Freund die Pistole aus dem Halfter zog und wieder auf ihn zielte.

»Du bist eine Mimose.« knurrte er. »Dann hätteste mich auch gleich draußen umlegen können. Das hätte weniger Sauerei gegeben als hier im Auto.«

»Stimmt auch wieder.« Mario steckte die Pistole weg. »Bist ein helles Köpfchen, Bulle. Ich denke, wir werden viel Spaß miteinander haben. Aber hör auf, dusslige Fragen zu stellen. Ich frag dich ja auch nicht, was du ausgefressen hast. Wer als Verkehrspolizist in die kalabrischen Berge abgeschoben wird, muss ganz schön Dreck am Stecken haben.«

»Schon klar, dafür fragst du mich andre Sachen. Zum Beispiel, wie du an Frauen rankommst. Apropos, gibt es Neuigkeiten?«

»Lang-wei-lig. Das ist privat. ... Na okay, ich seh sie vielleicht am Montag. Ich erzähl dir hinterher, wie es lief. Auf alle Fälle hat sie 'ne ziemlich heiße Stimme. Ich krieg schon einen Ständer, wenn ich nur dran denke.«

»Eiskalter Mafioso aber verknallt in eine Stimme! Du bist mir ein Spaßvogel.«

»Und? Geht's dich was an?«

»Bewahre.«

»Eben. Themenwechsel.«

»Gut, auf wen oder was warten wir hier?«

»Du kannst echt nerven.«

»Nochmal: Ich halte dich für einen netten Burschen, Mario. Immerhin hast du mich trotz meiner Dummheit bis jetzt am Leben gelassen, was ich dir hoch anrechne.

Aber wenn es wirklich darum geht, Ärger hier in Mandatoriccio zu vermeiden, dann ist es ja wohl meine Pflicht als Bulle, zu helfen. Wir sind also quasi Verbündete.«

»Oh Mann, du kannst einen in Grund und Boden quatschen. Von mir aus!« Mario grübelte, was er dem Bullen sagen durfte, ohne zu viel zu verraten. Dass der Kerl nützlich werden konnte, stand außer Frage. Trauen durfte man ihm natürlich trotzdem nicht. Andererseits, wenn er ihm nicht wenigstens ein paar Bröckchen hinwarf, wäre er womöglich beleidigt und dann hätte er ihn auch erschießen können, denn dann wäre er nutzlos. Nachdenken. Schließlich entschied er sich für eine Variante, die ihm als geeigneter Kompromiss erschien. »Pass gut auf«, begann er, »die Sache ist die. Du hast von dem Paar mit dem Kind gehört. Die wohnen seit ein paar Tagen da oben links. Wir haben eine Warnung bekommen, dass sie nicht das sind, was sie vorgeben.«

»Urlauber?«

»Eben. Es könnte sein, dass sie keine Urlauber sind sondern verdeckt arbeiten. Für eine Bande, die hier Fuß fassen will. Ganz üble Leute.«

»Leute von diesem Prinzen, von dem du sprachst?«

»Ja.«

»Drogen?«

»Nein.«

»Waffen?«

»Nein.«

»Was dann?«

»Kunst.«

»Ach? Und das wollt ihr verhindern?«

»Ja. Wenn die nämlich tatsächlich anfangen, hier Geschäfte zu machen, kommen sie nicht nur uns in die Quere, sondern wecken auch in deiner Branche massenhaft schlafende Hunde. Dann bricht Chaos aus. So ähnlich wie neulich in der Marina unten. Hast du davon gehört?«

»Flüchtig.«

»Da war es nur Spaß. Wir wollten eure Leute bisschen ärgern, damit ihr eure Nasen künftig nicht mehr in jeden Topf steckt. Aber wenn die kommen, ... wenn die kommen, dann wird es ernst. Bandenkriege und so weiter, wenn du verstehst, was ich meine. Das gibt ein Blutbad. Das braucht keiner.«

»Das braucht keiner!« stimmte der Polizist zu und biss sich auf die Lippen. »Spaß« dachte er bitter. Der hat gut reden. Ohne diesen Spaß säße ich jetzt nicht hier. Großartig. Immerhin kenne ich jetzt den ersten Verursacher meines Elends. Eigentlich müsste ich ihm sofort Handschellen anlegen. Aber wenn es stimmt, was Mario sagt, und hier ein großes Ding angeleiert wird? Er schluckte seinen Ärger herunter und griff den Gesprächsfaden wieder auf. »Anders ausgedrückt, wir beobachten die Leute, um ein bisschen Licht ins Dunkel zu bringen. Also ob es wirklich Ganoven sind und wenn ja, was sie genau vorhaben.«

»Bingo. Helles Köpfchen. Und wenn wir denen was nachweisen können, dann kriegst du die Info als erster, versprochen. Vielleicht wird dann deine Strafversetzung aufgehoben. Denn dann könnt ihr uns helfen und zur Abwechslung mal tun, wofür ihr bezahlt werdet.«

»Für Ordnung sorgen.«

»Genau. Ihr nehmt sie hops, kassiert eine Prämie, wir machen uns nicht die Hände schmutzig und an der Küste herrscht wieder himmlischer Frieden. Ist ’ne reelle Sache. Eine echte Win-Win-Situation. Was meinst du?« Der vermeintliche Agente nickte.

»Könnte sein. Aber mal im Ernst, müssen wir noch lange hier hocken? Mir fallen die Augen zu.«

»Hau ab. Gute Nacht. Die Ablösung müsste bald kommen. Die brauchen dich hier nicht finden.«

»Okay, gute Nacht!«

»Warte: Zu niemandem ein Wort über unseren Deal! Schon gar nicht zu meinem Vater oder sonst wem aus unserer Familie. Muss keiner wissen, was heut Abend hier passiert ist. Sonst bist du ein toter Mann, Bulle, egal wie sympathisch ich dich finde, capito?«

»Capito. Das ist jetzt unsere ganz private Abmachung.«

»Genau. Wenn keine Katastrophe passiert, komme ich spätestens am Dienstag zu dir. Bis dahin halt unbedingt die Füße still. Auch keinen Besuch bei Oma, klar?«

»Klar und deutlich. Viel Erfolg bei deiner Lady! Ciao!« Vollgepumpt mit Adrenalin machte sich Antonio Lippi auf den Heimweg nach Savelli. Er fühlte es. Seine Rehabilitation war so gut wie sicher.

»Danke, Ciao!« Auch Mario Brokkoli war zufrieden. Der Verkehrspolizist war zwar nur ein ganz kleines Licht, aber mit ein paar gezielten Indiskretionen, die den Geschäften seines Vaters kaum schaden würden, verbesserten sich die Karrierechancen des Mannes. Irgendwann hätte er seinen eigenen Bullen im Apparat, der ihn mit wichtigen Informationen bedienen und den man auf unliebsame Konkurrenten ansetzen konnte. Das sollte ihm die nötigen Vorteile verschaffen, wenn es irgendwann darum ging, das alte Familienoberhaupt zu beerben.

»Danke!« stöhnte Marina, nachdem sie endlich in ihrem Zimmer angekommen waren und in den Betten lagen. »Du hast mich gerettet! Du bist genau im richtigen Augenblick zurückgekommen. ... Die wollten Sex mit mir! Glaubt man‘s? Echt! Zu dritt! Gleich im Pool. Wenn du nicht gekommen wärst, die Weiber hätten mich glatt vergewaltig, so wie die am Fummeln waren. Ich konnte mich gar nicht wehren. ... Den Kopf hab ich mir dabei außerdem gestoßen. Aua.« Sie rieb sich den Hinterkopf. Kevin grinste.

»Gern geschehn. Aber mal im Ernst, vielleicht bist du einfach zu verklemmt, Rinchen. Guck dir den James Bond an. Der knallt alles, was nicht bei drei aufm Baum ist, nur um an Informationen zu kommen. ... Also ich mein jetzt den alten 007. Der Neue hat ja keine Affairen mehr. Dafür sind bei ihm die Frauen immer gleich tot.«

»Schwachsinn! Hörst du dir manchmal zu, wenn du laberst?«

»Nö. Warum?« grunzte er zufrieden. »Is ja auch egal, lief doch trotzdem gut.«

»Hä? Was lief gut? Wo warst du überhaupt so lange? Ich dachte, du wolltest nur mal kurz zur Toilette?«

»War halt ’ne längere Sitzung:« Kevin strahlte übers ganze Gesicht. Marina stand kurz davor, zu platzen.

»Du setzt dich entspannt auf den Locus, während ich fertig gemacht werde? Oder ...«, sie fuhr hoch, »hast du dir am Ende einen runtergeholt, weil du uns so geil fandest? Du, ich sag dir ...«

»Beruhige dich, Rinchen, nichts dergleichen. Ich hab

ihr Zimmer durchsucht. Sorry, das hat bisschen länger gedauert. Ich wollte gründlich sein und hab mir auch die Rucksäcke vorgenommen. Weil du die Mädels so prima abgelenkt hast, hatte ich Zeit.«

»Ich habe die Mädels ...? Moment. ... Du hast was?« Marina sprang aus ihrem Bett, baute sich vor ihrem Partner auf und stemmte die Hände in die Hüften. »Ernsthaft?« Kevin setzte sich auf.

»Es war ganz einfach. Ihr hattet mich abgeschrieben. Und wie ich so im Wasser stehe und grüble, seh ich, dass der Schlüssel von den Girls auf dem Tisch am Eingang zur Terrasse liegt. Den hab ich mir unauffällig geschnappt. That's it.« Marina war platt, sie nahm neben ihm Platz und sah ihn an.

»Aber das ist illegal. So was darf man nur mit Durchsuchungsbeschluss oder wie das heißt.«

»Pfff. Sind wir von der Polizei? Haben wir was unterschrieben?«

»Nein, natürlich nicht, aber ... Verdammt, spann mich nicht auf die Folter, Tarzan. Hast du was gefunden?«

»Leider nicht. Vielleicht auch zum Glück. Keine Waffen, kein Schmuck. Nur den üblichen Trödel, den Frauen halt so mitnehmen auf Reisen. Sogar Kondome. Was heißt, dass die Ladies nicht nur auf Frauen stehen. ... Gut für mich, was meinst du?«

»Soll ich lachen oder heulen?«

»Nichts davon, Rinchen.« Kevin nahm Marina in den Arm. »Hak die beiden ab. Die sind höchstens Nymphomaninnen, sonst nichts. Harmlos.«

»Harmlos? Dein Wort in Gottes Gehörgang.« Sie überlegte. »Dann war also der ganze Stress umsonst.«

»Würde ich nicht sagen, Rinchen. Wir haben beide überlebt und können die ersten beiden Verdächtigen schon mal von der Liste streichen. Ausschlussverfahren. Ist das nichts?«

»So gesehn.«

»Eben.«

»Du bist genial.«

»Ich weiß.«

Die Serviererin, die sie zum Frühstück mit Kaffee und Spiegelei versorgte, hätte locker in einen der alten Filmklassiker aus der Cinecita gepasst. Durch die Küchentür hörte man sie italienische Gassenhauer wie »Azzurro« trällern. Den Leuten, die fertig waren, rief sie fröhlich »Ciao bello!« oder »Ciao bella!« nach. Also »Mach's gut Schöner, mach's gut, Schöne!« Offenbar gab es zwischen Himmel und Erde mehr Klischees, die der Realität entsprachen, als die beiden Nachwuchsdetektive bisher geglaubt hatten. Es war eine Freude, der kleinen korpulenten Frau bei der Arbeit zuzuhören und zuzusehen. Sie verbreitete schlicht und ergreifend gute Laune. Peinlichkeiten am Buffet blieben ihnen erspart. Die Mädchen waren schon zu sehr früher Stunde mit ihren Rädern zur nächsten Tour aufgebrochen.

Weil sich nun am Vorabend der Grund ihres Aufenthalts im Motel »Il Falco« in Luft aufgelöst hatte, beschlossen Marina und Kevin, den Sonntag zu genießen und endlich dem Castél einen Besuch abzustatten. Bei bestem Sommerwetter brachen sie auf.

Als sie am Campingplatz vorbeikamen, stellten sie fest, dass der größte Teil der Besucher der gestrigen

Modenschau bereits abgereist war. Die Mitglieder des Trosses selbst allerdings hatten wohl ein bisschen mehr Schönheitsschlaf nötig. Ihre Kleintransporter und Wohnwagen standen noch auf dem Platz. Wahrscheinlich hatten sie lange gefeiert.

Wenige Meter weiter oben endete die Straße in den Museumsparkplatz. Von dort aus mussten sie laufen. Was den Vorteil hatte, dass sie Kaiser Friedrichs Oktogon so erlebten, wie alle Besucher seit fast 800 Jahren: Als ein Wunder. Als ein Wunder, das Marinas kühnste Erwartungen übertraf. Da Kevin keinerlei Erwartungen gehabt hatte, konnte bei ihm nichts übertroffen werden. Er stand nur sprachlos mit offenem Mund vor den glatten hellen Mauern. Der champagnerfarbene Sandstein strahlte in der Morgensonne. Diese Burg, die von Ferne und auf Fotos so groß und wuchtig erschien, erhielt von Nahem durch ihre dezente Architektur eine Leichtigkeit und Eleganz, die geradezu modern wirkte. Marina konnte sich nicht erinnern, jemals ein Gebäude gesehen zu haben, das bei der Annäherung in der Wahrnehmung eher schrumpfte. Ein erstaunlicher Effekt. Alles hier hatte menschliche Dimensionen. Es waren nur zwei Stockwerke. Die vermeintlichen Bollwerke an den acht Ecken erwiesen sich bei näherer Betrachtung als funktionale Treppentürme, die die strengen, glatten Wandflächen optisch auflockerten.

Der äußere Eindruck verstärkte sich im Innern. Die hohen Säle, gleichmäßig um einen Hof verteilt und komplett miteinander verbunden, wirkten eher wie repräsentative Wohn- und Geschäftsräume. Sehr funktional. Zwar liefen die Fenster wie Schießscharten nach außen schmal zu, aber zum Schießen waren die garantiert ungeeignet.

Kevin und Marina ahnten den Sinn dieser Anordnung. Während draußen schon wieder eine fast unerträgliche Hitze herrschte, war es hier drinnen angenehm kühl. Im Museumsführer stand, dass es früher im Hof einen Brunnen gegeben habe. Gut für die Versorgung mit Trinkwasser und fürs Raumklima. Für die hier offenbar tatsächlich ziemlich kalten Wintermonate besaßen drei Zimmer im Erdgeschoß große Kamine. Deren Rauchabzüge waren so angelegt, dass sie für das Obergeschoß zur Fußbodenheizung wurden.

Nichts, aber auch gar nichts in dem Gebäude deutete hingegen darauf hin, dass die massiven Mauern jemals kriegerischen Zwecken gedient haben mochten. Ein Prunkschloss war es allerdings ebenfalls nicht. Keine prächtige Pfalz wie etwa in Braunschweig, keine monumentale Reichsburg wie auf dem Kyffhäuser. Dafür schien das verhältnismäßig kleine Gebäude viel zu pragmatisch konzipiert. Marina versuchte, sich in Erinnerung zu rufen, was sie über den Staufer-Kaiser Friedrich II. gelesen hatte.

Seine Zeitgenossen nannten ihn »Das Staunen der Welt«. Die meiste Zeit seiner Regentschaft residierte der Enkel Barbarossas nicht in Deutschland, sondern in der Heimat seiner Mutter, dem Königreich Sizilien, zu dem ganz Süditalien einschließlich Apulien gehörte.

Hier unten im Süden versammelte der junge Thronfolger Wissenschaftler, Verwaltungsfachleute, jüdische, islamische und christliche Theologen, um mit deren Hilfe seiner feudalen Welt eine bessere, gerechtere Struktur zu geben. Er war der erste Herrscher, der adlige Privilegien abschaffte und stattdessen eine Art Beamtenstaat entwickelte. In seinem Reich sollte es gleiche Rechte für alle Menschen, unabhängig von Hautfarbe, Geschlecht und Religion geben. Willkürliche Abgaben schaffte er ab, ersetzte sie durch einheitliche Steuern. Damit wurde sein sizilianisches Königtum später zum Vorbild nahezu aller modernen Staaten in Europa.

Bei Lichte besehen passte das Castél auf der Bergkuppe perfekt in so ein Konzept. Es kündete den Menschen in weitem Umkreis von der Macht des Herrschers, war aber in Wirklichkeit nur ein modernes Verwaltungsgebäude, in dem Beamte die Angelegenheiten Apuliens im Namen ihres Kaisers bei besten Arbeitsbedingungen erledigen konnten. Bedauerlicherweise war der Kaiser zu früh verstorben, um seine Träume auf das gesamte Reich übertragen und in Süditalien festigen zu können. Nach dem, was im Museumsführer stand, wurde das Castél del Monte nie komplett fertiggestellt, geschweige denn genutzt. Bald nach Friedrichs Tod besetzte der König von Frankreich Süditalien. Er revidierte die meisten Reformen. Die Nachfolger des Kaisers in Deutschland waren viel zu sehr mit Machtkämpfen beschäftigt, als dass sie sich um politische Reformen hätten kümmern wollen. Die meisten von ihnen hatten Friedrichs Visionen nie verstanden. Es folgten Jahrzehnte blutiger Auseinandersetzungen in Deutschland wie in Italien.

Was für ein Jammer, dachte Marina. Der Welt wäre viel Not und Elend erspart geblieben, wenn Friedrich Erfolg gehabt hätte. Wenn. Ob sie selbst Erfolg haben würde? Die Gangster, mit denen sie sich anlegen wollte, waren skrupellos, wahrscheinlich gefährlich. Und wie schnell etwas zu Ende gehen konnte, bewies dieses grandiose

Bauwerk. Sie stand im Hof, betrachtete die alten Mauern. Ein Monument des Scheiterns. Wenn sie scheiterte, würde sie nichts dergleichen hinterlassen. Sie richtete ihren Blick nach oben in den tiefblauen apulischen Himmel. Es gab nur eine Lösung: Sie durfte einfach nicht scheitern!

Kapitel 15 – Mario

Die beiden Kölschen Harlequins nahmen ihre selbstgewählte Aufgabe sehr ernst. Den gesamten Sonntagnachmittag fuhren sie kreuz und quer durch Felder und Olivenhaine, vorbei an Plantagen voller Feigenbäume und Wein. Wobei sie sich bei den Rebstöcken erst wunderten, warum weite Flächen mit einer Plastikfolie überdeckt waren. Nächtliche Kälte konnte definitiv nicht der Grund sein. Neugierig geworden, hielten sie an, um sich die Sache genauer anzusehen. Sie entdeckten, dass an den Folien überall Wassertropfen hingen. Offensichtlich waren sie als Verdunstungsschutz gedacht. Sowie Boden und Pflanzen Feuchtigkeit abgaben, sammelte die sich an der Folie und konnte als künstlicher Regen zurücktropfen. Spannend.

Weit weniger spannend verlief ihre Suche nach möglichen Verdächtigen und dem gestohlen Schmuck. Sie hielten an Gaststätten, inspizierten Hotels, schlichen sich erneut über den Campingplatz. Nichts. Jedenfalls nichts Ungewöhnliches. Selbst für die Tatsache, dass der Designer und seine Helfer noch immer nicht abgereist waren, gab es auf Nachfrage eine simple Erklärung. Sie seien für den kommenden Samstag mit einer zweiten Vorstellung ihrer Modenschau gebucht. Allerdings weiter südlich. Woraufhin der Künstler bestimmt hätte, in der Abgeschiedenheit Apuliens eine Woche Kreativ-Urlaub zu nehmen und nicht für drei Tage im hektischen Mailand tausende Kilometer auf der Autobahn hin- und herzujagen.

»Respekt!« meinte Kevin. »Das nenn ich eine ökologische Entscheidung.«

»Und Fahrtkosten spart es außerdem«, ergänzte Marina. »Würde ich wahrscheinlich genauso machen.« Damit war das Thema abgehakt.

Zurück im »Il Falco« erfuhren sie, dass die Mädchen nach der morgendlichen Radtour sofort abgereist waren. Obwohl sie eigentlich bis Donnerstag gebucht hatten. Kevin runzelte die Stirn.

»Klingt fast ein bisschen wie Flucht.«

»Flucht? Wovor? Vor uns? Dann hätte eher ich fliehen müssen.«

»Ob sie was von meiner Durchsuchung gemerkt haben?«

»Selbst wenn. Würden sie dann nicht eher auf dich warten, um dich zur Rede zu stellen? Oder die Polizei rufen?«

»Nicht, wenn sie Dreck am Stecken haben.«

»Nein, dann nicht. Hm. Und du hast überall hingesehen?«

»Fast überall. Natürlich nicht in die engsten Ritzen. Der Plunder aus dem Grünen Gewölbe ist doch ziemlich groß. Unser Stern hat fünfzehn Zentimeter Durchmesser. Und erst der Prunkdegen!«

»Ja, eigentlich sind die Preziosen sogar zu groß, um sie in ein Motelzimmer zu schleppen.«

»Scheiße!« Kevin zitterte. »Ich hab was vergessen.« Marina sah ihn fragend an. »Das Auto, ihren dunkelgrünen SUV. Da drin konnte ich nicht suchen. Das hätten sie vom Pool aus gesehn.«

»Verdammt. Stimmt.« Da sie logischerweise niemandem gesagt hatten, wo sie hinwollten, war eine Verfolgung zwecklos. Marina hoffte nur inständig, dass Jasmina und Salome definitiv nichts mit der Sache zu tun hatten. Sie würde wohl am nächsten Tag mit diesem Mario über ihren Verdacht reden müssen. Er hatte seinen Besuch für den späten Montagvormittag angekündigt. Sie hatte vorgeschlagen, sich am Castél zu treffen. Bei einem Spaziergang über den Berg würden sie ungestört reden können. Dann also würde sie den geheimnisvollen Anrufer, den ihr Graf Starhemberg vermittelt hatte, persönlich kennenlernen. Eine Aussicht, die sie nervös machte.

Aus gutem Grund. Nach allem, was sie wusste, konnte der Kerl nur ein Mafioso sein. 'Ndrangetha wahrscheinlich, wenn er in Kalabrien zu Hause war. Das machte ihr Angst. Auf der anderen Seite wusste sie, dass sie ihn brauchte, wenn sie den Berliner Clanleuten ihr Diebesgut abnehmen wollte. Denn noch immer beruhte alles, was sie wusste, nur auf Spekulationen und Gerüchten. Bei der Polizei würde man sie auslachen, für eine Märchenerzählerin halten. Was nichts anderes bedeutete, als dass sie mit diesem Gangster kooperieren musste. Eine gruslige Vorstellung.

Kevin behagte der Gedanke, mit einem Mörder, Drogendealer und weiß der Kuckuck was alles zusammenarbeiten zu müssen, genauso wenig. Die Verhaltensregeln, die ihm Adrienne im Umgang mit solchen Leuten eingeschärft hatte, beruhigten ihn nicht im Geringsten. Eher im Gegenteil. Marina gegenüber versuchte er trotzdem, den Lockeren zu spielen. Sie musste das Vertrauen dieses Typen gewinnen. Dafür wären Angst und Unsicherheit schlechte Ratgeber. Sie waren aufeinander angewiesen. Jedenfalls eine Weile. Vorsichtshalber hatte er unterwegs

Bier gekauft. Viel Bier. Genug Bier für beide, um hoffentlich nachher gut durchzuschlafen. Nach einer schlaflosen Nacht übermüdet zum Treff zu fahren, damit wäre niemandem gedient. Kevins Argument.

Marina fand zwar die Idee nicht so prickelnd, aber als sie dann mit ihren Flaschen in der Hand im warmen Poolwasser saßen und die Abendsonne genossen, spürte sie, dass Kevin recht hatte. Ganz langsam wurde sie ruhiger.

Der nächste Morgen begann wie gehabt. Die Serviererin begrüßte sie fröhlich, schwatzte, bis sie alle Wünsche entgegengenommen hatte und zog sich dann trällernd in die Küche zurück. Nach einem reichlichen Frühstück brachen die beiden auf. Marina bat Kevin, das Steuer zu übernehmen. Ihre Erregung wuchs, je näher sich die Zeiger der Uhr dem vereinbarten Zeitpunkt näherten. Nicht, dass sie noch einen Unfall fabrizierte. Sie wusste, Kevin hin oder her, mit diesem Teil ihrer Arbeit musste sie allein fertig werden. Sie war die Expertin, der Italiener der Mann, bei dem die Fäden vor Ort zusammenliefen. Unter keinen Umständen durfte er zu früh den Braten riechen. Gute Miene zum bösen Spiel.

Oben auf dem Berg angekommen, setzte sie sich in den Schatten des Castéls. Kevin wanderte ein wenig herum und beobachtete, wer vom Parkplatz zu ihnen heraufkam. Er musste nicht lange warten. Zwischen Paaren, Familien und kleinen Reisegruppen stach ein einzelner Mann hervor, der ziemlich genau so aussah, wie er sich einen Mafioso gemeinhin vorstellte. Kariertes Jackett, weißes Hemd, schwarze Hose, elegante Schuhe, Sonnenbrille. Das Einzige, das ihn irritierte: In der Linken trug er etwas in Papier Gewickeltes, das einem Blumenstrauß ähnelte. Sollte das die Tarnung für eine Schnellfeuerpistole sein? Und wenn ja, wieso schleppte er die zum Treffen mit?

Mit zwei, drei schnellen Schritten war Kevin bei Marina. Er stellte sich schräg vor sie, um ihr notfalls Feuerschutz gewähren zu können. Marina schob ihn beiseite und trat auf den Fremden zu. Ein großer, schlanker Mann. Und zu ihrer Beruhigung: Der Bursche war nicht nur ungefähr in ihrem Alter, er wirkte auch mindestens ebenso unsicher wie sie selbst. Er schaute sie mit großen Augen an und wusste offenkundig nicht, womit er angesichts der fremden Frau beginnen sollte. Dieses Zögern war so süß, dass Marina sofort Oberwasser bekam und beschloss, ihm entgegenzukommen.

»Mario? Mario Brokkoli?« Er machte die Andeutung eines Nickens. Marina setzte ihr strahlendstes Lächeln auf. »Angenehm. Marina Casanova.« Sie reichte ihm die Hand. Er ergriff sie, hielt sie einen Moment und beugte sich dann vor, um einen Kuss darauf zu hauchen. Fast hätte Marina erschrocken zurückgezogen, besann sich dann jedoch und ließ ihn gewähren.

»Es ist mir eine Freude, Signorina!« flötete der Mafioso und begann, seinen Strauß auszuwickeln. Das Papier war gut zusammengeklebt, weswegen die Prozedur etwas dauerte. Der Italiener begleitete seine Bemühungen mit einem verzweifelten »Scusi!« und kämpfte sich durch mehrere Lagen Verpackungsmaterial. Kevin wollte schon wieder eingreifen. Er rechnete bei dem Süßholzraspler mit dem Schlimmsten. Marina hielt ihn zurück und behielt recht. Zum Vorschein kam ein hübscher kleiner Strauß verschiedenfarbiger Rosen. Mario überreichte ihn mit einer tiefen Verbeugung. »Auf gute Zusammenarbeit, Signorina.« Marina bedankte sich mit einem unübersehbaren Augenaufschlag, was den jungen Mann noch hippeliger machte. Dabei hatte er schon genug mit dem klebenden Papierknäuel in seinen Händen zu tun, von dem er nicht wusste, was er nun damit anfangen sollte. Wieder kam ihm Marina zu Hilfe.

»Das hier ist übrigens mein Freund Kevin. Geben Sie ihm das Papier.«

»Ah, hallo. Äh, ihr Freund, also Lebensgefährte?«

»Nein. Nur ein guter Bekannter.«

»Ah, eine Art Leibwächter?«

»So ungefähr.« Sie lachte. »Nein, eher Helfer, Assistent, Sie verstehen?«

»Ah, sì. Freut mich.« Jetzt endlich hatte Mario es geschafft, das Papier soweit zusammenzudrücken, dass er es Kevin übergeben konnte. »Grazie.«

Während sich Marina zunehmend entspannte, verschlechterte sich Kevins Laune. Handkuss und Blumen. Was für ein Zirkus! Und ihn schaute der Knabe nicht mal an, geschweige denn, dass er ihm die Hand gab. Was bildete sich dieser Hanswurst ein, ihn so von oben herab zu behandeln? Und jetzt sollte er den Müllmann spielen! Er musste nachher unbedingt ein ernstes Wörtchen mit seiner Tanzpartnerin reden. Hinterher, wenn er nicht als Spielverderber dastehen wollte. Das Thema war zu heikel für persönliche Befindlichkeiten. Also fügte er sich, als Marina ihm bedeutete, er möge mit ihrem Blumenstrauß und dem Papier hier im Schatten warten, während sie mit Mario die nächsten Schritte zu besprechen gedächte. Allein.

Bis sie weit genug von den Touristen am Castél entfernt waren, tauschten die beiden neuen Geschäftspartner vorwiegend Nettigkeiten aus. Marina musste dabei gar nicht groß flunkern, denn der junge Italiener gefiel ihr durchaus. Seine etwas schüchtern tollpatschige Art verdrängte den Gedanken an den eiskalten Killer in ihm. Mario wiederum war von Marina geradezu berauscht. Dieses hübsche deutsche Mädchen mit der Stimme, die ihn schon am Telefon fast um den Verstand gebracht hatte, kam seinen Vorstellungen von einer Traumfrau verdammt nah. Und die selbstbewusste, verständnisvolle Art, mit der sie die Klippen ihrer ersten Begegnung umschifft hatte, machte sie ihm noch sympathischer. Das war genau die Art Frau, die der künftige Pate von Pietrapaola brauchen würde, um die Neider in der Familie im Schach zu halten. Dass sie seiner Großmutter gefallen würde, stand außer Frage. So ähnlich musste Donna Antonia in ihrer Jugend gewesen sein. Das passte.

Jetzt mussten sie nur mit ihrem gemeinsamen Projekt einen Coup landen, er würde natürlich seinen Charme spielen lassen und dann, davon war Mario Brokkoli überzeugt, würde diese Marina dahinschmelzen wie Margarine in der Sonne. Die Macht über das Hochland von Kalabrien und dazu ihn als Mann, welche Frau konnte da widerstehen? Für den Moment galt es aber, endlich die Nerven in den Griff zu bekommen. Nicht, dass dieses Objekt seiner Begierde das Gefühl bekam, es mit einem grünen Jungen zu tun zu haben.

Eben dieses Gefühl beschlich Marina zunehmend. Belustigt nahm sie Marios Bemühungen zur Kenntnis, seinen Oberkörper zu straffen und seinem Gesicht einen entschlossenen Ausdruck zu geben. Was jedes Mal in die Hose ging, wenn sich ihre Augen trafen. Im Nu war es mit dem Ernst vorbei. Er strahlte wie ein Honigkuchenpferd und verlor prompt den Gesprächsfaden. Marina hatte mehrfach Mühe, nicht laut loszulachen. Der gute Mario hätte es ihr womöglich übelgenommen. Sie wollte ihn unter keinen Umständen provozieren. Wenn sie sich nicht täuschte, beulte sich unter seinem Jackett etwas, das wie ein Pistolenhalfter aussah. Was übrigens einzig der Grund zu sein schien, dass der Mann trotz der hochsommerlichen Temperaturen in der Prellsonne diese ulkige karierte Jacke nicht auszog. Er schwitzte heftig. Wobei sie kalkulierte, dass sie in ihrem bunten Sommerkleid an letzterem möglicherweise nicht ganz unschuldig war. Egal. Hauptsache, er ließ seine Kanone stecken. Sollte er sie ruhig ein bisschen vergöttern. Je mehr sie seine Phantasie befeuerte, desto mehr würde er ihr später nutzen.

Endlich, weit genug entfernt von möglichen Lauschern, erzählte Marina ihr Abenteuer mit den Mädchen. Mario hörte aufmerksam zu. Als sie fertig war, meinte er, sie möge sich keine Gedanken machen. So präzise sie ihm die Frauen, ihr Auto und die Fahrräder beschrieben habe, sollte es für seine Freunde ein Leichtes sein, sie zu finden. Jedenfalls, sofern sie sich Richtung Süden bewegten. Dann könne man dafür sorgen, dass ihr Auto dringend einen Werkstatttermin benötigen würde. Marina bat, in Gottes Namen den beiden nichts zu tun. Er versprach es hoch und heilig.

Nun war es an Mario, zu berichten. Ärgerlicherweise klangen seine Informationen nicht besser. Der einzige ernstzunehmende Verdacht, die jungen Eltern und ihr Kind in Mandatoriccio, war am Morgen ebenfalls abgereist. Und zwar nach Norden. Seine Leute hatten sie ein Stück verfolgt. Spätestens, als sie auf die Autobahn Richtung Rom auffuhren, war allerdings klar, dass eine weitere Observierung keinen Zweck hatte.

Sein Vater und sein Bruder wollten sich nun die Security Männer des Prinzen oben im Luxushotel vorknöpfen. Dezent natürlich, denn Marina müsse wissen, dass dieses Castello in Mandatoriccio für die Familien und ihre Gäste quasi als heiliger Boden galt. Dort drin aneinanderzugeraten oder auch nur die Intimsphäre eines anderen zu verletzen, gelte als Sakrileg. Wer erwischt würde, gegen diese Regel zu verstoßen, dürfe sich gewiss sein, diesen Zeitpunkt nicht lange zu überleben. Marina verkniff sich einen Kommentar und nickte nur.

Stellte sich die Frage: Wie weiter? Mario machte einen Vorschlag. In Abstimmung mit seinem Vater wolle er sich in den kommenden Tagen die Höhlenstadt Materá vornehmen. Seine Informanten hätten bisher nur sehr diffuses Zeug geliefert. Er wolle sich selbst ein Bild machen. Ob man sich dort nicht »rein zufällig« wiederbegegnen könne? Vier beziehungsweise sechs Augen würden mehr sehen. Und sollte das auch nichts bringen, müsse sie sowieso weiter nach Süden vorrücken, um einsatzbereit zu sein, falls es irgendwann plötzlich sehr schnell ginge.

Marina hatte nichts dagegen einzuwenden. Im Gegenteil, vielleicht könne er, schlug sie vor, in Materá übernachten. Und sei es nur eine Nacht. Es heiße, der Ort sei sehr romantisch. Vielleicht könne man in einer netten Trattoria zu Abend essen. Zu zweit.

Mario Brokkoli zeigte sich begeistert. Euphorisiert

küsste er seiner Geschäftspartnerin zum Abschied erneut die Hand und hüpfte dann fröhlich pfeifend wie ein Schuljunge, der soeben hitzefrei bekommen hatte, in Richtung seines Alfa Romeo. In Gedanken plante er bereits eine große Hochzeitsfeier für das gesamte Städtchen auf dem Marktplatz. Marina sah ihm belustigt nach und dachte: Du frisst mir aus der Hand. So soll es sein. Wart's ab, mein Junge, das gibt ein böses Erwachen!

Apropos Junge und Erwachen. Es gab jemanden, den sie wie einen Hund vor der Gaststätte neben dem Castél hatte »Sitz« machen lassen. Höchste Zeit, sich um ihn zu kümmern. Der war sicher stinksauer. Marina kannte ihren Tarzan. Aber genau darum wusste sie auch, dass ein paar verbale Streicheleinheiten genügen würden, ihn zu besänftigen.

»Sottotenente Lippi, sind Sie sicher, dass Sie da nichts missverstanden haben?« Commissario Falk Hofer blickte seinen jungen Kollegen ernst an. »Wir dürfen uns keine weiteren Pannen leisten.« Für einen Augenblick herrschte Ruhe im DIA-Hauptquartier von Cosenza. Der Angesprochene hielt den Augen seines Chefs stand. Schließlich atmete er tief ein und meinte:

»Commissario, ich versichere Ihnen, es muss was im Busch sein!«

»Na gut, also nochmal, was wissen Sie gesichert?«

»Gesichert ist die Anwesenheit von vier Security Männern im Castello von Mandatoriccio. Wahrscheinlich ist, dass sie zum Neffen des Emirs gehören. Ich weiß vom Hafenmeister in Cariati, dass sich ...«

»Sind Sie wahnsinnig? Hat der Mann Sie wiedererkannt?« Dem Polizisten schwollen die Adern an der Schläfe. Lippi ließ sich nicht aus der Ruhe bringen.

»Nein, Commissario, keine Sorge. Es ist ein anderer als neulich. Der Alte ist wegen des erlittenen Schocks in den vorzeitigen Ruhestand geschickt worden. Ihn erwartet ein saftiges Schmerzensgeld. Damit plant er eine Weltreise. Heißt es, hab ich gehört.«

»Heißt es, hab ich gehört ...«, äffte ihn sein Chef nach. »Wegen Ihnen, Sie ... ach, ich finde keine Worte. Und was haben Sie nun gehört?«

»Na ja, die königliche Yacht hat für die kommende Woche um Erlaubnis zum Ankern ersucht.«

»Das ist meines Wissens nicht verboten. Der Prinz steht nicht bei Interpol auf der Liste. Also?«

»Ein Brokkoli hockt sich nicht nächtelang vor eine Ferienwohnung, in der eine stinknormale Familie wohnt. Und die Brokkolis setzen auch nicht all ihre Kontakte ein, um rund um den Golf nach Verdächtigen Ausschau zu halten, wenn da nichts wäre.«

»Und Sie haben sich nicht verhört?«

»Mario hat es mir im Prinzip bestätigt. Er meinte, wenn es ernst wird, könne er unsere Hilfe brauchen, damit sie sich nicht selbst die Finger schmutzig machen müssen.«

»Klingt merkwürdig.«

»Wäre aber möglich.«

»Und wenn doch eine Falle?«

»Wozu?«

»Stimmt schon. So kurz nacheinander, nur um uns zu ärgern, das klingt nicht nach der 'Ndrangheta. Wenn überhaupt, dann könnte der Coup von neulich dazu gedient haben, dass wir jetzt die Füße stillhalten, weil wir genau das vermuten sollen.«

»Das meine ich eben.«

»Und er sprach von Kunst?«

»Ja.«

»Sagte er, welcher Art?«

»Nein, aber wenn es so geheim ablaufen soll und unsere Freunde dermaßen in Aktionismus verfallen, muss es sich um etwas Besonderes handeln.« Falk Hofer stimmte seinem Sottotenente zu. Er runzelte die Stirn. Nachdem er ein paar Mal im Zimmer auf und ab gelaufen war, stellte er sich ans Fenster und meinte nachdenklich:

»Was den Prinzen betrifft, ich habe mich erkundigt. Es könnte passen. Er wird schon seit längerem verdächtigt, mit Hehlern in Verbindung zu stehen. Meist geht es um Kunstwerke für seine Sammlung, die offiziell nie verkauft würden.«

»Raubgut?«

»Richtig. Wertvoller historischer Schmuck. In zwei Fällen glaubten die Ermittler sogar, er könne den Raub in Auftrag gegeben haben, weil es so spezielle Dinge waren, dass ein Zufallstreffer unwahrscheinlich schien. Man konnte ihm aber nie etwas nachweisen und eine Razzia in seinem Schloss ist unmöglich. Ohne Beweise ist und bleibt er ein Ehrenmann.«

»Raubgut.« Der Sottotenente setzte sich. »Der SUV der Security Männer hat ein deutsches Kennzeichen.«

»Und?«

»Erinnern Sie sich nicht, was vor einem halben Jahr in Deutschland passiert ist?«

»Moment. ... Meinen Sie etwa Dresden?«

»Das Grüne Gewölbe, ja. Bis zur Stunde ist der Verbleib des Diebesgutes ungewiss.«

»Sottotenente Lippi, das glauben Sie nicht wirklich, oder? Das wäre Wahnsinn!«

»Commissario, bedenken Sie, das Museum galt als eines der sichersten der Welt. Und kein Juwelier könnte irgendwas davon verkaufen. Einschmelzen oder die Steine rausbrechen wäre quatsch. Ihren Wert haben die Preziosen nur im Ganzen und aufgrund ihrer historischen Herkunft. Alle haben gerätselt, wer so bescheuert ist.«

»Stimmt schon.« Der Commissario nickte. »Viele Kollegen waren überzeugt, dass es eine Auftragsarbeit für einen verrückten Sammler sein könnte.«

»Für den Prinzen zum Beispiel.«

»Wahnsinn. ... Aber was zum Teufel ginge die 'Ndranghcta diese Geschichte an? Das waren Deutsche libanesischer Herkunft. Ein paar von denen sitzen schon in U-Haft. ... Neue Clans und alte Familien. Pah. Niemals. Normalerweise gehen die sich aus dem Weg. Tust du mir nichts, tu ich dir nichts. ... Warum wollen die Brokkolis jetzt unbedingt dazwischen grätschen? Das ergibt keinen Sinn. Das Ammenmärchen, dass sie nur mit unserer Hilfe Konkurrenz loswerden und für Ruhe sorgen wollen, glauben Sie nicht ernstlich, Sottotenente? Oder?« Der junge Mann senkte den Kopf verlegen. Dann kam ihm eine Idee.

»Vielleicht wollen sie die Schätze den Clan Leuten abjagen.«

»Und dann? Die können das Zeug erst recht nicht verkaufen.«

»Das nicht, Chef.« Lippi war sich seiner Sache jetzt sicher. »Anders: Sie wollen was vom Kuchen abhaben und hoffen, vom Prinzen Lösegeld zu bekommen, oder ...«

»... sie haben selbst einen Interessenten an der Hand, der die Beute haben will!« vollendete Hofer den Satz. »Interessante These.«

»Ob die sogenannte Klassefrau, von der Mario neuerdings schwärmt, dabei eine Rolle spielt? Immerhin kommt sie aus Deutschland.« Der Commissario stimmte zu.

»Irgendwie klingt das alles möglich. Es wäre zwar Wahnsinn aber möglich. Was nicht heißt, dass nicht doch alles nur ein Bluff sein könnte. Wir haben keinerlei Beweise. Egal. Ich werde Kontakt zu den deutschen Kollegen aufnehmen. Vielleicht gibt es neue Erkenntnisse, die uns weiterhelfen.«

»Und was soll ich tun, Commissario?«

»Sie, Sottotenente, fahnden weiter als braver Agente Vittorio Pazzi nach Verkehrssündern in den Bergen, pflegen Ihre neue Freundschaft und versuchen, mehr über diese mysteriöse Frau rauszubekommen. Sollte die Deutsche bei den Brokkolis aufkreuzen, heften Sie sich an ihre Fersen.«

»Zu Befehl, Commissario!«

»Wegtreten!«

Kapitel 16 – Nachrichten

Franz Ludowig alias Dr. Ludowig Franz Graf Starhemberg saß mit Augenringen vor dem riesigen Monitor in seinem Arbeitszimmer. Neben ihm dampfte ein Pott Kaffee. Draußen ging gerade die Sonne auf. Ein paar Vögel pfiffen ihr Morgenlied. Ärgerlich nahm er einen Schluck aus seiner Tasse, immer den Bildschirm im Auge, um nicht zu verpassen, wenn seine Auftraggeberin dort auftauchte. Warum musste diese Frau ihre Videokonferenzen immer auf den Abend legen? Auf den Abend in Kalifornien wohlgemerkt. Aber nein, wozu auch Rücksicht nehmen? Dass er wegen ihr quasi mitten in der Nacht aus dem Bett musste, interessierte sie einen feuchten Kehricht. Scheiß Hochadel, dachte er und gähnte.

In dem Moment änderte sich das Bild vor ihm. Blitzartig richtete er sich auf. Sein Lächeln mochte etwas gekünstelt aussehen, aber immerhin, er schaffte es, zu lächeln. Das Gesicht auf der anderen Seite des Ozeans lächelte ebenfalls. Eher huldvoll, ein bisschen von oben herab. Scheiß Hochadel! Er winkte vergnügt in die Kamera.

»Guten Abend, Graf Starhemberg!« krächzte es aus dem Lautsprecher. »Ich hoffe, es geht Ihnen gut?«

»Guten Morgen, gnädige Frau, den Umständen entsprechend um diese frühe Stunde, danke. Und selbst?« Magdalena Leszczynska-Lancaster ignorierte seine Aufmüpfigkeit großmütig und kam sofort zur Sache.

»Es ginge mir besser, wenn ich mein Eigentum schon in Händen hielte. Wie entwickeln sich die Dinge? Mein Anwalt meinte, Sie seien auf gutem Wege?«

»Gewiss, gnädige Frau. Die Expertin, von denen Ihnen William sicher berichtet hat, ist mit ihrem Assistenten bereits vor Ort. Da, wo wir nach unseren Recherchen das baldige Auftauchen der dreisten Diebe erwarten. Unsere Männer in Kalabrien haben alle Kräfte zusammengezogen. Sie stehen für eine reibungslose Übernahme bereit.«

»Schön, schön. Und wenn wir den Orden haben, wird Ihre Expertin also feststellen können, ob es der echte ist, nicht wahr?«

»Wie belieben, gnädige Frau. Ich habe nicht die geringsten Zweifel, dass er es ist, aber bei so gerissenen Burschen muss man mit dem Schlimmsten rechnen.«

»Wie ich höre, darf ich mich demnach auf Sie verlassen, mein lieber Graf?«

»Selbstverständlich, königliche Hoheit!«

»Sie sollen mich nicht so nennen, Graf« sagte sie mit einem Strahlen im Blick, das ihre Worte Lügen strafte. »Werden Sie bei der Übernahme persönlich zugegen sein?«

»Selbstverständlich, königliche Hoheit.«

»Und geben Sie acht, dass der Stern sorgsam verpackt wird. Die veröffentlichten Bilder lassen vermuten, dass diese Banausen ziemlich rabiat mit den Stücken umgegangen sind. Das muss ein Ende haben.«

»Gar keine Frage. Eine erfahrene Galeristin hier aus der Toskana hat mir ausgezeichnete Transportbehälter besorgt. Aber wenn wir gerade bei praktischen Details sind: Sollte die Übernahme nicht durch Verhandlungen möglich sein und wir könnten im Zuge eines bewaffneten Zugriffs zufällig noch andere Schmuckstücke aus den Händen der Verbrecher befreien, hätten Sie auch daran

Interesse, königliche Hoheit?«

»Nein, danke. Was Sie in so einem Fall machen, ist Ihre Sache, Graf. Für mich ist nur der Bruststern vom Weißen-Adler-Orden von Belang. Er steht unserer Familie zu. Wir hätten damals die Macht behalten sollen. Vermutlich wäre das polnisch-litauische Reich dann niemals untergegangen, es hätte nie diese schlimmen Weltkriege gegeben. Russland und Deutschland würden nach unserer Pfeife tanzen.«

»Vermutlich«, grinste Ludowig. »Sie wären sicherlich eine ganz famose Königin, gnädige Frau.«

»Ihr Vertrauen ehrt mich, lieber Graf. Machen Sie Ihre Sache gut, und Sie werden es nicht bereuen. Darauf haben Sie mein Wort.« Womit sie ohne seine Antwort abzuwarten die Verbindung kappte.

»Schreckschraube!« knurrte Ludowig. »Scheiß Hochadel. Aber gut, bisher hat sie nie geknausert. Hoffen wir das Beste.«

Majestätisch glitt die große Yacht den Suez-Kanal hinauf zum Mittelmeer. Kein Lüftchen regte sich, sie hatte die Segel eingeholt. Trotzdem war keine tuckernde Schiffsmaschine zu hören, sondern nur ein leises Summen. Was am leistungsstarken Elektromotor lag. Mehrere Solarpaneele speisten ihn mit der reichlich vorhandenen Sonnenenergie. Sie befanden sich auf dem Kajütendach, beschirmten einen Teil des Sonnendecks und spendeten auch der Treppe, die am Heck ins Wasser führte, angenehmen Schatten. Entfernt erinnerte die Form ihrer Anordnung an Spoiler auf einem Rennwagen. Kein falscher Vergleich, denn obgleich das Schiff für eine Privatyacht erstaunliche Ausmaße aufwies, konnte es unter vollen Segeln auf dem offenen Meer selbst mit manchem Sportboot mithalten. Aber das spielte im Moment keine Rolle. Ruhig teilte der Bug das Wasser, entspannt lagen an Bord Menschen im Schatten der Paneele. Bunte Tücher und sandfarbene Stoffbahnen gaben der technischen Konstruktion die Leichtigkeit eines Beduinenzeltes. Am hinteren Rand des Decks saßen drei Musiker. Sie spielten eine leise, melancholische Melodie.

Der Mann, dem dies alles gehörte, stand an der Reling. Er genoss die Ruhe, er genoss das weite flache Land. Als die Musiker eine Pause einlegten, um etwas zu trinken, drehte er sich um und setzte sich in einen Liegestuhl. Auf seinen Wink trat ein anderer Mann aus der Kajütentür und näherte sich ihm.

»Sir?«

»Setzen Sie sich.« Der andere nahm Platz.

»Ist alles vorbereitet?«

»So wurde mir vom Absender versichert. Unser Bote ist auf dem Weg.«

»Was ist mit den Problemen, von denen Sie mir kürzlich berichteten?«

»Keine Probleme, Sir. Nur ein paar Ganoven der 'Ndrangheta, die anscheinend etwas aufgeschnappt haben. Sie wühlen hier und da Staub auf, tappen ansonsten im Dunkeln. Unsere Ablenkungsmanöver funktionieren.«

»Korrigieren Sie mich, falls ich irre: Es muss demnach irgendwo ein Datenleck geben. Wie hätte sonst jemand etwas ›aufschnappen‹ können?«

»Ja, es wurde etwas durchgestochen. Wir werden den

Schuldigen finden.«

»Und eliminieren!«

»Und eliminieren.«

»Keine Ausnahme!«

»Ja, Sir.«

»Das ist wichtig. Indiskretionen oder Geschäfte auf eigene Rechnung können wir nicht dulden. Egal, von wem. Sie bringen uns in eine schwierige Lage. Wenn Kleinkriminelle hektische Aktivitäten entfalten, ist es eine Frage der Zeit, wann die Polizei neugierig wird.«

»Das ist wahr, Sir. Aber keine Sorge. Wir haben unsere Informanten überall und können schnell reagieren. Wir werden ihnen immer mindestens einen Schritt voraus sein.«

»Das will ich hoffen. ... Was meinen Sie, wie viel wissen die Gangster?«

»Ich glaube, sie ahnen mehr als sie wissen.«

»Sicher? Geld kann alles bewirken.«

»Das ist richtig.«

»Gesetzt den Fall, die undichte Stelle hat viel geplaudert. Was könnten die Italiener bezwecken? Diese einmaligen Kunstschätze sind absolut unverkäuflich. Das muss ihnen klar sein.«

»Vielleicht hoffen sie, uns unter Druck setzen zu können.«

»Lösegeld?«

»Etwas in der Art.«

»Bastarde. Sagen Sie unseren Männern, sie sollen nicht zögern, von ihren Waffen Gebrauch zu machen.«

»Das wäre nicht sehr dezent. Denken Sie an die Polizei.«

»Ach was. Wenn es wirklich soweit kommen sollte, dann ist es eben eine Spezialoperation unseres Geheimdienstes zur Bekämpfung von Terroristen. Das gibt kurz diplomatische Verstimmungen. Mehr nicht. Hinterher wird uns der italienische Staat dankbar sein, weil wir ihm ein paar Mafiosi vom Hals geschafft haben. Verstanden?«

»Ja, Sir. Wir werden unser Bestes geben.« Womit sich der Mann erhob, verbeugte und wieder unter Deck verschwand. Der Prinz winkte den Musikern, weiterzuspielen. In der Kajütentür erschienen zwei Bauchtänzerinnen.

Je weiter Marina und Kevin in den Süden vorstießen, desto deutlicher spürten sie die Unterschiede zur Toskana im Norden. In der flirrenden Hitze des grellen Sonnenlichts verschwammen Konturen, Farben wurden diffuser. Egal, ob das Ocker der Gebäude, das Rot ihrer Dächer, das Grün der Bäume oder das Braun der Felder: Es schien, als blicke man durch einen Schleier. Jemand hatte die Landschaft mit einem Weichzeichner überarbeitet. Wie überall in Italien reihte sich Hügel an Hügel, Berg an Berg. Dazwischen schwangen weite Hochebenen, durch die sich tief eingeschnittene Täler wanden. Aber anders als im Norden waren es hier nicht mehr nur einzelne Schlösser, Villen oder Dörfer, die auf den Gipfeln thronten, sondern ganze Städte. Eng klebten die Häuser an mancher Felswand, mehr übereinander als nebeneinander gereiht.

Insofern bildete Materá auf den ersten Blick keine Ausnahme. Die Stadt war lediglich etwas größer als viele andere und verbreitete durch ihre Rolle als eine der Kulturhauptstädte Europas 2019 etwas mehr Glanz. Vieles war renoviert worden. Zu den legendären Höhlenwohnungen führten gesicherte Pfade, die auch Touristen ohne Gefahr benutzen konnten. Abenteuerlich waren diese Wege dennoch.

Als Marina und Kevin die Stadt erreichten, bemerkten sie zunächst nichts, was es nicht auch anderswo gab. Am Stadtrand Plattenbausiedlungen, moderne Schulen, ein Krankenhaus. Auf dem nur leicht die Ebene überragenden Hügel eine alte Festung. Das Stadtzentrum mit Kirchen und einem breiten Fußgängerboulevard wirkte durchschnittlich. Das eigentliche historische Materá erreichten sie erst, als sie am Rande des Boulevards einige Stufen nach unten stiegen und von dort durch einen Tunnel schritten, der unter einem älteren Gebäude hindurchführte.

Das Panorama, das sich ihnen bot, war atemberaubend. Jetzt zeigte sich, dass die moderne Stadt hinter ihrem Rücken am Rande eines weiten Hochplateaus lag. Vor ihnen öffnete sich eine gewaltige, sehr, sehr tiefe Schlucht. Unten rauschte ein Fluss. Rechts und links von ihnen, größtenteils direkt in die steil abfallende Felswand gehauen, reihten sich endlos Wohnhöhle an Wohnhöhle. Zum Teil waren sie ummauert und trugen weitere Gebäudeteile, teils sah man nur einfache Öffnungen im Stein, die ins Innere des Berges führten. Dazwischen kleine Felsenkapellen und Stallhöhlen für das Vieh der Bauern. Der gesamte Steilhang war geädert von Pfaden und Treppen, die über verschiedene Ebenen zu immer neuen Behausungen führten. Sie klebten wie Schwalbennester neben-, über- und untereinander. Einige davon schienen sogar noch bewohnt oder zumindest sporadisch genutzt zu sein. Vielleicht als Keller oder Lagerraum. Zwei Höhlen dienten als historisches Museum und durften mit Führung besichtigt werden. Die Besucher erfuhren, dass sich seit siebentausend Jahren Menschen hier ihre Wohnungen in den Fels gruben. Erst im Laufe des zwanzigsten Jahrhunderts wurden die meisten von ihnen aufgegeben.

Marina stellte einmal mehr fest, dass ihr Wissen über dieses Land, trotz Geschichtsunterricht, früheren Familienurlaubs am Meer und einer Klassenfahrt nach Venedig, bislang äußerst mangelhaft war. Kevin teilte die Begeisterung seiner Freundin nur begrenzt. Ihm war es hier überall zu heiß und die steilen Treppen nervten ihn immens. Dieses Hoch- und Runtergekraxel strengte mehr an als jedes Tanztraining. Er lechzte nach einem großen Eisbecher, im Idealfall ergänzt um einen doppelten Espresso und viel Wasser. Er musste keine große Überzeugungsarbeit leisten. Die Eindrücke waren zu überwältigend, als dass Marina nicht auch bald eine Pause gebraucht hätte.

Im Hotel buchten sie diesmal getrennte Zimmer. Sie hatten beschlossen, hier nicht als Freunde auf Urlaub sondern als Geschäftsleute aufzutreten. Tourismusmanager aus Deutschland auf der Suche nach Partnern, mit denen sich nach der Pandemie ein Neubeginn starten ließe. Adrienne hatte ihnen dazu die nötigen Visitenkarten mit ihrer Adresse als italienischer Ansprechstelle besorgt. Die dazu passende Fake-Homepage hatte sie ebenfalls erstellt. Und weil sie das Projekt als deutsch-italienisches Startup firmieren ließ, erwartete für den Anfang niemand mehr als ein paar Basis-Informationen.

Kevin hatte sich für das Possenspiel sogar zu einem seriösen Anzug überreden lassen. Und Marina? Sie war

Ludowigs und Adriennes Rat gefolgt und hatte sich zum ersten Mal im Leben ein echtes Kleines Schwarzes gekauft. Bei der gemeinsamen Modenschau am Abend in Marinas Zimmer erkannten sich die beiden kaum wieder. Und als sie merkten, wie sie einander bewunderten, wurden sie gleichzeitig wie auf Knopfdruck rot und druckssten herum. Ein verblüffendes neues Gefühl.

Die Maskerade erfüllte ihren Zweck. Im neuen Outfit begannen die Harlequins am nächsten Morgen, allen Hotels und Pensionen von Materá ihre Aufwartung zu machen. Bei manchen Häusern hatten die Manager oder Inhaber gleich für sie Zeit, bei anderen wurde ein Termin vereinbart. Und überall fanden sie Gelegenheit, einen Blick auf an- oder abreisende Gäste und ihre Autos zu werfen.

Kevin entwickelte ein Bewertungssystem in Form einer Exeltabelle und nach Feierabend begannen sie, ihre handschriftlichen Ergebnisse des Tages zu übertragen. Obwohl sie sich viel Mühe gaben, etwas wirklich Verdächtiges konnten sie nicht feststellen. Also zogen sie sich für den Abend um, verwandelten sich wieder in vergnügungssüchtige Jugendliche und zogen durch Bars und Kneipen. Mehr als einen Schwips brachte ihnen das allerdings auch nicht ein.

Am Donnerstag wurde es nicht besser, weswegen sie gegen Mittag ihre Suche bis auf weiteres einstellten. Am Nachmittag tauchte Mario Brokkoli wie versprochen auf. Er buchte im gleichen Hotel und »rein zufällig« begegneten sich die »Geschäftsleute« zum Nachmittagsespresso an der Bar. Hatte Marinas neues Erscheinungsbild schon Kevin zum Stottern gebracht, war es um den Italiener bei ihrem Anblick endgültig geschehen. Er saß mit weit aufgerissenen Augen auf seinem Barhocker und brachte kein Wort heraus. Wie schön, dachte Marina, lächelte geschäftsmäßig und sprach den Neuankömmling an.

»Scusi, Signore, Sie sehen aus, als wären Sie von hier. Ob Sie mir wohl helfen könnten?« Nach einer kurzen Schrecksekunde gewann er seine Fassung zurück.

»Ah, äh, sì, natürlich Signorina. Was immer Sie wünschen. Womit kann ich dienen?«

»Nun, mein Geschäftspartner und ich, wir sind erst seit vorgestern in der Stadt. Es gibt hier so viele spannende Dinge zu sehen und wir hatten so viele Termine, dass wir es noch nicht geschafft haben, ein nettes, typisch apulisches Restaurant für den Abend zu finden. Hätten Sie vielleicht einen Tipp, Signore?«

Brokkoli wollte nun auch seriös wirken, nahm zunächst einen Schluck Espresso, trank zu hastig, verschluckte sich prompt und bekam einen Hustenanfall. Marina schlug ihm mit der flachen Hand auf den Rücken und bemerkte: »Oh scusi, daran bin ich jetzt wahrscheinlich schuld mit meiner dummen Frage.« Sie griff nach seinem Wasserglas. »Versuchen Sie es mit einem Schluck Wasser. Das hilft manchmal.«

»Danke, danke, geht schon«, krächzte er. Kevin reichte ihm ein Taschentuch, damit er sich die Tränen von den Wangen und die Spucke vom Mund wischen konnte. »Danke, danke, Signore. Oh je, was müssen Sie für einen Eindruck von mir bekommen?«

»Nur den besten«, säuselte Marina mit zuckersüßem Blick. Endlich war Mario soweit, dass er wieder normal denken und sprechen konnte. Er räusperte sich.

»Nun, angesichts dieses Malheurs würde ich meinen, ich erkläre Ihnen jetzt nicht mühsam einen Weg, sondern erbiete mich als Stadtführer zu einer lauschigen Taverne, in die ich Sie und Ihren Geschäftspartner natürlich gern einlade.« Kevin, der schon zu einer Antwort ansetzen wollte, bemerkte Marinas warnenden Blick und schwieg. Marina antwortete an seiner Stelle.

»Oh wie nett. Das nehmen wir gern an. Oder Kevin?« Der hüstelte. Dann antwortete er, wie sie es vorab vereinbart hatten:

»Ähm, ja, nein, das tut mir leid. Sie werden wohl ohne mich auskommen müssen. Ich habe heute Abend eine wichtige Zoom-Konferenz mit unserer italienischen Managerin. Ich werde mir was vom Hotel aufs Zimmer bringen lassen. Tut mir wirklich leid.« Die beiden anderen bekundeten ihr ausdrückliches Bedauern, sahen aber ein, dass Arbeit vorgehen müsse.

Mario frohlockte innerlich, dass zumindest im Privaten alles so reibungslos funktionierte; in Sachen des Schatzes war er nämlich keinen Schritt weitergekommen.

Marina hingegen hatte die Absicht, den kleinen Mafioso ein bisschen betrunken zu machen und ihn dabei gründlichst auszufragen. Zu diesem Zwecke würde sie unbedingt erneut ihr Outfit ändern müssen. Sexy, nicht zu sexy, praktisch, aber nicht zu praktisch und vor allem den Temperaturen angemessen, so lautete ihre Devise. Sie hatte sich deshalb außer dem kleinen Schwarzen neue Hotpants und ein Glitzershirt gekauft. Nicht, dass sie auf viel Blinkerkram stand, aber sie glaubte, dass es dem Südländer gefallen könnte. Gleichzeitig wies das Shirt jedoch einen eher dezent konservativen Schnitt auf.

Sie wollte den Burschen ja nicht zu heiß machen. Nicht, dass er ihr vor der Zeit überkochte. Bei diesem Gedanken wurde ihr Lächeln breiter, was Mario als Vorfreude interpretierte. Er konnte sein Glück kaum fassen, dieser Frau begegnet zu sein!

Kevin wusste nicht recht, was er zu den neuesten Entwicklungen sagen sollte. Einerseits gab es keinen Zweifel daran, dass seine Verbindung zu Marina rein freundschaftlicher Natur war. Sie stieß sich schließlich auch nie an seinen Eskapaden. Andererseits gefiel ihm die Art, wie sein Rinchen diesen Ganoven anmachte, ganz und gar nicht. Sollte er eifersüchtig sein? Unsinn. Um auf andere Gedanken zu kommen, tat er, was er vorhin als Ausrede benutzt hatte. Er setzte sich an sein Tablet und nahm Kontakt zu Adrienne auf. Sie hatten sich zuletzt darauf verständigt, dass einmal pro Woche skypen nicht schaden sollte. Zeit für den ersten Test. Die Frau würde ihm sicher den Abend versüßen.

Kevin wurde enttäuscht. Zwar bekam er schnell eine Verbindung, aber die Galeristin machte ein ernstes, fast verstörtes Gesicht.

»Hallo Kleiner!« meinte sie nüchtern.

»Guten Abend, schöne Frau!« Kevin versuchte, sich wie immer zu geben. Als sie nicht reagierte, sondern nur abwesend nickte, hielt er es für nötig, nachzufragen. »Was ist los? Du ziehst ein Gesicht wie sieben Tage Regenwetter. Ist was passiert?«

»Ja.«

»Und?«

»Ich mach mir Sorgen. Ich glaube, wir sind nicht mehr

sicher.«

»Wer wir?«

»Wir alle. Du, ich, Marina, Ludowig.«

»Wie kommst du darauf?« Kevin starrte verwirrt auf seinen Bildschirm.

»Der Absender ist tot.«

»Äh, der, der den Transport hier ...?«

»Ja.«

»Mit dem du über den Raub gesprochen ...?«

»Gott sei Dank nicht ich direkt, sondern ein paar Vertrauensleute in der Szene. Aber das ist schlimm genug. Wenn er gesungen hat, wissen sie, wo sie weiter machen müssen. Ich hoffe, die Jungs tauchen schnellstens ab.«

»Äh, ›sie‹? Heißt das, er ist keines natürlichen ...?«

»Ja.«

»Ach du ... Und wie?«

»Regelrecht hingerichtet. Aber vorher haben sie ihn gefoltert. Daher meine Sorge.«

»Und woher weißt du das?«

»Weil die Meldung gerade auf allen Social-Media-Kanälen durch die Decke geht. Vorhin kam es schon im Fernsehn. Wie es aussieht, haben die Täter bei der Verbreitung der Bilder nachgeholfen. Vermutlich als Warnung oder um uns aufzuschrecken und uns so leichter zu finden.«

»Scheiße.« Kevin fühlte sich inzwischen ebenso mies wie Adrienne. »Und wer sind ›sie‹? Männer des Prinzen?«

»Höchstwahrscheinlich. Ich vermute, sie haben irgendwie Wind bekommen, dass ihr und die ’Ndrangheta nach dem Boten sucht. Der Prinz kann eins und eins zusammenzählen.«

»Es könnte Zufall sein. Wenn du ihn nicht persönlich kennst, woher willst du wissen, dass es wirklich unser Absender ist?«

»Sie haben ihm einen Zettel ans Ohr getackert, auf dem steht: ›Zurück zum Absender‹. Mit Smiley dahinter.«

»Ganz mieser Scherz.«

»Vorhin hat sich mein Kontakt gemeldet und bestätigt, dass er es ist. Eigentlich müsste ich jetzt auch untertauchen.«

»Aber wenn der Absender den Prinzen kannte, dann müsste er gewusst haben, dass der dazu neigt, überzureagieren?«

»Nett gesagt.« Zum ersten Mal an diesem Abend lächelte die Galeristin. »Du hast eine seltene Begabung, traurige Dinge lustig zu formulieren.«

»Danke.« Kevin schickte ihr ein Kusshändchen.

»Nein, im Ernst, ich denke, er hatte nicht geahnt, dass der Prinz auf alleinigem Vorkaufsrecht besteht. Das ist sonst nicht üblich. Oder er hat bei den Absprachen mit dem Clan nicht richtig zugehört. Sonst wäre er nie auf die Idee gekommen, das Gerücht einer bevorstehenden inoffiziellen Versteigerung zu streuen. Er wusste, dass es Interessenten gibt. Er hatte wahrscheinlich gehofft, seine Provision in die Höhe treiben zu können.«

»Und nun?«

»Keine Ahnung. Finden sie allein hierher, oder mache ich sie erst aufmerksam, wenn ich überstürzt verschwinde? Gleiches gilt für euch und für Ludowig. Ich hab ihm eine WhatsApp geschickt. Er ist zwar ein Arsch, aber an seinem Tod will ich nicht schuld sein. An eurem übrigens erst recht nicht.« Sie versuchte zu lächeln. »Wäre schade um dich, Süßer.«

»Um dich auch.« Kevin überlegte. »Verdammter Mist. Ich muss Marina suchen gehen.«

»Ist sie nicht bei dir?«

»Nee, mit dem Ganoven essen gegangen. Mit diesem Mario, weißt du?«

»Klar. Ja, geh sie suchen. Wenn der Mafioso dabei ist, muss er erfahren, mit welchen Mitteln hier gearbeitet wird. Vielleicht kann er euch schützen.«

»Na toll, von der Mafia beschützt. Weißt du, wie sicher ich mich jetzt fühle?« Es sollte wie Galgenhumor klingen, und es erfüllte seinen Zweck. Zum ersten Mal an diesem Abend mussten beide lachen. Dann wurde Adrienne wieder ernst.

»Das war dann aber der erste und der letzte Skype-Kontakt. Lösche alles, was auf unsere Verbindung hinweist. Auch die Visitenkarten müssen weg. Ich lösche eure Homepage. Schade um die viele Arbeit. Am besten, du schmeißt dein Tablet weg. Vorher gründlich kaputt machen. Ab jetzt nur die sichere Variante mit dem Prepaid Telefon, okay?«

»Ich liebe dich!«

»Bis bald.« Adrienne meldete sich ab. Kevin verlor keine Sekunde. Er trat auf sein Tablet, zerbrach es in viele kleine Stücke. Die Reste packte er in die alte Plastiktüte, in der er normalerweise seine schmutzige Wäsche sammelte und rannte los. Irgendwo unterwegs warf er die Tüte in eine Mülltonne.

Ungefähr wusste er, wo er suchen musste. Marina hatte es ihm erzählt. Weil er aber nicht ganz sicher war, ob er sich alles richtig gemerkt hatte, rief er sie an. Beim dritten Anlauf ging sie ran.

»Tarzan, du nervst.«

»Ich weiß, is wichtig, wo seid ihr?«

»Nicht dein Ernst? Wir sitzen hier gerade so nett zu zweit.«

»Egal, wo?«

»Hat das nicht bis morgen Zeit?«

»Nein, geht um Leben und Tod. Auch für Mario.« Zwei Minuten später saß Kevin bei den beiden Turteltäubchen und berichtete. Mario, der ursprünglich ausgesprochen ärgerlich über die Störung war, wurde mit jedem Wort blasser. Am Schluss drückte er Kevin die Hand.

»Danke. Wenn das heute im Norden die Runde macht, wissen es spätestens morgen auch hier alle. ... Verdammte ... Vater vergib mir.« Er bekreuzigte sich. Dann überlegte er. »Wisst ihr, was das heißt?« Marina schüttelte den Kopf. »Das heißt, dass jemand von uns, entweder ihr, ich oder einer meiner Männer dem Boten oder einem seiner Helfer ziemlich nahegekommen sein muss. Theoretisch müsste uns das helfen.«

»Aber praktisch kann es uns den Kopf kosten«, murrte Kevin. Mario widersprach nicht.

»Auf alle Fälle wissen wir jetzt, dass mit dem Prinzen nicht zu spaßen ist.« Marina verzog das Gesicht.

»Ja, und uns hat er den Abend versaut.« Sie meinte es so, wie sie es sagte. Ohne Hintergedanken. Mario hatte sich nämlich, nachdem er seine Scheu etwas abgelegt hatte, als durchaus amüsanter Gesprächspartner erwiesen. Ob er auch ein guter Liebhaber war? Das zu erkunden, dazu war ihr nach den beunruhigenden Nachrichten von Kevin allerdings komplett die Lust vergangen. Mario ging es zum Glück ähnlich.

»Das wird er bereuen, Bella!« sagte er bitter. »Das verspreche ich dir.«

»Und nun?« wollte Kevin wissen. Der Mafioso hatte klare Vorstellungen.

»Erstens: Keine Panik! Wir trinken ganz in Ruhe unseren Wein aus. Bestell dir auch ein Glas, Kevin. Hier zwischen den Leuten passiert uns nichts. Es ist kaum zu erwarten, dass sie das jetzt sofort durchziehen.«

»Warum bist du dir so sicher?« wollte Marina wissen.

»Weil das sehr typisch nach einer Warnung aussieht. Nach einer Nachricht an uns und alle, die ihnen unbequem werden könnten. Wenn sie wissen, dass so viele Leute ihr Geheimnis kennen, und wenn sie die alle ausschalten wollten, müssten sie ab sofort überall im Land ein riesiges Gemetzel beginnen. Ich kann mir nicht vorstellen, dass sie dafür die Kapazitäten haben. Was aber wichtiger ist: Der Schmuck ist immer noch in Italien. Wenn sie jetzt hier im Süden, wo nächste Woche die Übergabe erfolgen soll, die Polizei aufscheuchen, dann schießen sie sich selber ins Knie. Du kannst keine unauffällige Aktion durchziehen, wenn du gleichzeitig alle Augen auf dich lenkst.«

»Ha!« rief Kevin. »Das leuchtet mir ein. Das ist wie bei Magiern. Sie lenken ab, damit niemand mitkriegt, was sie wirklich tun. Also ergibt es Sinn, oben im Norden etwas zu machen, was uns zwar warnt, aber die Augen der Polizei dorthin lenkt. Wenn überhaupt, dann würden sie hier im Süden vielleicht ein Ablenkungsmanöver für uns starten. Also irgendwie uns einen falschen Trigger vorsetzen, damit wir denken: Aha, hier also. Und in Wirklichkeit sind sie ganz woanders.« Mario klopfte ihm auf die Schulter.

»Genau so. Du hast es erfasst.«

»Das heißt also«, rekapitulierte Marina, »wir müssen nicht zu viel Angst haben, verhalten uns normal, um nicht aufzufallen, halten aber weiter die Augen offen, was passiert. Und dann schauen wir, ob es das Ablenkungsmanöver oder schon der richtige Trick ist.«

»Genau so. Spielt morgen Vormittag noch ein bisschen weiter die Geschäftsleute. Wie geplant. Dabei checkt ihr ganz entspannt aus. Schaut euch um, ob von denen, die ihr beobachtet, sich jemand merkwürdig benimmt. Wenn ja, gebt mir sofort Bescheid. Wenn nicht, folgt mir nach Pietrapaola. Aber zögert nicht länger. Bei uns in den Bergen seid ihr auf alle Fälle sicher. Unser Ort ist die Festung der Brokkolis. Absolut uneinnehmbar. Ich erwarte euch dort.«

»Bleibst du nicht bei uns?« Marina versuchte einen Schmollmund. Er misslang. Mario achtete ohnehin nicht darauf. Er war in Gedanken längst bei Don Alberto.

»Nein«, meinte er entschlossen, »ich bringe euch zum Hotel zurück, hole meine Sachen und fahre nach Hause. Wir müssen Familienrat halten. Ab jetzt zählt jede Minute.« Kevin hatte eine Frage.

»Adrienne sagte, wir müssen die Visitenkarten und jeden Hinweis auf sie verschwinden lassen.«

»Richtig. Aber besser erst in Pietrapaola. Ich glaube nicht, dass es schlau wäre, solche Sachen im Hotelzimmer zu lassen. Bringt sie mit. Wir verbrennen sie bei uns.

Kapitel 17 – Polizisten

Freitagnachmittag in Cosenza. Während sich die meisten Menschen auf das bevorstehende Wochenende einstimmten und langsam entschleunigten, herrschte im Büro von Commissario Hofer zunehmende Hektik. Ein Kommen und Gehen, als erwarte der Mann in Kürze einen Großeinsatz. So ungefähr musste es bei den Carabinieri in Neapel zugehen, wenn die Gästefans von Inter zum Auswärtsspiel im Stadio del Sole anrückten. Eine theoretische Überlegung, denn aufgrund der bestehenden Corona-Regeln durften aktuell gerade überhaupt keine Fans in irgendwelche engen Stadionkurven, und zweitens wären die Antimafia-Einheiten der DIA niemals zu so schnöden Beschäftigungen wie der Überwachung von Fußballfans herangezogen worden. Schuld am Durcheinander trug Sottotenente Lippi. Was war geschehen?

Am Vormittag hatte ihn Mario Brokkoli angerufen und dringlich zu einem Treffen aufgefordert. Sie verabredeten sich auf halbem Wege zwischen Pietrapaola und Savelli auf einem Waldweg. Kaum eingetroffen, überrollte der Mafioso seinen neuen Freund mit Fragen.

»Hast du eine zweite Uniform oder kannst du mir eine besorgen?«

»Wozu?«

»Die Fragen stelle ich. Kannst du eine besorgen? Für mich? Verkehrspolizei? Wir sollten ungefähr die gleiche Größe haben.«

»Ja. Schon, nur ...«

»Gut. Morgen ist Samstag. Hast du Dienst oder frei?«

»Eigentlich frei, warum?«

»Schnauze, zuhören. Du bist morgen um neun bei mir. Mit der Uniform, schaffst du das?«

»Ich denke schon, aber ...«

»Okay. Wir müssen eine Verkehrskontrolle machen. Wir beide. Kapierst du das?«

»Äh ...?«

»Auf der Küstenstraße nördlich von Mandatoriccio. Wir müssen zwei Wagen abfangen.«

»Du spinnst!« Lippi-Pazzi war entsetzt. »Das ist Amtsanmaßung. Außerdem ist das nicht mein Revier. Das gehört zu Cosenza. Da darf ich gar nicht ...«

»Du sollst die Schnauze halten, Bulle. Hier, reicht das?« Mario drückte ihm einen ziemlich dicken Briefumschlag in die Hand. Ein Blick hinein und die Sache war klar. Dem Verkehrspolizisten Vittorio Pazzi blieb der Mund offen stehn. Das waren mindestens zweitausend Euro in kleinen gebrauchten Scheinen.

»Aber ...«

»Geht es oder geht es nicht?« Im Agente der Verkehrspolizei siegte der mühsam unterdrückte Undercover-DIA-Sottotenente.

»Muss gehen. Aber verrate mir bitte, um Himmels Willen, warum?«

»Hast du heute schon Fernsehn geschaut? Zeitung gelesen? Nachrichten im Netz?« Lippi-Pazzi schüttelte den Kopf. Er hatte am frühen Morgen meist keine Lust auf Kriege, Erdbeben und Corona-Meldungen. Mario Brokkoli hob die Arme. »Und da wundert man sich, warum unsere Polente nichts auf die Reihe kriegt. Pass auf, konzentriere dich auf den Mord an einem Typen im Norden. In Fachkreisen nannte man ihn ›Der Absender‹. Von dem kamen die Informationen, von denen ich dir neulich erzählt habe. Jetzt ist er tot. Kapiert?«

»Warst du das?« Pazzi-Lippi schaute verständnislos.

»Quatsch mit Soße! Wie blöd bist du eigentlich, Bulle? Guck dir die Videos an, dann weißt du Bescheid. Das war eine Warnung.«

»An wen?«

»An uns.«

»Aha.«

»Ja, aha. Dass wir überhaupt von der ganzen Sache erfahren haben, liegt nämlich daran, dass unser teurer Toter vorher zu gesprächig war. Und wenn du richtig clever bist, dann besorgst du dir mal die aktuelle Position und Fahrtroute der prinzlichen Yacht. Denk drüber nach, was das heißen könnte. ... Ich sag's dir. Es beginnt.«

»Äh ja, gut, ich hab einen Freund bei der Küstenwache. Und wozu die Verkehrskontrolle?«

»Um die Kunstschätze sicherzustellen, bevor der Prinz sie in die Finger kriegt.«

»Sind die denn unterwegs?«

»Scheint so, mein Freund. Deshalb müssen wir die Verkehrskontrolle auch zu zweit machen. Im hinteren Wagen sitzt die Expertin, von der ich dir erzählt hab.«

»Die Klassefrau?«

»Genau die. Übrigens danke für die Tipps.«

»Lief's gut?«

»Besser als gedacht. Aber das tut jetzt nichts zur Sache. Sie wird uns helfen, die Beute der Bande zu identifizieren.«

»Ah! Aber ganz ehrlich, wir zwei auf meinem Moped, uns nimmt keiner ernst.«

»Für solche Fälle haben wir ein echtes Polizeiauto in der Garage.«

»Echt echt?«

»Echt echt.«

»Ich hab aber nicht gehört, dass irgendwo ein Wagen geklaut wurde.«

»Wurde ja auch nicht. Wir haben das mal vor Jahren in unserer Werkstatt selbst hergerichtet. Ist zwar nicht mehr das neueste Modell, aber wer achtet da schon drauf, wenn oben Blaulicht blinkt.«

»Stimmt auch wieder. Aber wenn ihr das habt, warum dann keine Uniform?«

»Wir haben Uniformen. Jede Menge sogar. Aber erstens sieht man denen anders als dem Auto an, dass sie nicht mehr aktuell sind, und zweitens ist kein Verkehrspolizist dabei. Apropos, hast du vielleicht bisschen was für eine Straßensperre?«

»Möglich, aber das müssten wir dann vorher mit dem Auto in unserem Revier in Crotone abholen.«

»Lässt sich machen. Reicht eine Stunde?«

»Denk schon. Ich frag meine Kollegen, ob sie mir was für morgen bereitlegen. Hatte ich sowieso vor. Sie müssen ja nicht wissen, wofür ich es brauch. Notfalls fällt mir bestimmt eine gute Ausrede ein.«

»Also acht Uhr! Kann ich mich auf dich verlassen, Bulle?« Mario blickte Lippi-Pazzi ernst an. Der hielt seinem Blick stand.

»Ja. Ja, klar!« meinte er und steckte den Briefumschlag so cool wie möglich ein.

»Gut, dann morgen um acht!«

»Um acht.«

Worüber Mario Brokkoli seinen neuen Polizistenfreund nicht aufklärte, waren die diesem Gespräch vorangegangenen Ereignisse in Materá. Sie lagen erst wenige Stunden zurück. Rückblende.

Marina und Kevin verließen nach dem Frühstück frisch gestärkt und halbwegs ausgeschlafen ihr Hotel. Wie am Vorabend besprochen, wollten sie sich noch ein wenig umsehen, bevor sie nach Pietrapaola aufbrechen würden. Scheinbar entspannt wanderten sie durch die Stadt. Wobei sie allerdings mit Argusaugen jeden Passanten genauestens taxierten. Zwei vereinbarte Termine in Hotels galt es außerdem abzuarbeiten. Der Schein, als Tourismusmanager unterwegs zu sein, sollte schließlich bis zuletzt aufrecht erhalten bleiben. Unauffällig beobachteten sie die Gäste in den Hotellobbys. Sie fragten die Geschäftsführer, wie sich die Gäste derzeit nach Herkunft und Alter zusammensetzten. Und natürlich erlaubten sie sich im Zuge einer kleinen Führung, auch die Tiefgaragen zu besichtigen.

Am zweiten Hotel passierte es. Unmittelbar nach der Verabschiedung. Die beiden Detektive standen vor dem Eingang, unschlüssig, ob sie direkt zurück in ihr Hotel und packen sollten oder vielleicht lieber erst irgendwo zu Mittag essen. Plötzlich klingelte es. Eine Fahrradklingel. Direkt hinter ihnen. Erschrocken drehten sich Marina und Kevin um. Sie blickten in zwei lachende Mädchengesichter. Wobei Jasmina fröhlich rief:

»Dachte ich's mir doch. Ihr seht zwar heut ein bisschen verkleidet aus, aber ansonsten?«

»Unverkennbar!« lachte Salome. »Unsere Poolgespielin aus dem ›Il Falco‹ und ihr Freund! Na wenn das mal keine Überraschung ist!«.

Sie stellten ihre Fahrräder ab und umarmten die Harlequins mit einer Herzlichkeit, als seien sie schon seit dem Kindergarten befreundet. Küsschen rechts, Küsschen links.

Marina war verwirrt. Was hatten die hier zu suchen? Sie musste nicht lange auf eine Erklärung warten. Angeblich waren sie auf ihrer Rundreise vorgestern in diesem Hotel, vor dem sie nun standen, angekommen. Das sei nämlich fahrradfreundlich. Es gebe neben der Garage für die Autos eine weitere kleine gleich um die Ecke, um die Fahrräder abzustellen. Von dort her kämen sie gerade und als sie ihre alten Freunde hier stehen sahen, mussten sie natürlich erstmal hallo sagen.

Konnte das Zufall sein? Marina sah an Kevins Blick, dass der ebenfalls ratlos war. Aber es kam noch dicker. Sie bemerkte es zuerst als leises Kratzen an der Wange bei den Begrüßungsküsschen. Was da an den Ohren der Mädchen blinkte, machte es Marina unmöglich, ihren Blick abzuwenden. Ihr Herz pochte. Sie wollte schreien. Biss sich auf die Lippen. Sie zitterte am ganzen Leib. Und das lag am Schmuck, den Salome und Jasmina als Partnerlock trugen.

Zwei mal zwei runde Diamanten von jeweils mindestens zehn Karat, grob geschätzt, mit altertümlichem Rosenschliff. Weil der seit mehr als zweihundert Jahren nicht mehr gebräuchlich war, wusste sie sofort, dass es sich um etwas Besonderes handeln musste. Gut für sie, dass die Mädchen sich als nächstes Kevin vornahmen und ihn ausfragten, warum er so spießig angezogen sei. Zum Glück hatte der sich wieder gefangen. Lang und breit erzählte er von ihrer angeblichen Arbeit für das deutsch-italienische Tourismus Startup. Was Marina Gelegenheit bot, sich den Ohrschmuck genauer anzusehen. Der große Diamant war bei näherem Hinsehen von zahlreichen kleinen umgeben, eingelegt in ein goldglänzendes Bett mit unverkennbaren Gebrauchsspuren. Dass dies tatsächlich alte Goldschmiedekunst sein musste und definitiv keine moderne Arbeit, stand völlig außer Zweifel.

Ihr Gehirn arbeitete fieberhaft. Im Eilzugtempo glich sie alle Daten und Fakten ab, die sie in den vergangenen Tagen und Wochen in ihren kleinen grauen Zellen abgespeichert hatte. Es dauerte nur Sekunden, bis sich das Bild vor ihrem inneren Auge formte: Die Rockknöpfe der Diamantrosengarnitur aus dem Grünen Gewölbe! Der zentrale Diamant brachte exakt 11,083 Karat auf die Waage. Den Rahmen bildeten 25 kleinere Steine auf vergoldetem Silber. Dass es genau diese Knöpfe und keine Fälschungen waren, dazu bedurfte es weder Lupe noch Waage. So perfekt unperfekt konnte kein Duplikat sein.

Eigentlich hätten die Knöpfe auf der Rückseite eine Öse zum Annähen haben müssen. Über deren Material hatte nichts in den Unterlagen gestanden. Nach den veröffentlichten Fotos konnte sie aus Messing oder Kupfer sein. Auf den Ohren der Mädchen lagen die Knöpfe allerdings fest an. Dafür gab es nur eine Erklärung. Jemand hatte die Ösen abgefeilt und durch Steck- oder Clipverschlüsse ersetzt. Und jetzt trugen diese elenden Miststücke die historischen Schätze zum Fahrradfahren durch den Staub Apuliens! Was für eine Arroganz. Was für eine Barbarei!

Marinas Atem ging schwer. Es war ihr fast unmöglich,

ruhig zu bleiben. Immerhin gelang es ihr, sich ein bisschen vom Anblick der Preziosen loszureißen und wieder dem Gespräch zu folgen. Wobei sie einen amüsierten Seitenblick von Salome auffing. Hatte die sie durchschaut? Ihre Erregung wahrgenommen? Handelte es sich womöglich um eine bewusste Provokation?

Marina war zu irritiert, um sofort eine passende Antwort zu finden. Ihr Kopf fühlte sich an, als wäre er mit dickem, zähem Brei gefüllt. Alle Außengeräusche klangen, als tauche sie mit einem Schnorchel unter Wasser. Die Bilder, die ihre Augen zum Gehirn sandten, verschwammen hinter Milchglas. Sie hörte die Mädchen fragen, ob man sich auf einen Schlummertrunk an der Bar verabreden wolle, wenn sie von ihrer Radtour zurück wären. Es sei die letzte Gelegenheit, denn am nächsten Morgen würden sie bereits in aller Frühe nach Mandatoriccio aufbrechen, um sich dort in einem schicken Hotel mit Freunden zu treffen. Und sie hörte sich wie in Trance antworten, dies sei eine großartige Idee. Es sei heut auch ihr letzter Tag hier und nach vielen guten Gesprächen hätten sie durchaus Grund zum Feiern. Den entsetzten Blick Kevins löschte sie sofort wieder aus ihrem Gedächtnis.

Jasmina und Salome drückten sie herzlich zum Abschied, dann radelten sie davon. Langsam kehrte Marinas Geist in die Realität zurück. Und mit ihm formten sich die Worte auf Kevins Lippen:

»Bist du bescheuert?«

»Das waren sie.«

»Ja, natürlich.«

»Weißt du überhaupt, wovon ich rede?«

»Von den Mädels, nehme ich an. Das ist eine Falle.«

»Kann sein. Aber das meine ich nicht.«

»Was dann?«

»Hast du die Ohrstecker gesehn?«

»Waren nicht zu übersehen. Was ist damit?« Schweigen. »Rinchen, wovon sprichst du?« Kevin wirkte zunehmend verzweifelt.

»Das waren sie, Tarzan!« Und sie berichtete ihm haarklein von ihrer Blitz-Analyse. Je länger sie ihm die Details erklärte, desto mehr verdichtete sich der Brei in ihrem Kopf zu einem klaren Bild von dem, was nun zu tun sei. Sie durften den beiden jungen Frauen fortan nicht mehr von der Seite weichen.

Kevin schluckte zwar heftig, sah aber ein, dass es keinen Zweck hätte, Marina von ihrem Vorhaben abzuhalten. Auch wenn er es für unverantwortlich gefährlich hielt. Sofern Salome und Jasmina zum Verbrechersyndikat gehörten, und danach sah es aus, konnte die Sache tödlich enden. Sie waren Karnevalisten, keine unsterblichen Spione wie James Bond.

Marina stellte sich eine ganz andere Frage, nämlich die nach dem Warum. Warum waren sie sich hier begegnet? Warum trugen sie den Schmuck so zur Schau? Je länger Marina nachdachte, desto mehr formte sich ein Gedanke in ihrem Kopf. Nicht sie und ihr Tarzan hatten die Mädchen gefunden, sondern umgekehrt. Wie war das gleich am Pool gewesen? Sie hatten Kevin links liegen gelassen. Obgleich sie Kondome in ihren Taschen mit sich herumschleppten. Den Schlüssel hatten sie so gelegt, dass der Mann ihn nicht übersehen konnte. Vermutlich war ihnen schnell klar geworden, dass Marina kaum eine illegale Durchsuchung riskiert hätte. Das war demnach alles geplant. Deshalb hatten sie ihm genug Zeit gelassen, sich gründlich von ihrer Unschuld zu überzeugen. Dann waren sie verschwunden, um den beiden Deutschen unauffällig folgen zu können. Und hier waren sie ihnen mit dem gestohlenen Schmuck an den Ohren über den Weg gelaufen. Aber wozu? Um sie zu testen? Zu unüberlegten Handlungen zu provozieren?

Kevin war der Überzeugung, dass dies das Ablenkungsmanöver sein musste, das den Trick verschleiern sollte. Marina war anderer Meinung. Niemand verwendete für ein Ablenkungsmanöver den echten Schatz. Wahrscheinlich gingen sie wirklich davon aus, ihre Verfolger rechtzeitig umlegen zu können. Wie den Absender. Danach hätten sie freie Bahn.

Über eines waren sie sich jedoch einig: Es gab mehr als einen Verräter unter den Beteiligten. Woher hätten die Mädchen sonst wissen sollen, wen sie testen mussten, wenn ihnen nicht eine Beschreibung vorgelegen hätte?

Kevin schlug vor, endlich die Polizei einzuschalten. Marina gab ihm recht, entschloss sich aber, zuerst Mario anzurufen. Der hörte aufmerksam zu und meinte, die Idee, den beiden zu folgen, sei brillant. Sie sollten ihn auf dem Laufenden halten, wenn es am nächsten Tag losginge. Er würde sich etwas überlegen. Auf alle Fälle bekämen sie ab sofort einen Bodyguard. Einen unsichtbaren Schatten, der im Notfall zur Stelle wäre. Es sei wichtig, dass sie diese Nacht überlebten. Die Kunsthistorikerin versprach, sich Mühe zu geben.

Nach dem Telefonat besorgten sie sich etwas zu essen und einen großen Latte Macchiato. Das war einfach nötig, um bei dem ganzen Stress nicht schlapp zu machen.

Zumal Marina durchaus nicht Kevins Ansicht teilte, was die Polizei betraf. Sie fand, sie hätten zu wenig Beweise.

Da ihr Partner aber nicht nachgab, suchten sie schließlich die nächste Polizeidienststelle auf. Es dauerte ziemlich lange, bis sie drankamen. Chronische Unterbesetzung, entschuldigte sich der Diensthabende. Um auf Nummer sicher zu gehen, dass man sie ernst nehmen würde, bat Marina, einen Kriminalisten sprechen zu dürfen. Das war ein Fehler. Was sie sich herausnähmen, hieß es. Außerdem sei es Freitagnachmittag und da wären die Beamten des gehobenen Dienstes bereits im Wochenende. Sie dürften von Glück reden, dass es hier im Revier überhaupt jemanden gebe, der englisch spräche.

Marina hatte keine Lust, sich lange zu streiten. Sie skizzierte in groben Zügen ihr Anliegen. Als sie beim Grünen Gewölbe angekommen war, klappte der Mann sein Heftchen zu. Er knurrte, die apulische Sonne habe ihr vermutlich etwas zugesetzt. Er nahm ihre Daten auf. Er werde sich kümmern. Finito. Die junge Detektivin war enttäuscht. Auf dem Weg nach draußen entdeckte Kevin ein Plakat der DIA, der Direzione Investigativa Antimafia, Abteilung II - Polizeiliche Ermittlungen - Außenstelle Cosenza. Darauf stand etliches, das er zwar nicht lesen konnte, aber eines begriff er: Die Telefonnummer unter dem Text musste eine Art Notrufnummer für spezielle Mafia-Verdachtsfälle sein. Kurzentschlossen wählte er die Ziffernfolge und drückte das Telefon seiner Freundin in die Hand. Völlig überrumpelt griff sie zu. Sie hielt diesen Versuch zwar für albern, sie würden sicher ebenso abblitzen, aber Kevin bestand auf einen Versuch.

Das Telefon im Büro von Commissario Falk Hofer klingelte, als die von Sottotenente Lippi vom Zaun gebrochene Panik gerade ihrem Höhepunkt zusteuerte. Hofer war daher nicht begeistert, dass ihm die Zentrale der DIA-Hotline das Gespräch einer deutschen Touristin durchstellen wollte. Allerdings war er einer der wenigen Kollegen im Süden, die deutsch sprachen. Widerwillig nahm er das Gespräch an. Was er dann allerdings zu hören bekam, verschlug ihm fast den Atem. Und vor allem: Alles, was ihm diese Marina Casanova erzählte, passte wie das berühmte fehlende Puzzleteil in Lippis wirre Geschichte.

Nachdem er der Anruferin einige Verhaltensregeln gegeben und ihr zur Vorsicht geraten hatte, legte er auf. Er trat zum Regal und goss sich einen Kaffee ein. Er nahm einen Schluck, verzog das Gesicht und rief mit donnernder Stimme in den Flur:

»Sottotenente Lippi, zu mir!« Der Gerufene erschien. Commissario Hover blickte ihm in die Augen und meinte lächelnd: »Ich habe gerade mit Ihrer ›Klassefrau‹ telefoniert.« Lippi hob verblüfft die Brauen. »Schauen Sie nicht so, sie war's. Und wenn von deren Geschichte nur die Hälfte stimmt, rollt hier ein ganz großes Ding auf uns zu.« Er wurde ernst. »Schätze, ich muss Ihnen Ihren alten Dienstausweis und Ihre Waffe wiedergeben. Aber Vorsicht, beides ist nur für den Notfall. Und jetzt nehmen Sie sich einen Kaffee und setzen sich neben mich. Wir haben zu reden.«

Die Spannung im Hause Brokkoli war mit Händen zu greifen. Don Alberto tigerte ruhelos im Zimmer auf und ab. Seine Söhne wagten kaum, zu atmen. Schließlich blieb er stehn.

»Wer war es?«

»Schwer zu sagen. Klar, jemand muss unseren Plan verpfiffen haben.« Luigi zuckte mit den Schultern. »Ich hab fast vierzig Männer instruiert, die Augen offen zu halten.«

»Und dabei hast du ihnen natürlich auch von unserer Expertin erzählt.«

»Musste ich doch. Sie sollten ja nicht die Falschen erwischen.«

»Idiot!«

»Du musst zugeben, dass sich das Pärchen ziemlich auffällig benimmt. Jedenfalls wenn ich Mario richtig verstehe.« Sein jüngerer Bruder schüttelte den Kopf.

»So hab ich das nicht gesagt. Ist aber gleichgültig. Im Prinzip hast du schon recht. Wir können es jetzt sowieso nicht mehr ändern.«

»Nein!« beharrte sein Vater. »Wenn jemand unsere Leute im Visier hat, und wenn das vermutlich auf einen von uns zurückgeht, dann müssen wir die Kanaille finden. Egal, wieviel Geld der Prinz an den Verräter gezahlt hat, so etwas, äh, wie heißt das gleich?«

»Illoyalität«, antwortete Mario.

»Genau, sowas dürfen wir in unseren Reihen nicht dulden. Ich will seinen Kopf! Den kriegt der Prinz dann zum Frühstück serviert. ... Ihr braucht gar nicht zu grinsen. Ich meine es so, wie ich es sage. Geht los, findet das Schwein und zeigt dem Großkotz, dass er nicht der Einzige ist, der klare Ansagen macht.« Mario wagte einen Einspruch.

»Kann das nicht Luigi alleine machen? Ich finde, für mich wäre es wichtiger, die Aktion morgen unten auf der Küstenstraße vorzubereiten. Wenn die wirklich den Schmuck haben, dann ist das die Gelegenheit.« Sein Vater nickte.

»Du hast recht, mein Sohn. Du bist gescheiter als dein Bruder. Wirst es weit bringen.« Wohlwollend betrachtete er seinen Jüngsten. »Man darf nie das eigentliche Ziel aus den Augen verlieren. Das hätte ich in meiner Wut fast vergessen. ... Also gut. Leg dich mit deinem Polizisten auf die Lauer; hol uns den Schmuck. Luigi schnappt sich ein paar Männer und fährt nach Apulien. Es kann nur jemand von dort gewesen sein. Einer aus Kalabrien hätte niemals gewagt, Don Alberto zu hintergehen.« Er knirschte mit den Zähnen. »Und wenn es mehr als einer sein sollte, mach sie alle kalt. Verrat ist die schlimmste aller Sünden. Da darf nichts einreißen. Hast du mich verstanden, Luigi?«

»Glasklar. Dem Prinzen wird der Appetit vergehen.«

»Gut. Und ich werde ein Kommando zusammenstellen, das in und um Mandatoriccio in Stellung geht. Falls irgendwas bei der Straßensperre schief geht oder die Revolvermänner aus dem Castello dazwischenfunken, greifen wir ein. Ich will den Schmuck morgen Nachmittag hier auf meinem Tisch liegen sehen. So oder so.« Es klopfte. »Herein!« Luigis Frau lugte um die Ecke.

»Besuch für euch.« Im nächsten Augenblick schob sich Dr. Ludowig Franz Graf Starhemberg an ihr vorbei durch die Tür. Er grüßte freundlich. Na prima, dachte der Don, der hat mir gerade noch gefehlt.

Samstagvormittag. In Campomarino, am östlichen Ufer des Golfs von Táranto, herrschte ein ungewöhnliches

Treiben. Der Grund war ein Tross mehrerer Fahrzeuge. Wobei es weniger die Fahrzeuge waren, die in dem verschlafenen Nest für Aufsehen sorgten, sondern eher ihr Inhalt. Ein bekannter Mailänder Designer, seine Models und Helfer hatten sich angekündigt. Vor einem der Restaurants am Hafen errichteten Bühnentechniker einen Laufsteg. Das Haus selbst wurde zum Backstage umgebaut. Fleißige Hände trugen Garderobenständer, Kleidersäcke, Koffer und Taschen voller Accessoires nach drinnen. Auf der gegenüberliegenden Seite schraubte jemand Scheinwerfer an das alte rostige Riesenrad und verlegte Kabel. Ortsansässige Handwerker hatten diesen kläglichen Rest des früheren Lunaparks in den vergangenen Tagen auf Bitten des Veranstalters wieder flott gemacht. Farbiges Licht aus luftiger Höhe sollte dem Event, das hier am Abend stattfinden würde, den nötigen Glanz verleihen. Überall im Ort und in den Nachbarorten prangten Plakate, die das seltene Ereignis ankündigten. Touristen und Einheimische, soweit sie nichts Besseres zu tun hatten, lungerten an der Kaimauer herum oder beobachtete neugierig vom Autoscooter aus das Geschehen. Einige bemühten sich um Autogramme.

Sogar der Bürgermeister ließ es sich nicht nehmen, den namhaften Gästen persönlich seine Aufwartung zu machen. Was der Star des Abends mit einem charmanten Lächeln und einem kleinen Scherz quittierte. Selbst auf den ansonsten etwas verkniffenen Gesichtern der Models zeigte sich daraufhin ein professionelles Lächeln. Der Bürgermeister und die Touristen waren hochentzückt!

Einzig einige Carabinieri störten die Harmonie. Die Polizisten hatten Maskenpflicht und Abstandsregeln zu kontrollieren und jeglichen Verstoß strengstens zu ahnden. Sie erfüllten ihre Aufgabe allerdings sehr nachlässig, genaugenommen gar nicht. Sie waren von den Ereignissen so fasziniert, dass sie beschlossen, den anderen nicht den Spaß zu verderben. Zumal der Tourmanager im Vorfeld alle Sorgen zerstreut hatte. Der Tross befinde sich seit zwei Wochen in streng isolierter Quarantäne. Alle seien gesund. Es müsse sich niemand Gedanken machen. Man sehe es ja überall: In diesem Sommer 2020 sei die Pandemie besiegt und bald gebe es bestimmt auch Impfstoffe. Alles in allem genügend Gründe, endlich wieder das Leben zu feiern. Wenn der gute Mann geahnt hätte ...

Doch selbst wenn, es hätte wenig geändert. Das Wetter war schön, die große Hitze der letzten Wochen überstanden. Vom Golf wehte eine sanfte Brise herüber. Yachten und Fischkutter schaukelten beruhigend an ihren Stegen. Die Menschen schienen wieder glücklich. Zum Beispiel die beiden jungen Männer, die auf der anderen Seite der Kaimauer, ein ganzes Stück entfernt von Laufsteg, Autoscooter und Riesenrad im weichen Sand saßen und das Glitzern und Blitzen der Vormittagssonne auf dem Wasser beobachteten.

»Fick dir, Digga«, meinte der eine, »wat for een jeiler Tach!« Der andere nickte verträumt.

»Jo, Bro.«

Weitaus weniger geil fand Marina diesen Samstagvormittag. Sie hatte überlebt. Kevin auch. Der Abend war unspektakulär verlaufen. Ein paar Cocktails, ein bisschen Smalltalk an der Bar. Die beiden Ladies hatten keinen weiteren Grund zur Aufregung geboten. Ihr neues Ohrgehänge, große Kreolen, wieder im Partnerlook, war von der Kunsthistorikerin schnell als Modeschmuck identifiziert worden. Als zu späterer Stunde ein DJ die Beschallung übernahm, hatten sie getanzt. Alles wäre gut gewesen, wäre da nicht diese permanente Sorge geblieben, was noch passieren könnte.

»Ich habe Angst!« hatte sie ihrem Tarzan zugeflüstert. Er hatte sie daraufhin fast zärtlich in den Arm genommen und geantwortet:

»Wir können es nicht ändern, Rinchen. Gerade weil es unser letzter Abend sein könnte: Genieß einfach den Moment!«

Der hatte gut reden. Mehr als einmal hatte sie sich an diesem Tag schon über ihr voreiliges Mundwerk geärgert. Erst denken, dann reden! Zu spät. Sie hatte sich die Suppe eingebrockt, nun musste sie sie auslöffeln. Schlimm nur, dass sie Kevin mit hineingezogen hatte. Sie fühlte sich schuldig. Was, wenn wirklich etwas passierte? Immer wieder hatte sie nach Marios Bodyguard Ausschau gehalten. Ohne Erfolg. Der Mann blieb unsichtbar. Sie hoffte inständig, dass er trotzdem irgendwo steckte.

Immerhin, auch der Polizist von der DIA hatte ihr zugehört. Und der schien ihr geglaubt zu haben. Ob er womöglich mehr wusste? Vielleicht waren seine Leute ebenfalls in der Nähe? Schön wär‘s.

Wie gesagt, am Ende war nichts passiert. Jedenfalls nichts, was nicht geplant gewesen wäre. Als nämlich Salome wieder begann, von ihrem Hotel, diesem Castello in Mandatoriccio zu schwärmen, hatte Marina gefragt, ob da wohl noch Zimmer frei wären. Vielleicht könnten Kevin und sie mitkommen. Vielleicht käme das Haus am Ende für ihr Tourismus-Startup infrage. Die Mädchen hatten sofort eine WhatsApp mit der Anfrage abgeschickt und zwei Minuten später war der Deal perfekt. Irgendwann waren sie alle vier müde gewesen und zu Bett gegangen.

Jetzt, viele Stunden später, saßen die Harlequins in ihrem kleinen roten Fiat und folgten einem dunkelgrünen SUV mit zwei Fahrrädern am Heck. Links von ihnen glitzerte der Golf von Táranto, dass es blendete. Vor wenigen Minuten hatten sie die Basilikata verlassen und befanden sich auf kalabrischem Boden. Es konnte nicht mehr lange dauern. Schon schwenkte ihre Straße, der Westküste des Golfes folgend, soweit in südöstliche Richtung, dass sie der Sonne fast direkt entgegenfuhren.

Kevin, der nach anfänglichen Verzweiflungsattacken am Nachmittag, gestern Abend in der Bar wieder wie gewohnt den coolen Macker gegeben hatte, war schweigsam geworden. Marina spürte seine Anspannung. Ihr ging es ähnlich. Jedes Wort war im Moment überflüssig. Wenn Mario etwas unternehmen wollte, musste es bald passieren. Es müsse vor Mandatoriccio geschehen, hatte er gesagt. Auf freiem Feld, außerhalb von Ortschaften. Was dann geschehen würde, hatte er nicht gesagt. Exakt so hatte sie es dem Polizisten am Telefon erzählt. Hoffentlich hatte der reagiert. Der Schmuck durfte auf keinen Fall der 'Ndrangheta in die Hände fallen. Ebenso wenig wie dem Prinzen oder Ludowig. Aber was, wenn es zu einer Schießerei käme? Kevin riss sie aus ihren Gedanken.

»Fahr langsamer!« stieß er hervor. »Da vorn, siehst du? Eine Polizeisperre.«

»Gott sei Dank!« stöhnte Marina erleichtert. »Dann

greifen sie vor den Mafiosi zu.« Blieb die Frage, ob die Mädchen vor ihnen einen Durchbruch riskieren würden? Sie taten es nicht, bremsten und fuhren brav an den rechten Straßenrand. Die Detektive folgten ihrem Beispiel. Ein dritter Wagen hinter ihnen ebenfalls. Zwei Verkehrspolizisten traten zum SUV, wollten die Papiere sehn. In dem Moment erblasste Marina. Kevin bekam Schnappatmung.

»Scheiße!« japste er, »Siehst du das?«

»Mario«, flüsterte sie tonlos.

»In Polizeiuniform.«

»Scheiße.«

»Dann ist der andre auch ein Gangster. Hoffentlich legen die die Mädels nicht gleich um.« Das Entsetzen stand beiden Harlequins ins Gesicht geschrieben.

Kapitel 18 – Verräter

»Reine Routine.« beruhigte Pazzi Jasmina. »Es sollen neuerdings Rauschgifthändler unterwegs sein. Schwerbewaffnete Gangster. Wir müssen einfach auf Nummer sicher gehn.«

»Hu!« kicherte das Mädchen. »Sehn wir so gefährlich aus? Aber was sein muss ... Sie dürfen mich gründlich durchsuchen.« Mit einem Augenaufschlag, der Eisberge zum Schmelzen gebracht hätte, legte sie ihre Hände ans Autodach und stellte sich breitbeinig auf. Der Agente wirkte verunsichert.

»Äh, ich weiß nicht, ob das nötig ...«

»Doch«, wies ihn sein Kollege zurecht, »Sie sind neu im Geschäft, Agente, aber ich versichere Ihnen, ich habe schon Pistolen an den erstaunlichsten Stellen gefunden.« Die beiden Mädchen kicherten.

»Immer zu«, krähte Salome. »Bei so schnuckeligen Jungs wie euch werden wir keinen Widerstand leisten. Versprochen!« Und Jasmina fragte:

»Kriege ich Handschellen? ... Bitte!« Vittorio Pazzi traten Schweißperlen auf die Stirn. Zum Glück fiel ihm wieder ein, welchen Dialog sie für genau diese Situation verabredet hatten. Er räusperte sich.

»Das stimmt schon, Agente Brokkoli, aber wir sollten wenigstens eine weibliche Zeugin dazu rufen. Die kann hinterher bestätigen, dass wir unsere Arbeit sachgemäß und mit Einwilligung der Delinquentinnen durchgeführt haben.«

»Sehr umsichtig, Agente Pazzi, Sie haben vollkommen recht. Ich glaube, da hinten im Wagen sitzt eine

Dame. Sie und ihr Begleiter können dann auch gleich die ordnungsgemäße Kofferraumdurchsuchung bezeugen. Ich hole sie.« Und an die Damen gewandt: »Stehen Sie bequem. Ich bin gleich zurück.«

»Lass mich nicht so lange warten, Süßer!« flötete Salome. Jasmina warf Vittorio Pazzi ein Blick über die Schulter zu.

»Bei mir kannst du ruhig schon anfangen, Schatz, da haben wir bisschen mehr Zeit füreinander.« Dem jungen Polizisten wurde heiß und kalt. Nervös trat er von einem Fuß auf den anderen und stotterte:

»Nein, nein, es muss alles seine Ordnung haben. Lassen Sie bitte Ihre Scherze.«

»Och, Salome, hörst du das? Die Püppis sind schüchtern.« Agente Pazzi alias Sottotenente Lippi fragte sich verzweifelt, was dieses überdrehte Getue zu bedeuten hatte. Es musste etwas faul sein. So aufdringlich benahm sich kein normaler Mensch, wenn er befürchten musste, gleich eines Kapitalverbrechens überführt zu werden.

Mario Brokkoli trat derweil an Marinas Fahrertür. Höflich fragte er durch das geöffnete Fenster:

»Ob Sie die Güte hätten, bitte auszusteigen, Signorina? Wir benötigen einen Moment Ihre Mithilfe.« Marina nickte und stieg aus. »Und Sie, Signore, bitte ebenfalls«, wandte er sich an Kevin. »Vier Augen sehen mehr als zwei.« Zurück zum ersten Wagen erklärte er: »Wir müssen die Damen nach Waffen abtasten. Bitte bezeugen Sie, dass wir nur unsere Pflicht getan haben.« Womit er Agente Pazzi bat, bei Jasmina zu beginnen, während er sich Salome annahm. Dem jungen Undercover-Agente war die Sache höchst unangenehm. An der Polizeischule hatte er gelernt, dass bei Frauen solche Untersuchungen nur Frauen vornehmen dürften. Aber natürlich hatte Brokkoli recht. Die Mädchen konnten sonstwo kleine Schusswaffen verbergen. Und dass sie komplett skrupellos waren, bewiesen sie eindeutig durch ihr unverfrorenes Benehmen. Trotzdem war ihm die Sache peinlich. Er bemühte sich, sie schnell hinter sich zu bringen.

Mario ging die Sache erheblich rationaler an. Er genoss die kleine Untersuchung durchaus, wobei er sich trotzdem sehr zurücknahm. Er wollte keinen schlechten Eindruck auf seine Angebetete machen.

Nachdem sie den ersten Punkt ihres Planes abgearbeitete hatten, Vittorio Pazzi stand mit hochrotem Gesicht neben Jasmina, die sich zu seinem Leidwesen königlich über den jungen Polizisten amüsierte, bestand der 'Ndrangheta Mann darauf, dass nun das Auto gründlich ausgeräumt werden müsse. Darüber waren die Mädchen weniger erfreut, ließen die Männer aber gewähren. Zahlreiche Taschen und Koffer inklusive gut gefüllter Einkaufstüten mit erst kürzlich erworbenen italienischen Modeerzeugnissen landeten am Straßenrand. Die Polizisten sahen unter und zwischen den Sitzen nach, hoben die Bodenabdeckung im Kofferraum, hebelten die Innenseiten der Türen auf, befühlten die Sitzpolsterung und klopften die Bespannung des Autohimmels ab. Als das alles keinen Erfolg brachte, begannen sie, die Koffer und Taschen zu öffnen.

»Da ist nichts drin. Da hab ich überall schon nachgesehn«, flüsterte Kevin. Marina wurde immer unruhiger, je länger die Prozedur dauerte. Hatte sie sich getäuscht? Aber das konnte unmöglich sein. Als Mario aus Salomes

Koffer ein Schmucktäschchen nahm, trat sie einen Schritt näher. Der Gangster stellte sich so, dass sie es gut einsehen konnte. Vorsichtig nahm er den Inhalt Stück für Stück in die Hand. Aber jedes Mal, wenn er den Blick Marina zuwandte, schüttelte die kaum merklich den Kopf. Die Knöpfe der Diamantrosengarnitur, die die Mädchen an den Ohren getragen hatten, waren ebenso wenig dabei wie der Stern des Weißen-Adler-Ordens oder sonst irgendetwas aus dem Grünen Gewölbe.

Kevin, der seine Ablenkungstheorie bestätigt fand und das Unternehmen bereits als Fehlschlag abgehakt hatte, nutzte die Zeit, sich ein wenig umzusehen. Dabei stellte er fest, dass er die Dame, die am Steuer des dritten Autos saß, kannte. Es war die Bardame von gestern Abend. Als sie seinen prüfenden Blick bemerkte, nickte sie ihm freundlich zu. Dann hob sie kurz etwas, das Kevin nicht genau erkennen konnte. Er hielt es allerdings für eine kleine Schnellfeuerwaffe. Sollte sie der Bodyguard sein? Wahnsinn.

Etliche hundert Meter landeinwärts spielte sich, unbemerkt von den Leuten auf der Küstenstraße, eine andere Posse ab. Im Bemühen, das Geschehen aus der Ferne abzusichern, waren sowohl der Pate von Pietrapaola als auch Commissario Hofer auf den Gedanken verfallen, sich in den dort üppig wuchernden Büschen zu postieren. Durch ein Fernglas oder das Zielfernrohr eines Scharfschützengewehrs ließ sich von hier aus die gesamte Küste gut kontrollieren. Überall freies Schussfeld. Genau darum hatte Mario die Stelle ausgewählt. Don Albertos Männer waren nach seinen Anweisungen schon früh in ihre Verstecke gezogen. Es blieb ihnen genug Zeit, sich zu tarnen. Weswegen zwei Polizisten etwas später beinahe über sie gestolpert wären. Der Commissario verfügte über keine so präzisen Angaben. Deshalb hatte er seine Leute vorsichtshalber über einen längeren Küstenstreifen verteilt. Er hatte nach Lippis Informationen mit einer Absicherung durch die Männer des Dons gerechnet und daher einen größeren Abstand angeordnet. Ob nun aber seine Leute sich verschätzten oder der Pate einen erweiterten Radius für mögliche Abfangmanöver gewählt hatte, ließ sich im Nachhinein nicht mehr feststellen. Die Panne war passiert und das konnte schlimme Folgen zeitigen.

Für den Moment allerdings passierte nicht viel. Zum Glück kannten sich beide Seiten gut genug, um nicht panisch zu reagieren. Im Interesse einer Deeskalation akzeptierte Falk Hofer Brokkolis Erklärung, wegen der bald beginnenden Jagdsaison mit seinen Freunden nach einem guten Ansitz zu suchen. Umgekehrt hatte der Pate vollstes Verständnis, dass die Polizei mit großem Aufgebot nach einem verschwundenen Kind suchen müsse. Ärgerlich für beide: Sie mussten ihren Plan aufgeben, dem Geschehen auf der Küstenstraße entspannt von hier aus zu folgen. Ihre Sorge war groß, wichtige Entwicklungen zu verpassen.

Diese Sorge erwies sich als unbegründet. Der Schatz von Dresden befand sich nicht im Auto. Nicht einmal die Diamantrosen-Ohrstecker, die die Mädchen in Materá getragen hatten. Es gab zwar in Jasminas Schmuckschatulle etwas, das so ähnlich aussah, aber das war ganz neu und offensichtlich Swarovski-Schmuck. Marina war am Boden zerstört.

Die beiden falschen Verkehrspolizisten halfen beim Einräumen des Autos und wünschten weiterhin gute Fahrt. Dann winkten sie den SUV durch ihre Sperre und taten so, als würden sie sich den roten Kleinwagen vornehmen. Kaum war das Auto ihren Blicken entschwunden, stieg auch die Bardame aus und gesellte sich zur Gruppe. Man begrüßte sich trotz gedrückter Stimmung herzlich und stellte einander vor. Mario wirkte angefressen.

»Bist du dir ganz sicher, Marina, dass das in Materá Schmuck aus dem Raub war?«

»Zu einhundert Prozent.«

»Die müssen die Ohrstecker gestern Nachmittag weggebracht haben«, meinte Kevin. »Glaubt ihr mir jetzt endlich, dass die Schnepfen das Ablenkungsmanöver waren?« Marina senkte den Kopf.

»Sieht so aus. Du hattest recht.« Am meisten enttäuscht war Agente Vittorio Pazzi alias Sottotenente Antonio Lippi. Mit seiner Rehabilitierung sah es Essig aus.

»Und jetzt?« murrte er. »Alles umsonst oder wie?«

»Ich glaube nicht«, antwortete Mario. »Das war für einen schlechten Scherz zu perfekt eingefädelt. Außerdem vertraue ich Frau Casanova.« Ein Satz, der ihm einen dankbaren Blick seiner Angebeteten einbrachte. »Und wie die Schnecken sich aufgeführt haben, hast du ja selber mitbekommen. Das war einstudiert, um uns richtig zu verarschen.« Marina nickte.

»Das heißt dann logischerweise, dass die eigentliche Übergabe woanders stattfindet.«

»Vor allem durch andere Leute«, ergänzte der Mafioso. »Damit können wir das Castello vergessen. Jedenfalls für den Moment. Der Prinz soll ja erst übermorgen hier eintreffen.«

»Gut«, mischte sich Kevin ein. »Also nicht hier. Wo dann?«

»Kriegen wir raus.«

»Gut, aber soll ich euch was sagen? Ich denke, dass die Übergabe nicht übermorgen stattfindet. Mein Bauch sagt mir, wenn die uns genau heute hierherlocken, dann ist heute der Tag, an dem das Ding steigt.«

»Dann sollten wir uns beeilen«, sagte Pazzi. »Ich fange schon mal an, alles einzuräumen. Kannst du bitte mit zufassen, Kevin?« Der Angesprochene wirkte nicht begeistert, den Gangstern nun auch noch bei der Drecksarbeit helfen zu sollen. Er fügte sich. Er hätte sonst nur nutzlos herumgestanden. Mario war mit der Verabschiedung der Bodyguard-Bardame beschäftigt und Marina wartete darauf, anschließend mit ihm zu reden, wie es konkret weitergehen könnte. Den tieferen Sinn von Pazzis Bitte erfuhr Kevin Sekunden später, als er mit dem falschen Polizisten das Sperrgatter ins Auto wuchtete. Kaum standen sie eng genug beieinander, flüsterte der ihm ins Ohr:

»Psch, hören Sie mir bitte gut zu. Ich bin kein Verkehrspolizist.«

»Ich weiß«, zischte Kevin zurück. »'Ndrangheta, stimmt‘s?« Er fragte sich, was das Getuschel sollte. Die Antwort folgte prompt.

»Auch nicht. Ich gehöre zur DIA, zur Antimafia Truppe. Ihre Freundin hat gestern mit meinem Chef telefoniert. Ich bin ihr Verbindungsmann hier. Undercover, Sie verstehen?«

»Ach?« Das war ja mal eine gute Nachricht. »Dann sind wir quasi Kollegen«, grinste er. »Wir arbeiten auch Undercover.«

»Ich weiß. Genug jetzt. Bitte informieren Sie Ihre Freundin.«

»Mach ich.« Es wurde höchste Zeit, das Gespräch zu beenden. Mario trat zu ihnen.

»Ich telefoniere mit meinem Bruder. Der ist drüben in Apulien. Vielleicht hat er was gehört. Mit irgendwem müssen sich die Girls gestern getroffen haben.«

»Und ich schau mal, ob ich die aktuelle Schiffsposition oder den Ankerplatz des Prinzen rauskriege. Weißt ja, ich hab einen Freund bei der Küstenwache«, log Agente Vittorio Pazzi. Denn natürlich würden ihm seine Kollegen in Cosenza die Daten besorgen.

»Okay«, schloss Mario Brokkoli die Debatte. »Dann los. Wir sehn uns in einer Stunde in Pietrapaola.«

Kaum wieder unterwegs, erhielten die beiden falschen Verkehrspolizisten fast gleichzeitig eine Nachricht. Weil Mario am Steuer saß, konnte Lippi-Pazzi seine zuerst lesen. Es war die Information seines Chefs, dass sie aufgeflogen seien, er daher mit unangenehmen Fragen rechnen müsse und wie die Sache bei ihm stehe. Er antwortete kurz und bündig: War Finte. Wo ist Yacht? Dann löschte er beide Nachrichten. Einen Dialog mit seiner Schwester ließ er drin, den hatte es nämlich wirklich gegeben. Nur ein paar Tage früher. Er hatte ihn vorsichtshalber für so eine Situation mit den passenden Daten manipuliert.

»Was gibt‘s?« fragte Mario.

»Och, nur meine Schwester. Sie fragt, ob ich morgen

zum Mittag zu ihr komme.«

»Und, fährst du hin?«

»Hängt ja wohl davon ab, wie es hier weitergeht.«

»Willst du dabeibleiben?«

»Wenn ich darf? Fängt an, spannend zu werden.«

»Spannend? Du bist mir ’ne Marke. Aber von mir aus gern. Danke. Apropos, bei mir hat es auch gepingt. Kannst du mir bitte mein Smartphone aus der Uniformjacke friemeln? Liegt auf dem Rücksitz.« Pazzi tat wie ihm geheißen und reichte Mario das Gerät. Keine zwanzig Sekunden später jagte der ihren Wagen in den Randstreifen, riss seine Pistole aus dem Halfter und presste sie seinem Sozius unters Kinn.

»Was spielst du für ein Spiel, Bulle?« Der Polizist, der mit etwas in der Art gerechnet hatte, mimte den Erschrockenen.

»Wieso? Was soll das?«

»Tu nicht so, du hast uns verpfiffen.«

»Ich? Niemals.«

»Gib mir dein Telefon.« Der Agente zuckte mit den Schultern und gab nach. »Entsperren.«

»Ist schon. Ich habe nichts zu verbergen.«

»Dann hast du sicher nichts dagegen, wenn ich bisschen lese.« Mario Brokkoli scrollte durch die letzten Nachrichten, ohne dabei aufzuhören, auf Pazzi zu zielen. »Na okay«, meinte er schließlich, »auf die Schnelle nichts Auffälliges. Aber das will nichts heißen. Was weißt du über den Einsatz der DIA heute?« Wieder presste er die Pistole unter Pazzis Kinn.

»Was für einen Einsatz?«

»Lüg mich nicht an! Ich sag es dir zum letzten Mal.«

»Was für einen Einsatz? Ich bin seit ein paar Wochen nur noch einfacher Verkehrspolizist. Kontakt zur DIA hatte ich aber auch davor nie. Ich war Carabiniere. Das weißt du.« Pazzi-Lippi versuchte, möglichst authentisch panisch zu wirken. Insgeheim tastete er nach seiner Dienstwaffe. So billig würde Brokkoli ihn nicht drankriegen. »Mario, ich bitte dich! Ich bin dein Freund. Ich bin heute für dich im Einsatz. Ich hab mich damit wieder strafbar gemacht. Mein Schicksal liegt in deiner Hand!« Er hoffte, dass das nicht zu pathetisch klang. Aber er wusste, dass Leute wie die Brokkolis es liebten, Herr über Leben und Tod zu spielen. »Um Himmels Willen! Von welchem anderen Einsatz sprichst du?« Das Gesicht des 'Ndrangheta-Mannes entspannte sich. Er lockerte den Druck seiner Waffe und seine Stimme wurde sanfter.

»Is gut, Bulle, ich glaube dir. Aber wehe, wenn du mich jemals bescheißt ...« Mit dieser Drohung steckte er die Pistole wieder ein. »Mein Vater schreibt mir, dass seine Leute mit einer Truppe von der DIA zusammengestoßen sind. Angeblich auf der Suche nach einem verschwundenen Kind. Aber er hält das für einen Vorwand. Er glaubt, die waren wegen uns dort. Hast du irgendwem irgendwas erzählt?«

»Niemals. Ich schwöre bei der heiligen Jungfrau Maria.« Wobei er die Finger verschränkte und sich vornahm, bei der nächsten Kollekte ein paar Euro mehr für einen guten Zweck in den Klingelkorb zu werfen. Mario akzeptierte den Schwur.

»Hast du eine Idee?«

»Die beiden Deutschen?«

»Das glaube ich nicht. Die gehören zu einem unserer

Partner. Denen geht es um eine saftige Provision oder so. Außerdem habe ich diese Marina gründlich unter die Lupe genommen. Ich kann mir nur schwer vorstellen, dass sie mir das antäte. ... Na ja, du hast natürlich recht. Frauen sind unberechenbar.«

»Und ihr Freund, dieser Kevin?«

»Möglich aber unwahrscheinlich. Der Kerl ist ein Trottel.«

»Auch Trottel können eifersüchtig sein.« Pazzi überlegte. »Okay, wenn er da mit drinsteckte, wäre er vorhin kaum so locker gewesen. Trottel können sich nicht gut verstellen.« Mario hatte den Motor wieder gestartet und ihren Wagen auf die Straße zurückgelenkt. Sein Beifahrer setzte sich gerade auf. Ihm schien eine Idee gekommen zu sein. »Und wenn es derselbe war, der euren Plan dem Prinzen verraten hat?«

»Hä? Wieso?«

»Könnte doch sein. Stell dir vor, die hoffen infolge ihres Verrats auf eine schwere Auseinandersetzung bei uns. Was, wenn es vorhin eine Schießerei gegeben hätte? Dann wäre die Familie Brokkoli als Player aus dem Spiel. Dann hättet ihr jetzt andere Sorgen.«

»Da ist was dran.«

»Und selbst ohne Schießerei. Du wirst zugeben, dass ihr nach dem Zusammenstoß vorsichtiger sein müsst. Das könnte ihm Vorsprung verschaffen.«

»Klingt logisch«, überlegte Mario. »Verdammt, Bulle, ich schätze, du hast recht. Ich hoffe, Luigi findet die Schweine. Und sollte ich jemals dem Prinzen begegnen, dann Gnade ihm Gott. Ich werde ihn mit seinem ganzen verfickten Scheißgeld ersticken, das verspreche ich dir.«

Vittorio Pazzi nickte.

»Verdient hat er's!« Das Schlimmste schien überstanden.

Das Schlimmste glaubten auch die Insassen des kleinen roten Fiat überstanden zu haben. Kevin hatte Marina vom Gespräch mit dem zweiten Polizisten erzählt. Das war eine beruhigende Nachricht. Natürlich ahnten die beiden nichts vom Zusammenstoß der Polizei mit dem 'Ndrangheta-Kommando. Das hätte ihre Laune vermutlich wieder verdorben. Ärgerlich genug, dass sie Salome und Jasmina in die Falle getappt waren.

Kevin konnte sich zu alldem keine abschließende Meinung bilden. Weswegen er wissen wollte:

»Fahren wir nun trotzdem in das Castello oder lieber nicht, Rinchen? Scheint ein echt geiler Schuppen zu sein. Mit Kunst und Kultur in allen Räumen. Wär das nichts für dich?«

»Nur über meine Leiche!« fauchte sie zur Antwort. »Wenn dir die Peinlichkeit egal ist, Tarzan, mir nicht.« Sie schlug aufs Lenkrad. »Scheiße, das alles. ... Aber nochmal zum Castello, hast du dir die Bilder auf deren Homepage angeschaut? Das ist Kitsch as Kitsch can. Ganz ehrlich, da haben welche ganz viel Geld in ganz viel schlechten Geschmack investiert. Der Park um den Pool wimmelt nur so von drittklassigen Gipskopien zweitklassiger Adaptionen neobarocker Antikenrezeption. Jede Menge vergoldeter Schnickschnack drumherum. Diese Skulpturen haben mit italienischer Kunst ungefähr so viel zu tun wie Frösche mit Prinzen. Du kannst sie so oft gegen die Wand werfen wie du willst, hinterher bleibt dir jedes Mal nichts anderes übrig, als den Dreck wegzumachen. Ich glaub, ich würde dort drin ständig kotzen.«

»Ja, gut, so genau hab ich's mir nicht angeguckt, aber wenn du das sagst? Du Chef, ich nix.« Sie bogen in eine schmale Straße ein, die sich wenig später einen steilen Berg hinaufwand. »Das ist der Weg nach Pietrapaola?«

»Sagt das Navi.«

»Du, wenn die Straße noch krasser wird und ich fahren soll, sag Bescheid, Rinchen.«

»Danke, Tarzan, ich werd's schon schaffen.«

Je näher sie dem Ort kamen, desto unsicherer wurde sie sich ihrer Sache. Am Ende war sie froh, dass Mario exakt beschrieben hatte, wo sie ihr Auto kurz hinterm Ortseingang gegenüber des Trinkwasserspringbrunnens abstellen konnte. Sie fühlte sich an Materá erinnert und fragte sich, wie Leute an so steilen Hängen mit so schmalen Pfaden und Treppen überhaupt leben konnten. Ihr wäre das auf Dauer viel zu anstrengend. Insofern hatte Marina ein gutes Argument, falls Mario Brokkoli wirklich um ihre Hand anhalten sollte. Denn dass er dazu fest entschlossen war, ahnte sie. Einerseits fühlte sie sich natürlich geschmeichelt. Der Mann sah ja auch blendend aus, aber ... Nee, danke. Einen Killer?

Kurz vorm Ziel bekam Kevin einen Lachflash. Direkt hinter dem Ortseingangsschild des verschlafenen Nestes entdeckte er ein zweites Schild, das Pietrapaola als Partnerstadt von Warstein auswies. Nachdem er sich wieder beruhigt hatte, erklärte er Marina den Grund für seine Heiterkeit. Er hatte sich vorgestellt, wie einer aus der Brokkoli Familie, der dort vielleicht eine Pizzeria zur Geldwäsche betrieb, mit einem dicken Koffer voller Scheine im Rathaus aufgekreuzt war und einen auf Mario Adorf in »Kir Royal« gemacht hatte: »Isch scheiß disch zu mit meinem Jeld!« Oder so ähnlich. Wie sonst sei es denkbar, dass diese Steinzeit Kuhbläke zu einer »Städtepartnerschaft« mit Warstein gekommen war? Das gemeinsame Interesse an Bier konnte es unmöglich gewesen sein. Das bekamen die Leute hier alleine sicher besser hin. Umgekehrt verirrte sich kein Mensch ohne triftigen Grund freiwillig in derart abgelegene Schluchten. Also?

Marina hatte andere Sorgen. Sie antwortete nur, er möge sich bitte zusammenreißen, wenn sie zu den Brokkolis kämen. Sie hätte mal gelesen, Mafiosi fühlten sich schnell in ihrer Ehre gekränkt und dann gäbe es nur noch eines: Vendetta! Blutrache. Kevin versprach, sich zu benehmen.

Brindisi. Apulien. Ristorante »La Traviata«. Ein verträumtes Gasthaus mit Meerblick, weit abseits des quirligen Zentrums in einem von Pinien umstandenen Anwesen gelegen.

Fünf Männer und drei Frauen hatten sich versammelt, um auf ihren Erfolg anzustoßen. Einer der Männer, ein eleganter Mitfünfziger mit graumeliertem Haar und großem Schnauzbart, erhob sich und klopfte an sein Champagnerglas.

»Liebe Freunde«, begann er. »Heute ist ein großer Tag für die Sacra Corona Unita. Es ist vollbracht. Niemand kann uns mehr aufhalten. In wenigen Stunden ist die Operation abgeschlossen. Wir haben unseren Anteil geleistet, sind unseren Verpflichtungen mit Bravour gerecht geworden. Unser Job ist getan.

Und wenn ich wir sage, dann meine ich euch, meine Freunde, und eure Partner im ganzen Land. Danke!« Alle erhoben sich von ihren Plätzen. Der Redner stieß mit ihnen an, bat sie, sich wieder zu setzen und fuhr dann fort. »Wir haben starke neue Verbündete von Deutschland bis in den Nahen Osten gewonnen. Hier und heute beginnt die Zukunft!« Seine Gäste klatschten brav. »Damit ist die Macht des Brokkoli-Clans in Süditalien gebrochen. Der alte Mann auf dem Berg dachte, uns in der Tasche zu haben. Als billige Handlanger der 'Ndrangheta.« Er lachte herzlich. Seine Gäste teilten die Heiterkeit. »Aber nein. Wir haben seinem Netzwerk einen Schlag versetzt, den er so schnell nicht vergessen wird. Und dabei weiß er noch nicht einmal, wer sein Widersacher ist. Der Tattergreis und seine senile Mutter, ...« Er äffte den Gang Donna Antonias nach. Die Zuhörer lachten pflichtbewusst. »... die ihn herumkommandiert, tappen im Finstern. Zu allem Überfluss, wie der Zufall es will, hat ihn die DIA erwischt.« Er hob bedauernd seine Arme. Allgemeines, wissendes Grinsen. »Pech. Unsere raffinierten Manöver haben die Bullen wohl neugierig gemacht. Er ist in seiner mittelalterlichen Festung zum Gefangenen der eigenen Überheblichkeit geworden. Wer nicht mit der Zeit geht …« Er grinste siegessicher. »Das, meine lieben Freunde, nennt man das Glück des Tüchtigen. Ja, unser Job ist getan. Besser als erwartet. Mit dem Geld, das uns der Prinz für unsere gute Arbeit vor etwa einer Stunde überwiesen hat, verfügen wir über das nötige Kapital, die verbleibenden Bastionen der Brokkolis zu übernehmen. Seine letzten Geschäftspartner werden sich nach diesem Fehlschlag von ihm abwenden. Mag er fluchen wie er will. Der alte Mann auf dem Berg ist Geschichte! Kalabrien gehört uns! Nieder mit der 'Ndrangheta, es lebe die Sacra Corona Unita!«

Erneut erhoben sich alle. In ihren Beifall mischten sich nun Jubel, Hochrufe ... und das dröhnende Bellen des Dauerfeuers aus den Läufen dreier Maschinenpistolen. Es endete erst, als sich keine Patrone mehr in den Magazinen befand.

Luigi winkte den Wirt des »La Traviata« zu sich. Der Mann hatte an diesem Nachmittag allen Angestellten freigegeben und seine Familie ins Kino geschickt. Eilfertig stellte er sich neben den jungen Brokkoli und fragte mit geschäftsmäßigem Lächeln:

»Don Luigi?«

»Sind wir uns einig, dass wir uns nie begegnet sind?«

»Das versteht sich von selbst.«

»Und wen hast du gesehn?«

»Maskierte Männer, die arabisch sprachen.« Ein krachendes Geräusch unterbrach die angeregte Unterhaltung. Der ältere der beiden anderen Schützen hatte den Kopf des Redners mit einer Machete vom Rumpf getrennt. Er wickelte ihn vorsichtig in Plastikfolie und packte ihn in einen Rucksack aus festem Leder. Sein Kollege stand derweil nahe der Tür und behielt die Straße im Auge. Alles blieb ruhig. Luigi wandte sich wieder dem Wirt zu.

»Kamen sie mit einem Auto?«

»Ja. Ich hab ihnen hinterhergeschaut. Es war ein großer schwarzer Porsche mit deutschem Kennzeichen.«

»Schön, und was hast du sonst bemerkt?«

»Einer trug ein Kettchen am Arm. Es hing ein kleines Medaillon daran, das aussah wie das Zeichen an der großen Yacht, die bis gestern unten im Hafen vor Anker lag.«

»Wunderbar.« Luigi nickte. Dann drückte er dem Wirt gönnerhaft einen dicken Briefumschlag in die Hand. »Für deine Unkosten. Tut mir leid, dass die Schweine so viel Dreck gemacht haben.«

»Danke, Don Luigi. Es wird nicht wieder vorkommen!« Er verbeugte sich leicht.

»Das will ich hoffen.« Brokkoli Junior gab seinen Männern ein Zeichen, die Masken überzuziehen und schnellstens zu verschwinden. Der Wirt des »La Traviata« wartete, bis sie zur Tür hinaus waren, warf ein paar Stühle, Flaschen und Gläser an der Theke um. Dann griff er zum Telefon und wählte die Nummer der Polizei.

Kapitel 19 – Gastspiele

Don Alberto war von den neuen Gästen in seinem Hause nicht begeistert. Dem hochnäsigen Grafen hätte er lieber heute als morgen den Hals umgedreht. Aber ohne den Schatz? Die beiden Deutschen waren ihm grundsätzlich suspekt und der junge Verkehrspolizist machte ihn nervös. Irgendetwas stimmte mit dem nicht. Nein, er traute keinem der vier über den Weg. Aber sowohl Donna Antonia als auch sein Jüngster hatten ihm klipp und klar gesagt, dass er sich zur Abwechslung einmal nicht wie die Axt im Walde benehmen dürfe, wenn er die verfahrene Situation retten wolle. Nur gemeinsam seien sie in der Lage, eine Lösung zu finden.

Wobei es bei Mario Brokkoli eher der pragmatische Aspekt war, mit dem er seinen Vater im Zaum zu halten suchte. Den Polizisten brauchte er als Informanten und Rückversicherung. Dass er die deutsche Expertin nicht allein ihrer Sachkenntnis wegen für unverzichtbar hielt, musste der Alte vorerst nicht wissen. Er würde es früh genug erfahren.

Seiner Großmutter, die nicht in die Arbeit der Männer involviert war, ging es um die gesellschaftliche Aufwertung ihrer Familie mit Blick auf Nachbarn und Freunde. Sie beteuerte immer wieder, dass es ein Glück und eine Ehre für die Brokkolis sei, so vornehme Herrschaften beherbergen zu dürfen. Außerdem war ihr Marios Verhalten gegenüber der jungen Deutschen nicht entgangen. Da knisterte etwas. Sie nahm es wohlwollend zur Kenntnis und lobte insgeheim den guten Geschmack ihres Enkels. Sollte er sie für sich gewinnen können, woran die Patriarchin nicht zweifelte, käme wenigstens etwas Kultur und Stil in diese verdorbene Familie. An Donna Antonia würde es nicht scheitern. Sie wies die Frauen an, für den Abend ein Festmahl vorzubereiten. Niemand solle behaupten, die Brokkolis wüssten nicht, was italienische Gastfreundschaft bedeute.

Marina machte gute Miene zum bösen Spiel. Wenn sie die Dresdener Preziosen retten wollte, mussten persönliche Befindlichkeiten hintanstehen. Weder der falsche Graf noch Mario noch sonst irgendjemand durfte den leisesten Zweifel an ihrer unbedingten Zuverlässigkeit hegen. Sorgen bereitete ihr allerdings Kevin. Dem machte seit ihrer Ankunft Marios jüngere Schwester schöne Augen. Blondgelockte Männer waren in den kalabrischen Bergen eine Rarität. Ihr Tarzan genoss die Aufmerksamkeit des Mädchens natürlich. Hoffentlich verquatschte er sich nicht oder ließ sich zu sonstigen Dummheiten hinreißen. Soweit sie aus einschlägigen Romanen wusste, konnte »die Entehrung einer Jungfrau« ohne Heiratsabsicht in diesen Kreisen zu weitreichenden Konsequenzen führen.

Alles in allem hätte die seltsame Konstellation im Hause Brokkoli interessant werden können, wäre da nicht der Zeitdruck gewesen. Es war mittlerweile früher Nachmittag. Sie standen um den großen Tisch in der Diele über die Karte Süditaliens gebeugt. Immer wieder gingen sie mögliche Schauplätze durch, diskutierten erwartbare Szenarien. Klar war bislang nur, dass der Prinz am Vortag an der Adriaküste geankert hatte. In Brindisi. Danach war seine Yacht Richtung Süden gesegelt. Wahrscheinlich hatte er bereits die Südspitze Apuliens umrundet und den Golf erreicht. Stellte sich die Frage, was sein nächstes Ziel sein konnte. Immer vorausgesetzt, die Information stimmte, dass er erst in zwei Tagen in Kalabrien eintreffen wollte.

Endlich meldete sich das Smartphone von Vittorio Pazzi. Der angebliche Freund bei der Küstenwache. Atemlose Stille. Der Agente öffnete die Nachricht und las sie laut vor:

»Yacht hat vor fünf Minuten um Erlaubnis gebeten, heute Nacht im Hafen von Campomarino ankern zu dürfen. Erlaubnis wurde erteilt. Wegen der Größe des Schiffes wurde ein Liegeplatz am Fischerkai zugewiesen.«

»Campomarino? Dieses Drecknest?« Don Alberto runzelte die Stirn. Mario hieb mit der Faust auf den Tisch.

»Verdammt, das ist doch das Nest bei Maruggio. Erinnerst du dich, Vater? Die Geschichte mit den zwei angeblichen Brüdern?«

»Ruf sofort Luigi an!« befahl der Don. »Der muss ganz in der Nähe sein.«

»Alles klar.« Mario wollte aufspringen. Marina hielt ihn zurück.

»Warte, das könnte wichtig sein.« Sie hatte sofort gegoogelt. Beim Öffnen der Webseite von Campomarino sprang ihr eine Nachricht geradezu in die Augen. »Hier, schaut euch das an.« Sie reichte ihr Smartphone herum.

»Na und?« knurrte der Patriarch. »Eine Modenschau. Wollen Madame unser Projekt sausen lassen, um sich neuen Fummel zu besorgen?« Bevor sie antworten konnte, sprang ihr Kevin zur Seite.

»Ach du Scheiße. Das ist der Designer und sein Tross, der letztes Wochenende am Castél del Monte gastierte.«

»Ich verstehe nur Bahnhof.«

»Lass sie ausreden, Vater.« Mario ahnte, worauf die beiden Harlequins hinauswollten. »Marina, woran denkst du?«

»Die sind auf Tournee, schleppen Unmengen an Kleidern durch die Gegend. Und Accessoires. Modeschmuck. Ganze große Kisten. Ein besseres Versteck für den Schatz als zwischen dem ganzen Blinkerkram gibt es nicht. Und jetzt treten sie direkt am Hafen auf.«

»Sie sind unter der Woche nicht nach Hause nach Mailand gefahren sondern auf dem Campingplatz geblieben«, ergänzte Kevin. »Die haben das Zeug die ganze Zeit in ihren Wohnmobilen gehabt.« Graf Starhemberg stöhnte.

»Unbezahlbare, einmalige Kunstschätze, geschmuggelt in Kisten unter Modeschmuck auf öffentlichen Campingplätzen! Ich werde wahnsinnig. Wenn ich das der königlichen Hoheit erzähle, fällt sie in Ohnmacht.«

»Dann lassen Sie es bleiben, Himmeldonner ... vergib mir, Herr«, polterte der Don. »Mario?«

»Ich hab Luigi schon dran.«

»Gut. Er soll die Modefritzen beschatten, aber nicht zugreifen, bevor wir vor Ort sind. An alle anderen: Fertigmachen! In zehn Minuten brechen wir auf.« Agente Pazzi blieb skeptisch.

»Schön und gut«, meinte er, »aber schaffen wir das bis heute Abend? Wir müssen erst hier den Berg runter, dann fast komplett um den Golf herum. In Táranto macht die Autobahn einen riesigen Bogen um Innenstadt und Hafen. Das dauert ewig. Haben wir so viel Zeit?«

»Schon mal was von Booten gehört, Bulle? Muss dich

aber nicht interessieren, du bleibst sowieso hier!« wies der Padrone ihn zurecht. »Wenn es ernst wird, will ich keinen Polizisten in der Nähe, capito? Also verschwinde und zerbrich dir nicht meinen Kopf.« Hilfesuchend wandte sich Pazzi an Mario. Der zuckte nur mit den Schultern. Gegen ein Machtwort seines Vaters gab es keinen Widerspruch. Eine Tatsache, von der Marina weder wusste, noch dass sie sie akzeptiert hätte.

»Papperlapapp!« rief sie. »Gerade jetzt brauchen wir ihn. Wer könnte sich leichter Zugang zur exklusiven Backstage Zone verschaffen als ein Polizist?« Mario klappte die Kinnlade runter. Er rechnete mit einem Wutausbruch seines Vaters. Der war auch drauf und dran, loszubrüllen, hielt sich jedoch im letzten Moment zurück. Nach einigen fast unerträglich langen Sekunden des Schweigens, trat er nahe an Marina heran und sah sie eher interessiert als verärgert an. Schließlich meinte er:

»Das Mädchen hat recht. Gar nicht so dumm. Du solltest auch die Uniform anziehen, Mario. ... Wirklich erstaunlich, mein Kind«, er tätschelte Marina die Wange, »du scheinst mehr in deinem hübschen Köpfchen zu haben, als man auf den ersten Blick denken könnte. Der Bulle kommt mit.« Mario blickte seine Geliebte bewundernd an. Wobei, genaugenommen wurde sie ihm langsam unheimlich.

Auf dem Weg zu ihrem Quartier traf Marina auf Sottotenente Antonio Lippi. Er sagte nichts, reichte ihr nur sein Smartphone. Dort stand zu lesen: »Massaker in Brindisi. Fünf Männer, drei Frauen der Sacra Corona Unita erschossen. Italiener und Albaner. Einer davon enthauptet. Offenbar Kollaborateure des Prinzen.« Entsetzt sah sie den Polizisten an.

»Waren das die, die uns verraten haben?«

»Wahrscheinlich.«

»Luigi?«

»Möglich.« In diesem Moment trat Mario auf den Flur. Er brauchte nur wenige Sekunden, um die Situation zu erfassen. Kurzentschlossen sah er sich um, dann zog er beide in sein Zimmer und schloss die Tür. Er musste nichts sagen. Marina war zu wütend. Sie hielt ihm Lippis Nachricht unter die Nase.

»Ist das deine Art, Probleme zu lösen? Wirst du uns genauso entsorgen, wenn alles vorbei ist?« Mit blitzenden Augen beobachtete sie seine Reaktion. Er zeigte keine. Einen kurzen Blick nur warf er auf die Nachricht, dann gab er Pazzi-Lippi sein Gerät zurück.

»Nein, ist es nicht. Das sind die Mittel meines Vaters und meines Bruders, nicht meine.«

»Aber du sagst zu allem ja und amen!« zischte Marina. »Das ist genauso schlimm.«

»Ich bin nicht so stark wie du, Bella. Ich bin anders erzogen. Tut mir leid.« Sie schwiegen. »Okay, Bulle«, fuhr er fort, »ich weiß, dass du mich bescheißt. Die Nachricht deiner Schwester war ziemlich dilettantisch bearbeitet. Und die Sache mit dem Freund bei der Küstenwache? Geschenkt.« Er machte eine Pause. Pazzi-Lippi wusste nicht, was er sagen sollte. Mit rotem Kopf und Kloß im Hals griff er in seine Jackentasche und reichte Mario den Briefumschlag zurück, den der ihm am Vortag gegeben hatte. »Danke. Damit ist alles klar. Und wie ich euch hier sehe, liebste Marina, vermute ich, ihr arbeitet zusammen.« Marina klopfte das Herz bis zum Hals. War sie wieder einmal zu weit gegangen? Lippi ging es ähnlich. Er kam sich ziemlich dämlich vor. »Passt auf, ich nehm euch das nicht übel. Ich denke, ihr wollt nur verhindern, dass der Schmuck auf nimmer Wiedersehn verschwindet. Das will ich auch. Scheiß aufs Geld. Mit solchen Sauereien will ich nichts zu tun haben. Im Moment läuft hier ziemlich viel falsch. Ich befürchte sogar, es wird schlimmer.«

Er berichtete den beiden, welchen Plan Don Alberto verfolgte, falls er tatsächlich in den Besitz der Preziosen käme. Und wenn sein Vater den Grafen beseitigen würde, müsste er zwangsläufig Marina und Kevin als Mitwisser auch ausschalten. Das sei für ihn absolut inakzeptabel. Mario beteuerte, dass alles, was er ihnen bisher gesagt hätte, der Wahrheit entspräche. Mehr noch. »Ich habe Angst, dass Vater und Luigi sich mit dieser ganzen verdammten Operation ihr eigenes Grab schaufeln. Und dem Rest der Familie gleich mit. Wir sind auf dem besten Weg, einen Bandenkrieg loszutreten. Der könnte dann richtig schmutzig werden. Das müssen wir verhindern. Ich brauche eure Hilfe.« Der Polizist blieb skeptisch.

»Was heißt das konkret für heute Abend?«

»Ganz einfach, Vittorio. Deine Leute sollten vor uns in Campomarino sein. Im Idealfall finden sie den Schatz zuerst und bringen ihn aus der Gefahrenzone. Du weißt ja jetzt, wo ihr suchen müsst. Wenn das nicht klappt, müssen wir drei und Kevin das schaffen. Und zwar bevor der Schmuck dem Prinzen, dem Grafen oder meinem Vater in die Hände fällt. Aber selbst dann sollten sich deine Leute beeilen. Alleine haben wir keine Chance. Wir reden über ein sehr schmales Zeitfenster.« Pazzi-Lippi überlegte.

»Wir könnten die Küstenwache drüben in Apulien bitten, uns zu helfen.«

»Klingt nach einem Plan. Vielleicht schaffen es ein paar Carabinieri parallel dazu, Luigi unter irgendeinem Vorwand aufzuhalten? Das wäre hilfreich. Er ist unberechenbar, wenn er keine klaren Ansagen bekommt.«

»Wenn du mir sagst, wo wir ihn finden?«

»Mach ich.«

»Was willst du als Gegenleistung?«

»Wir, also Marina, Kevin und ich, tragen bekanntlich etliches dazu bei, ein Kapitalverbrechen aufzudecken und zu verhindern. Niemand hat sich bisher bereichert. Das gilt für die gesamte Brokkoli-Familie. Ich denke, das sollte bei der Bewertung des Falles berücksichtigt werden. Verkehrskontrolle, Amtsanmaßung und was auch immer dienten einem guten Zweck, waren mit der Polizei, also mit dir, abgestimmt.«

»Und Brindisi?« fragte Marina. Mario hob die Arme.

»Habt ihr Beweise, dass wir das waren? Ich nicht. Ich war auch nicht dort. Ihr seid mein Alibi. Das Massaker aufzuklären, ist Sache eurer Kriminalisten. Wenn die was finden, das Luigi belastet, bin ich der Letzte, der das nicht akzeptieren wird. Damit will ich genauso wenig zu tun haben wie mit dem gemeinen Diebstahl in Dresden.« Allmählich verstand Lippi, wie der Mann tickte. Er nickte.

»Das heißt, schlimmstenfalls bist du hinterher der neue Pate von Pietrapaola?«

»Wäre möglich.« Die beiden Männer sahen sich ernst in die Augen.

»Einverstanden«, erklärte der Polizist schließlich. »Ich besorge einen Durchsuchungsbeschluss für die Modenschau.« Wohl wissend, dass dies an einem Sonnabendnachmittag das größte Problem darstellen konnte. Er hoffte auf die Erfahrung von Commissario Hofer. Mario nickte.

»Natürlich.«

»Na schön.« Marina atmete tief durch. »Kann ich auf dein Wort vertrauen, Mario? Du hilfst uns wirklich, die geraubten Preziosen nach Dresden zurückzubringen?«

»Ehrenwort. Weder dir, noch Pazzi, noch Kevin wird ein Haar gekrümmt.«

»Der Hochstapler kommt auch mit dem Leben davon?«

»Ist er das?« Jetzt grinste Mario. »Irgendwie dachte ich mir das. Aber klar, der auch. Wie gesagt, die Polizei muss einfach rechtzeitig da sein, um eine Schießerei zu verhindern. Schaffen das deine Leute, Bulle?«

»Ich hoffe es«, antwortete Lippi.

»Dann lasst uns loslegen«, drängte Marina. »Dein Vater wird schon auf uns warten.«

Genau so war es. Don Alberto hasste Verspätungen. Entsprechend unzufrieden nahm er die jungen Leute in Empfang. Kevin stand neben ihm und blickte nervös zur Uhr. Er fühlte sich gerade wieder ein bisschen ignoriert.

»Wird Zeit, dass ihr anrückt«, murrte er.

Donna Antonia, die bis dahin die Vorbereitungen in der Küche befehligt hatte, wunderte sich, als sie ihre halbe Familie abmarschbereit im Hof sah. Sie war enttäuscht. Ihr Sohn versicherte ihr jedoch, man werde sich beeilen und ihr wunderbares Essen schmecke sicher auch um Mitternacht. Was die alte Dame nicht direkt tröstete. Sie fügte sich in ihr Schicksal. Zuletzt fehlte nur noch der

Graf. Ein kurzes Telefonat schaffte Klarheit. Er habe sich hier im rauhen Gebirgsklima erkältet, ließ er ausrichten. Es gehe ihm gar nicht gut. Er müsse im Bett bleiben.

Die Wahrheit sah ein bisschen anders aus. Ludowig hatte sich nicht ins sichere Exil zu den Brokkolis begeben, um sich hier der gleichen Gefahr wie daheim auszusetzen. Der Padrone ahnte das. Er hatte dafür nur ein Wort:

»Feigling.«

Dass sie nahezu unbewaffnet aufbrachen, wunderte den Polizisten. Aber nicht lange. Spätestens, als sie in der Marina di Cariati in die beiden bereitstehenden Schnellboote umstiegen, war die Sache klar. Sie wurden von schwerbewaffneten Männern erwartet. Überall an Bord lagen genügend weitere Maschinenpistolen, kugelsichere Westen und reichlich Munition herum.

Commissario Falk Hofer hatte die Rückmeldung seines Sottotenente mit Spannung erwartet. Nachdem seine Behörde über den nächtlichen Ankerplatz des Prinzen informiert worden war, hatte er sich soetwas gedacht. Unerwartet kam allerdings das Kooperationsangebot vom jungen Brokkoli. Wenn das stimmte, eröffneten sich mit Blick auf die Kronzeugenregelung für die DIA künftig ganz neue Ansatzpunkte. Ob den jungen Mann wirklich moralische Bedenken trieben oder ob es schlicht darum ging, schneller an die Spitze seiner Organisation zu gelangen, schien Hofer in dem Zusammenhang belanglos. Entscheidend war, es nutzte. Antonio Lippi erhielt grünes Licht, den Deal zu bestätigen. Er solle in allem selbständig nach bestem Wissen und Gewissen entscheiden.

Ab jetzt ging es ganz schnell. In kürzester Zeit waren alle in Apulien verfügbaren DIA-Einheiten, überwiegend Carabinieri, an der Ostküste des Golfs zusammengezogen. Für sich und sein Einsatzkommando aus Kalabrien, inklusive des von Lippi angeforderten richterlichen Durchsuchungsbeschlusses, hatte er einen Militärhubschrauber auftreiben können. Der Wettlauf konnte beginnen.

Marina stand mit wehendem Haar neben Mario. Er hatte eine Hand am Steuer, die zweite um ihre Hüfte gelegt. Sie ließ es geschehen. Ihr Boot jagte mit hoher Geschwindigkeit durch die Wellen. Hinter ihnen näherte sich die Nachmittagssonne dem Horizont. Kevin saß am Heck. Ihm war speiübel.

Don Alberto erging es nebenan in der zweiten Motoryacht kaum besser. Er hielt sich an der Reling fest und fütterte die Fische. Ihm wurde wieder einmal klar, warum er sich in seinen Bergen so unendlich wohler fühlte als auf See. Dort oben schaukelte nichts. Außer, es gab ein Erdbeben, aber das passierte höchst selten. Und wenn, ging es schnell vorüber.

Trotz seiner Unpässlichkeit nahm er das malerische Bild auf dem anderen Schiff zur Kenntnis. Sein Sohn und die deutsche Expertin. Ein Grund, zu lachen oder lieber zu weinen? Eigentlich sollte sein Jüngster eine Sizilianerin heiraten. Um die Beziehungen zu den dortigen Mafiafamilien zu verbessern. Aber andererseits? Deutschland war ein wichtiger Markt für die Brokkolis, und eine gebildete Schwiegertochter konnte grundsätzlich nicht verkehrt sein. Geld spielte in dem Fall keine Rolle. Davon hatten sie selbst genug. Der Wellengang verhinderte weitere Überlegungen. Er würde sich Mario gründlich zur Brust nehmen, wenn sie wieder daheim wären.

Was ihn eine knappe Stunde später irritierte, war die Anzahl der Küstenschutzboote, die kurz vor Campomarino ihren Weg kreuzten. Eine Übung? Geleitschutz für den Prinzen? Soviel er wusste, genoss der Mistkerl als offizieller Berater seines Onkels diplomatische Immunität. Da sich die Polizisten aber nicht groß um die beiden Schnellboote kümmerten, die sich von Westen her näherten, wies er seine Männer lediglich an, ihre Waffen besser zu verstecken. Man konnte nicht vorsichtig genug sein.

Heute umso mehr, denn Luigi, dieser Trottel, hatte ihm gerade mitteilen lassen, dass er in Untersuchungshaft säße. Sie seien auf der Fahrt zum Treffpunkt in eine allgemeine Verkehrskontrolle geraten. Die Bullen hätten erst die Schnellfeuerwaffen und dann den Kopf gefunden. Das war‘s. Hoffentlich hielt der Idiot seinen Mund. Don Alberto behielt diese Neuigkeiten für sich. Nicht, dass jemand Panik bekam.

Im Hafen angekommen, stellte sich heraus, dass die Yacht des Prinzen noch nicht eingetroffen war. Die Brokkolis ließen sich Liegeplätze zuweisen und inspizierten das Gelände. Die Bereiche, die für die Modenschau vorgesehen waren, hatten städtische Politessen und Helfer in orangenen Westen mit Absperrband gesichert. In etwa einer Stunde solle es los gehen, hieß es. Der Padrone sammelte seine Männer im dem Laufsteg gegenüberliegenden Restaurant.

»Was jetzt? Wie gehen wir vor?«

»Rüberstürmen, alle in ein Zimmer sperren und dann

ihre Sachen durchwühlen!« schlug einer vor. »Die Politessen leisten keinen Widerstand und bevor richtige Polizei kommt, sind wir weg.« Der Don verzog das Gesicht.

»Lieber Gott, bin ich nur von Idioten umgeben? Wie weit würden wir wohl kommen? Hast du nicht die vielen Küstenschutzbote gesehen? Willst du eine Seeschlacht vom Zaun brechen?« Der Mann zog den Kopf ein.

»Ich hab halt gedacht ...«

»Du sollst nicht denken! Das kannst du nicht. ... Mario, was schlägst du vor?« Der junge Brokkoli räusperte sich, sah erst zu Marina, dann zu Agente Pazzi und begann.

»Also, alles ist ruhig. Keine Polizei, keine Gorillas vom Prinzen zu sehn. Unter diesen Umständen würde ich es so versuchen, wie du zu Hause vorgeschlagen hast. Vittorio und ich ziehen unsere Uniformen an, Marina und Kevin ihre Geschäftskleidung.«

»Haben Sie die mit?« fragte der Don. Die beiden nickten. Es war Marinas Idee gewesen, um offizieller zu wirken.

»Okay«, fuhr Mario fort, »wir gehen rüber. Marina nimmt ihr Testköfferchen mit. Wir setzen unsere Corona-Masken ordentlich auf und erzählen denen, dass die Frau Doktor und ihr Assistent vom Gesundheitsamt kommen, um die Einhaltung der Hygienevorschriften zu prüfen. Ihr anderen haltet euch draußen bereit. Die Boote müssen startklar sein, der Rückweg abgesichert. Sollte es drin Ärger geben, geben wir ein Zeichen. Dann kommst du, Vater, mit zwei, drei Leuten rein, um uns rauszuholen.«

»Was für ein Zeichen?«

»Keine Ahnung. Vielleicht schlage ich ein Fenster ein.

Ja, das wäre wahrscheinlich am besten. Das dürfte weder zu überhören noch zu übersehen sein.« Don Alberto wiegte seinen Kopf.

»Und wie willst du den Leuten da drin beibringen, dass du Hygienevorschriften in Modeschmuckkoffern prüfen musst?«

»Ganz einfach. Erst sagen wir, sie sollen die Dinger öffnen, weil sich infektiöses Material darin befinden könnte; wenn sich jemand weigert, halten wir Polizisten die Bande mit unseren Pistolen in Schach und die anderen beiden suchen allein weiter.«

»Könnten die Klunkern nicht auch in den Wohnwagen sein?«

»Unwahrscheinlich«, meldete sich Kevin zu Wort. »Ich habe die Fahrzeuge der Modeleute vorhin gesehn. Die haben ein ganzes Stück weiter da drüben geparkt.« Er zeigte mit dem Finger Richtung Norden. »Das ist zu weit weg. Wenn der Prinz hier nebenan ankert, müssen seine Leute die Sachen quasi nur über den Laufsteg tragen.«

»Vielleicht machen das die Models auch gleich selbst«, ergänzte Marina. »Wer merkt denn im Scheinwerferglanz, ob ihre phantasievollen Accessoires echt oder Showeffekt sind.«

»Da ist was dran«, murmelte Don Alberto. »Und wenn ihr nichts findet?« Mario zuckte mit den Schultern.

»Dann könnt ihr von mir aus die brachiale Nummer hinten bei den Wohnwagen durchziehen. Oder die Carabinieri kreuzen auf. Wir werden nicht ewig Zeit haben, bevor jemand misstrauisch wird. Dann ziehen wir uns geordnet zurück. In dem Fall wird es einen neuen Anlauf geben müssen, denn dann wird der Prinz seine Nummer auch nicht mehr wie geplant beenden können.« Sein Vater nickte anerkennend.

»Das klingt vernünftig, Sohn. So machen wir es.«

Kapitel 20 – Katastrophen

Commissario Hofer war verärgert. Sein Hubschrauber hatte weit landeinwärts landen müssen. Die DIA-Leute hetzten zu Fuß zum Hafen. Natürlich konnte er einen Wagen anfordern, aber das dauerte wahrscheinlich noch länger. Und er hatte den Kräften vor Ort striktes Verbot erteilt, sich zu zeigen, bevor er da wäre. Nun meldete man ihm allerdings bereits die Ankunft der Brokkoli-Boote und, dass sich etwas täte. Vor Hofer lagen derweil mindestens anderthalb Kilometer Weges. Er betete inbrünstig, dass sein Sottotenente die Situation allein in den Griff bekam. Bloß niemanden zu unüberlegten Handlungen provozieren!

Etwa drei Seemeilen vor der Hafeneinfahrt drosselte die Yacht des Prinzen ihre Fahrt. An Bord herrschte angespannte Nervosität. Der Prinz saß in seiner Kajüte. Er wirkte denkbar schlecht gelaunt.

»Warum werden wir langsamer?« fauchte er. Der Mann neben ihm neigte unterwürfig den Kopf.

»Ich bedaure, Sir. Die Nachrichten, die wir erhalten, sind beunruhigend.«

»Zu beunruhigend?«

»Ich fürchte, ja.«

»Reden Sie!«

»Sir, ich habe Sie vorhin über den Tod unserer Geschäftspartner von der Sacra Corona Unita informiert.«

»Tragisch. Nicht zu ändern.«

»Gewiss, Sir, aber unsere Männer melden mir, dass vermutlich die gleichen Leute, die das Massaker in Brindisi verübt haben, jetzt hier sind und sich gerade im gesamten Hafenbereich verteilen.«

»Sie meinen ...?«

»Ja, Sir.«

»Das würden sie nicht wagen!«

»Ich befürchte doch, Sir. Es geht für sie um viel Geld und um ihre Ehre.«

»Es sind kleine Gauner.«

»Sie sind die ’Ndrangheta, Sir. Und sie sind in der Überzahl.«

»Was raten Sie?«

»Hier abwarten. Wir dürfen Ihr kostbares Leben nicht aufs Spiel setzen, Sir.«

»Könnten wir nicht der Polizei einen Tipp geben?«

»Das würde Fragen aufwerfen. Wollen Sie es riskieren, in den Fall verwickelt zu werden?«

»Und meine Preziosen?«

»Wir werden sie nicht aus den Augen lassen.« Der Prinz legte seine Hände vors Gesicht und begann, bitterlich zu weinen. Er war ein sensibler Mensch. Die neue Entwicklung nahm ihn mental enorm mit. Der andere Mann winkte den Tänzerinnen, ihren Herrn zu trösten, dann zog er sich zurück.

Marina, Kevin, Mario und der DIA-Sottotenente machten sich auf den Weg.

»Wo bleiben deine Kollegen?« zischte Mario.

»Wenn ich das wüsste.«

»Ruhe!« befahl Marina. »Wir ziehen das jetzt durch.«

»Wie daheim beim Training. Leute, ich sag euch, die Frau kennt keine Gnade.«

»Klappe, Tarzan!«

Mit freundlichem Lächeln, soweit das unter den OP-Masken erkennbar war, traten die vier Musketiere an die Absperrung. Nach kurzem Disput und Besichtigung von Agente Pazzis echtem Polizeiausweis wurden sie durchgelassen. Der Designer und seine Leute waren von der unangemeldeten Kontrolle nicht begeistert. Allerdings wollten sie keinen Ärger und baten lediglich um Beeilung, in anderthalb Stunden beginne die Show.

Don Alberto, eben noch die Ruhe selbst, schnappte nach Luft. Plötzlich drangen von allen Seiten Carabinieri auf das Hafengelände vor. Eiligen Schrittes näherte sich ihm ein Mann, den er gut kannte. Das durfte nicht wahr sein! Bevor er wusste, wie ihm geschah, stand Inspektor Hofer neben ihm und reichte ihm freundlich die Hand.

»Signore Brokkoli, welch freudige Überraschung! Das gab es lange nicht, dass wir uns gleich zweimal am Tag begegnen. Sie sind wegen der Modenschau hier, nehme ich an?«

»Äh, ah, ja natürlich.«

»Ihre Töchter sind auch hier irgendwo?« Hofer sah sich suchend um. Einige von Brokkolis Männern duckten sich so unauffällig wie möglich weg. Der Commissario quittierte es mit einem Lächeln. Don Alberto rang um Fassung.

»Ja, nein, soll eine Überraschung werden. ... Weihnachten, Sie verstehen? ... Die Zeit vergeht so schnell. ... Man muss sich schließlich orientieren, nicht wahr?« Der Polizist nickte.

»Verstehe. Tja, das Fest der Liebe!« Er hob die Arme.

»Tut mir leid, dass ich Ihnen die Vorfreude verderben muss. Wir bekamen von einem der Models einen Anruf. Sie hat merkwürdigen Schmuck entdeckt, der aus einem Raub stammen könnte. Haben Sie davon gehört, Signore Brokkoli?«

»Ich? Nein. Was es nicht gibt?«

»Leider. Nicht zu ändern. Wir müssen alle, die da drin sind, in Gewahrsam nehmen. Die Modenschau ist abgesagt, die gesamte Kollektion beschlagnahmt. Ich hoffe, Sie verstehen das. ... Wie gesagt, bedauerlich. Gute Heimreise und grüßen Sie Ihre Mutter von mir.« Damit klopfte ihm Hofer auf die Schulter und gab seinen Leuten das vereinbarte Zeichen.

Zwei Bühnentechniker, die auf dem Dach des Backstage-Restaurants hockten und Scheinwerfer ausrichteten, folgten dem Geschehen am Boden mit Interesse.

Draußen auf dem Meer zog sich die Kette der Küstenwachtschiffe enger um Campomarino zusammen. Zwei Boote umkreisten in respektvollem Abstand die Yacht des Prinzen. Von dort aus beobachtete ein Mann die Manöver eine Weile. Schließlich beschloss er, dass es an der Zeit sei, seinen Herrn zu einer Entscheidung zu drängen. Auch wenn er ihn dazu zur Unzeit stören musste.

Nach mehrfachem Anklopfen und längerer Wartezeit erhielt er die Aufforderung, einzutreten. Zwei erhitzte Tänzerinnen huschten an ihm vorbei nach draußen. Der Prinz lag mit einem dünnen Laken bedeckt auf seinem Divan.

»Bringen Sie mir zu trinken!« herrschte er den Eindringling an.

»Woran dachten Sie, Sir?«

»Wasser. Gut gekühltes Eiswasser.« Der Mann sah sich um und rief nach einem Steward. Anschließend wandte er sich wieder dem Liegenden zu.

»Sir, ich benötige Ihre Entscheidung.«

»Mehr schlechte Nachrichten?«

»Leider ja.«

»Spannen Sie mich nicht auf die Folter!«

»Irgendetwas ist schief gegangen. Die Polizei hat das gesamte Gelände besetzt. Die Küstenwache blockiert den Hafen. Wir werden observiert.«

»Was haben die vor?«

»Bisher nichts, aber unseren Gewährsmännern zufolge gibt es im Ort eine Razzia. Wir würden zwar ohne Frage eingelassen, aber eine Übergabe scheint damit obsolet geworden. Und selbst wenn sie dennoch gelänge, wir würden kaum ohne Schwierigkeiten davonkommen.«

»Ist das erlaubt? Wir sind in diplomatischer Mission unterwegs.«

»Das ist richtig, Sir, aber wenn die italienischen Behörden glauben, dass Gefahr in Verzug ist, gibt es Ausnahmen. Wir dürften der Polizei eine Durchsuchung unseres Schiffes nicht verwehren.«

»Was empfehlen Sie?«

»Vielleicht eine Kursänderung und einen zweiten Versuch übermorgen drüben im Castello von Mandatoriccio?« Der Steward erschien mit dem Eiswasser. Sein Herr leerte es in einem Zug und verlangte mehr. Dann richtete er sich auf. Schweißtropfen rannen über seine nackte Brust.

»Sind Sie sicher?«

»Nein, Sir. In diesem Moment kann ich nicht einmal mit letzter Gewissheit sagen, ob es gelingt, den Schmuck vor der Polizei oder den Gangstern zu bewahren.«

»Das ist schlimm. Das ist wirklich schlimm.« Er senkte den Kopf. »Lassen Sie Anker lichten, wir kehren heim.«

»Und Ihr Schmuck?«

»Weisen Sie unsere Brüder an, alles zu tun, was in ihrer Macht steht. Wir müssen einen anderen Weg finden. Später.«

»Viel später, Sir?«

»Ja, wenn Gras über die Sache gewachsen ist. Und jetzt geh! Ich will allein sein.« Mit diesen Worten warf sich der Prinz in seine Kissen. Der andere verneigte sich und verließ das Zimmer. Ein paar Minuten später ließ der Steuermann Segel setzen. Das Schiff drehte in den Wind und nahm Fahrt auf. Die Küstenwache ließ es unbehelligt ziehen. Es gab keinen Grund mehr, ihm weiter Beachtung zu schenken.

Kaum vom ersten Schreck erholt, machte sich Don Alberto nun ernsthafte Sorgen um seinen Sohn. Nachmittags Luigi, jetzt womöglich Mario. Das war zu viel für den alten Mann. Er musste sich setzen. Sein Herz klopfte wie wild. Gesetzt den Fall, der Junge hätte den Schatz bereits bei sich, dürfte das nach dessen Vorstrafenregister und jetzt in falscher Uniform und mit nicht registrierter Waffe für eine lange Haftstrafe reichen. Der Verkehrspolizist als Zeuge wäre in dem Fall keine Hilfe. Der hatte sich ja selbst strafbar gemacht. Verdammt! Ihm wurde schwarz vor Augen.

Als er Stunden später wieder zusich kam, glaubte er, bereits gestorben zu sein. Über ihn gebeugt stand Mario und flößte ihm vorsichtig Wasser ein.

»Bist du auch tot, Sohn?« fragte er. »Sind wir im Himmel oder in der Hölle?«

»Weder noch.« Mario grinste. »Du bist auf unserem Boot. Wir sind auf der Heimreise.« Der Padrone sah sich irritiert um.

»Ich hab mich schon gewundert, warum es im Jenseits so furchtbar schaukelt.« Die Männer, die um ihn herumstanden, lachten erleichtert. Der Alte hatte seinen Humor nicht verloren. Mario streichelte seinem alten Vater die Wange. Er war sich nicht sicher, ob er das zuvor jemals getan hatte. Jetzt, wo der harte Mann so hilflos vor ihm lag, sah die Welt plötzlich anders aus. Nach und nach fand Don Alberto in die Realität zurück. »Was ist passiert, Sohn? Wo ist deine Uniform? Und die anderen?«

»Immer der Reihe nach, Vater. Willst du liegenbleiben oder dich aufsetzen?«

»Lass mich einfach und erzähl.«

»Du hattest wahrscheinlich einen leichten Herzanfall, meinte der Notarzt. Durch die ganze Aufregung. Er hat dich stabilisiert und dir eine Spritze gegeben, damit du erstmal schläfst. Du hast ihn angeknurrt, dass du keine Spritzen magst. Schon vergessen?«

»Ich erinnere mich an gar nichts.«

»Auch gut, hast nichts verpasst.«

»Hat dich die Polizei nicht ...? Der Commissario sagte ...«

»Fast. Als die Bullen kamen, hab ich schnell die Uniform gegen diese Klamotten getauscht.« Er richtete sich auf, um seinem Vater die neuen Designerhosen und ein quietschbuntes Hemd zu präsentieren. »Geborgt.« Er grinste. »Vittorio hat mir den Rücken freigehalten. Deshalb konnte ich türmen.«

»Was ist mit unsern Waffen? Haben sie die Boote durchsucht?«

»Haben sie. Aber deine Männer sind clever. Als die Bullen anrückten, haben sie alles ins Meer geschmissen. Deine und meine Pistole habe ich selbst entsorgt. Die Carabinieri waren ziemlich gründlich, konnten aber nichts finden. Sie haben absolut nichts gegen uns in der Hand.«

»Sehr gut, Sohn. Trotzdem, schade drum.«

»Halb so wild, wir können neue kaufen. Wichtiger ist, dass wir alle leben.« Sein Vater versuchte zu nicken. Es gelang nicht. Sein Kopf schmerzte. Jemand reichte ihm eine Flasche Wasser und eine Schmerztablette. Als es wieder ging, fragte er weiter.

»Der Bulle und die beiden Deutschen?«

»Haben sie zur Befragung mitgenommen. Dürfte aber nicht schlimm werden.«

»Wieso, habt ihr nichts gefunden?«

»Doch.« Mario lächelte. »Das ist eine längere Geschichte.«

Folgendes hatte sich zugetragen: Marina und ihre Crew betraten die zum Backstage-Bereich umgebaute Kneipe. Es handelte sich um einen ziemlich heruntergekommenen siebziger Jahre Bau. Für eine Modenschau allerdings passten die Räume. Der vordere Speisesaal bot genug Platz, alle Models ordentlich und mit Tempo umzukleiden. Bei ihrer Ankunft standen überall Kleiderständer.

Auf den Tischen lagen Hüte, Schuhe und vor allem Nadeln. Steck- und Sicherheitsnadeln. Kein Schmuck. Alle Fenster waren mit schwarzem Tuch verhängt. Dieser Sichtschutz musste den vier Schatzsuchern natürlich gelegen kommen. Ähnlich verhängt fanden sie den zweiten Raum vor. Vom ersten durch eine Falttür getrennt, war er erheblich kleiner. Normalerweise diente er als Vereinszimmer. Und hier mussten sie nicht lange suchen.

Neben diversen Accessoires wie Schals, Handtaschen und Tüchern stand eine längliche Kiste. Mitten im Zimmer. Geöffnet, um schneller zugreifen zu können. In dieser Kiste lag, Marina traute ihren Augen kaum, der Schatz der sächsisch-polnischen Könige. Unglaublich! Einfach so! Niemand hatte sich die Mühe gemacht, die Preziosen zu verstecken. Der Prunkdegen mit seinem schimmernden Griff, die Epaulette der Rosendiamanten Garnitur mit dem großen »Sächsischen Weißen«, einem legendären Diamanten, der Bruststern, die diamantbesetzten Knöpfe und all die anderen Kostbarkeiten. Achtlos übereinandergestapelt auf einer Schicht Holzwolle, einige Plastikperlenketten daneben, Ringe, die man an jedem Jahrmarktsautomaten bekam. Ein buntes Sammelsurium, aus dem sich der Künstler vermutlich bediente, um seine Kreationen zu ergänzen. So, wie es hier aussah, ahnten weder der Designer noch seine Models, was sie mitsich herumkutschierten.

Für Marina stand fest: Der Bote musste einer aus der Crew sein, vielleicht der Manager, alle anderen dienten nur als Staffage. Sie gab den beiden Verkehrspolizisten einen Wink. Die verstanden sofort. Ein scheinbar unachtsamer Griff nach einem der Kleider. Eine Schlaufe löste sich. Prompt galt das Interesse aller Umstehenden dem Schaden an dem teuren Entwurf.

Das war die Gelegenheit. Die Kunsthistorikerin öffnete ihr Köfferchen, Kevin griff hinein, holte das Stereomikroskop mit der eingebauten LED-Lichtquelle heraus und stellte es auf den Tisch neben die Kiste. Marina zog sich derweil Handschuhe an, nahm den Bruststern des Polnischen Weißen Adlerordens, schob ihn unters Objektiv. Sie arbeitete die drei von ihr voreingestellten Vergrößerungsfaktoren hintereinander an verschiedenen Steinen ab und warf einen Blick auf den Materialzustand der Rückseite. In kaum mehr als zwanzig Sekunden stand glasklar fest: Das Original! Zweifel ausgeschlossen. Etwas mitgenommen aber ohne irreparable Schäden.

Kevin schaffte es gerade noch rechtzeitig, das Mikroskop wieder einzupacken, denn von diesem Moment an ging plötzlich alles drunter und drüber. Ein Assistent drehte sich um. Er sah Marina mit dem Schmuck in der Hand. Sofort zeterte er los, was ihr einfiele, in der Schmuckkollektion seines Chefs zu wühlen? Marina wollte ihn aufklären, kam aber nicht mehr dazu. Carabinieri stürmten den Raum. Ohne auch nur ein Wort der Erklärung zuzulassen, befahlen die Polizisten allen Anwesenden, sich nach draußen zu begeben und nichts mehr anzurühren.

Antonio Lippi alias Agente Vittorio Pazzi war sofort klar, dass das die hiesigen Männer des Commissarios sein mussten. Die übliche Vorgehensweise. Weswegen er seinen Freunden riet, sich ruhig zu verhalten und den Anweisungen zu folgen. Hofer erwartete sie bereits an der Tür. Er stellte sich Marina und Kevin vor und bedankte sich für ihren Einsatz. Dann führte er sie ein Stück zur Seite, um Lippis Bericht entgegenzunehmen. Irgendwo ploppte ein Sektkorken. Leises Geklimper wie von Gläsern. Der Commissario grinste.

»Die haben Nerven, diese Modefuzzis. Gut, ihr hättet auch allen Grund anzustoßen. Aber erst nachher, wenn wir fertig sind. Okay? Beeilen wir uns jetzt, damit Sie, Herr Brokkoli, zu Ihrem Vater können und er keinen Verdacht schöpft. Ziehen Sie die Uniform aus und geben Sie mir bitte Ihre Waffe, damit wir Ihre erfolgreiche Flucht inszenieren können.«

»Und wie?«

»Als Model. Hier hängt genug rum. Geht auf Kosten der Staatskasse. Sie können mir das Zeug ja bei Gelegenheit zurückgeben. Fein, wo ist die Kiste?«

Marina führte Falk Hofer nach nebenan. … Sie schrie. Die Kiste war weg. Verschwunden! Stattdessen lag da ein Carabiniere. Um ihn eine Blutlache. Genickschuss. Es war der Mann, der hier Wache gehalten hatte. Atemloses Entsetzen. Hätten sie nicht einen Schuss hören müssen? Schließlich fiel es ihnen wie Schuppen von den Augen: Der Sektkorken. Schalldämpfer. Mario Brokkoli und Antonio Lippi rannten zu den Fenstern. Nein, diese großen Scheiben ließen sich nicht öffnen. Sie waren auch nicht eingeschlagen. Marina und Kevin tasteten die Wände nach einer Geheimtür ab. Vergeblich. Es schien völlig unmöglich, den Raum unbemerkt mit einer großen Holzkiste zu verlassen. Commissario Hofer trampelte auf den Boden, untersuchte Risse im Belag. Keine Falltür in obskure Kellergewölbe. Nichts. Schließlich hob er verzweifelt den Kopf zum Himmel, besser gesagt, zur getäfelten Decke.

Und da ging ihm ein Licht auf. Er kletterte auf einen Tisch und drückte gegen die Täfelung. Eine der Platten ließ sich abheben. Sie gab den Blick in eine niedrige Bodenkammer frei. Einige Fäden Holzwolle fielen zu Boden. Die Diebe allerdings mit ihrer Kiste waren längst über alle Berge.

Eine knappe Stunde nach diesen Vorfällen, die Brokkolis wie auch der Prinz befanden sich längst auf dem Heimweg, waren sämtliche Straßen rund um Campomarino in einem Radius von dreißig Kilometern gesperrt. Commissario Hofer hatte schnell und entschlossen gehandelt. Jedes Auto, jeder Bus, jeder Lastwagen wurde kontrolliert. Fast hätten übereifrige Polizisten sogar einen Sarg geöffnet, der zum Friedhof einer benachbarten Kommune gebracht wurde. Zum Glück wiesen die beiden Fahrer des Wagens darauf hin, dass sie eine Seniorin, ein Coronaopfer aus dem Altersheim, transportierten und womöglich Ansteckungsgefahr bestünde. Das hielt die Jungs ab.

Die Küstenwache ließ kein Boot unkontrolliert hinaus auf den Golf. Für die Durchsuchung des Ortes forderte Hofer Verstärkung an. Jeder Winkel des Hafengeländes, jedes Schiff und alle anliegenden Häuser wurden regelrecht auseinandergenommen. Fährtenhunde kamen zum Einsatz. Die für die Modenschau installierten Scheinwerfer leisteten gute Dienste. Die Suche dauerte bis in den frühen Sonntagmorgen. Marina und Kevin schrieben einen detaillierten Bericht. Parallel dazu wurden alle Leute, die sich irgendwie im oder am Backstagebereich aufgehalten hatten, ausführlich befragt. Es half nichts. Niemand hatte etwas gesehen oder gehört. Der Schatz blieb verschwunden.

Kapitel 21 – Nachwehen

Einen Tag später an der Pazifikküste. Im beschaulichen Städtchen Santa Barbara ging die Sonne überm Meer unter. Ein Butler trat auf den Balkon, von dem aus Magdalena Leszczynska-Lancaster mit ihrem Fernrohr das Spiel der Delphine beobachtete.

»Gnädige Frau, Sie werden am Computer verlangt.«

»Wer ist es, der mich zu so später Stunde zu stören wagt?«

»Ihr Anwalt.«

»Oh, na gut. Machen Sie mir bitte einen Tee, Peter, und stellen Sie ihn auf den Balkon. Es wird nicht lange dauern.«

»Sehr wohl, gnädige Frau.«

Der Mann auf dem Bildschirm machte kein glückliches Gesicht. Mit hochrotem Kopf stotterte er eine Begrüßung, die von der Dame schroff unterbrochen wurde.

»Was gibt es, William? Ist das Kleinod unser? Und kommen Sie mir nicht mit Ausreden!«

»Königliche Hohei...«

»Sie sollen mich nicht immer so nennen. Jedenfalls nicht, solange wir in den Staaten leben.«

»Zu Befehl, Frau Lesz...zys... äh ... gnädige Frau. Was ich sagen will: Es ist fehlgeschlagen.«

»Wie? Hat sich dieser arabische Hundesohn alles unter den Nagel gerissen? Und warum sagt mir das der Graf nicht selbst?«

»Zum ersten nein. Zum zweiten auch nein. Also geht nicht.«

»Wie bitte? Was soll das heißen? Drücken Sie sich klar

aus!«

»Die Sache ist die, der Schatz ist verschwunden.«

»Verschwunden? Hat ihn der Prinz?«

»Nein, auch nicht. Er ist spurlos wie vom Erdboden ... weg.«

»Und was ist mit Graf Starhemberg?«

»Auch weg, königli... äh ... gnädige Frau.«

»Ha!«

»Nein, nicht was sie denken.«

»Was denke ich denn, mein lieber William?«

»Dass der Graf ... Hat er aber nicht. Das Problem ist ein anderes. Der Graf ist gar kein Graf.«

»Was?«

»Ja, es stellte sich heraus, dass er ein Hochstapler ist. Franz Ludowig. Ein Bürgerlicher.«

»Unerhört.«

»Genau das hat die echte Familie Starhemberg auch gesagt, als sie davon erfuhr. Bei der Gelegenheit wurde die italienische Finanzpolizei auf ihn aufmerksam. Sie fand heraus, dass er außerdem in großem Maßstab Steuern hinterzogen hat. Er sitzt in Florenz in Untersuchungshaft.«

»Ich bin entsetzt. Wer hätte das gedacht? So ein charmanter Mann. ... Sagen Sie, und was ist jetzt mit meinem Vorschuss, den ich ihm für seine Bemühungen gezahlt habe? ... William?«

»Na ja, ich befürchte, der ist futsch. Wenn er ihn nicht ausgegeben hat, dann wurde das Geld bestimmt vom Finanzamt beschlagnahmt. Angesichts des Gegenstandes, bei dem es in diesem Geschäft ging, rate ich Ihnen, nicht auf eine Rückgabe zu bestehen. Allein die Tatsache, dass wir, also dass Sie ... Jedenfalls denke ich, das könnte Ihnen Probleme ...«

»William, Sie sind gefeuert!« Wütend knallte Magdalena Leszczynska-Lancaster ihren Laptop zu. Zum Glück servierte in diesem Moment Peter den Tee. So ein wundervolles Gebräu zum Sonnenuntergang würde ihre Nerven beruhigen. Königliche Hoheit beschloss, die ganze Affaire schnellstmöglich zu vergessen. Denn eins wusste sie genau: Ärger schadete ihrem Teint.

Ungefähr zur gleichen Zeit, nur wegen der Zeitverschiebung bereits am frühen Dienstagmorgen, auf der Autobahn A9 Richtung Berlin. Ein Leichenwagen schob sich durch den Stau rund um Nürnberg. Der Wagen hatte ursprünglich ein italienisches Kennzeichen besessen, später ein österreichisches und seit ein paar Stunden fuhr er mit einem deutschen. Die Tote, eine alte Dame, die zur Beerdigung zu ihrer Familie nach Berlin gebracht werden sollte, war nach den amtlichen Papieren an Corona verstorben. Eine Information, die trotz stichprobenartiger Kontrollen an den Landesgrenzen noch jeden Polizisten davon abgehalten hatte, sich näher mit der Leiche zu beschäftigen. Weswegen die beiden Fahrer des Beerdigungsinstituts auch bester Stimmung waren.

»Eh Digga!«

»Jo, Bro?«

»Jeila Job, wa?«

»Kannste laut sajen. Und total jemütliche Kiste, wa.« Tarik Benna stellte seine Lendenwirbelstütze nach. Dann konzentrierte er sich wieder auf die Straße. Sein Bruder Brahim fummelte derweil am Multimediasystem herum und probierte verschiedene Funktionen aus.

»Ob wa det Ding behalten dürfn? Ick hab ma so dran jewöhnt.«

»Glob ick nich, Bro. Leida.«

»Hast recht, Digga.« Eine Weile herrschte Schweigen.

»Schön, wieda ßu Hause ßu sein.«

»Du sprichst een jroßet Wort jelassen aus.«

»Jo.«

»An uns hattet nich jelejen, wa?«

»Nee, an uns nich, Bro. Wia hatten allet in Jriff. Ham wa ja jetz noch.«

»So isset. Is vielleicht sojar bessa so, wat meenste?«

»Könnte sein. Onkel Yussuv hat jesacht, et jibt vielleicht eene andere Idee.«

»Haste Ahnung, wat er meen tut?«

»Jo, Bro. Die, die wo det Zeug orjanisiert ham, warn nich so schlau wie wia. Die ham sich awischen lassn. Jetz tun se det Jelumpe als Vahandlungsmasse brauchen. Vor Jericht.«

»Pech, Digga.«

»Jo, Bro. Aba nich unsre Baustelle. Wia ham een juten Job jemacht.«

»Det kannste laut sajen.« Langsam löste sich der Stau auf.

Sottotenente Antonio Lippi wanderte mit Kevin den Strand bei Mandatoriccio entlang.

»Und was werdet ihr jetzt machen?« wollte er wissen. Kevin hob die Schultern.

»Keine Ahnung. Heimfahren, schätze ich. Ich muss auf alle Fälle wieder arbeiten. Hilft nichts.«

»Hm.« Lippi nickte. »Klar. Bei mir beginnt auch wieder der Alltag.«

»Schade, dass wir den Schmuck nicht retten konnten. Deine Leute hätten uns nicht da rausholen dürfen.«

»Dann hätten möglicherweise wir dort in unserm Blut gelegen. Du, Marina. Gegen jemanden, der so hinterhältig von oben schießt, hat niemand eine Chance.«

»Auch wahr.«

»Vielleicht taucht der Schmuck irgendwann wieder auf. Soll's geben.«

»Stichwort ›irgendwann‹. Drehen wir um? Irgendwann müssen unsere Schmusekätzchen ja mal fertig sein. Es geht auf Mittag zu.« Die beiden Männer grinsten. Sie wussten, wovon sie sprachen.

In einer kleinen Ferienwohnung, unweit des Castello von Mandatoriccio, standen eine Flasche Champagner und ein Strauß mit siebenundzwanzig roten Rosen auf dem Tisch. Die Gläser, die zum Champagner gehörten, hielt Mario Brokkoli in der Hand. Eines reichte er Marina.

»Alles Gute zum Geburtstag, Bella!« Sie stießen an.

»Dankeschön.«

»Hat dir unsere Feier ein bisschen gefallen? Bist du glücklich?« Marina lächelte.

»Sehr.«

»Drüben im Hotel wäre das Bett pompöser gewesen.« Sie sah ihn an und wurde ernst.

»Drüben im Hotel hättest du mich niemals in dieses pompöse Bett gebracht. Das hier«, sie klopfte auf die Matratze, »passt besser zu mir.«

»Vermutlich zu mir auch«, erwiderte Mario. Er stellte

sein Glas auf den Nachttisch und kroch wieder zu ihr unters Laken. »Und du willst wirklich nicht bei mir bleiben? Ich würde dich zur Königin von Kalabrien machen.«

»Was würde deine Familie dazu sagen?«

»Oma hat schon klargestellt: Wer gegen dich ist, der ist auch gegen sie. Und wer gegen Donna Antonia ist, der wird in diesem Leben nicht mehr froh.«

»Ich mag deine Oma!« Beide mussten lachen.

»Ja«, fuhr er fort, »und ansonsten? Du hast es ja mitbekommen. Einer meiner Brüder ist in Deutschland, der andere im Knast. Und meinem Vater ist nach der ganzen Nummer die Lust vergangen. Er ist mit knapper Not dem Teufel von der Schippe gesprungen. Gut, Oma hat seinem Entscheidungsprozess nachgeholfen. Fakt ist: Die neue Nummer eins bin ich.« Er nahm Marina in den Arm und küsste sie. »Denk drüber nach, bitte!«

»Nein.« Marina löste sich aus seinen Armen, stand auf und begann, sich anzuziehen. »Das würde nicht gut gehen. Schau mal, selbst wenn du anders bist als dein Vater und deine Brüder, selbst wenn du sagst, du könntest von eurer Landwirtschaft leben, wärst du trotzdem der Boss eines Verbrechersyndikats. Du bist mitverantwortlich für alles, was geschieht, egal, ob du das willst oder nicht. Vielleicht klebt an deinen Händen kein Blut. Ich hoffe das, sonst müsste ich mich jetzt sehr gut duschen. Das will ich aber nicht. Ich will deinen Duft noch eine Weile an mir spüren. Genau darum muss es bei diesem einen Mal bleiben.« Sie schloss die Augen und suchte nach den richtigen Worten. »Du bist ein toller Mensch, aber wir passen nicht zusammen. Du gehörst hierher, in diese Welt, zu deiner Familie.«

»Und wo gehörst du hin?« Mario wirkte verzweifelt. »Könntest du nicht hier glücklich werden?«

»Nein, ich gehöre nach Köln, zu den Kölschen Harlequins, auf die Bühne, wenn zum Karneval die Luft brennt. Ich schätze, das würdest du nicht ertragen.«

»Kann sein. Wahrscheinlich würde ich vor Eifersucht sterben, wenn Kevin dich auf Händen trägt.«

»Siehst du!«

»Aber Karneval ist nicht das ganze Jahr«, wagte der neue Pate von Pietrapaola einen letzten Versuch. Er stand auf und stellte sich vor das Mädchen. »Und soweit ich weiß, hast du keinen Job in Köln.« Marina legte ihm die Arme um den Hals und lächelte.

»Du bist süß. Ich weiß es zu schätzen, wie du mich liebst. Aber lass es, bitte! Mach es mir nicht schwerer als es ist. Und was die Arbeit betrifft, irrst du dich.«

»Echt? Kannst du jetzt doch in dem Museum anfangen? In diesem MAKK, oder wie das heißt?«

»Nein, das nicht.« Marina zog sich die Schuhe an. »Das bleibt länger geschlossen. Die wollen diese beschissene Zeit nutzen, ihren geplanten Umbau vorzuziehen.«

»Was dann?« Notgedrungen begann auch Mario, sich anzukleiden.

»Weißt du, ich hab mir überlegt, es gibt viel mehr Kriminelle, die meinen, sich an Kunst bereichern zu müssen. Ich kenne mich neuerdings mit Kunst und mit Kriminellen aus. Der Commissario hat mir gesagt, ich müsste dem Hochstapler das Auto nicht zurückgeben. Mein bisher erhaltenes Geld auch nicht, denn ich habe es ja für eine Arbeit bekommen, die ich geleistet hätte. Als ordnungsgemäßes Honorar. Der Staat will nichts von mir zurück.

Nur ordentlich versteuern soll ich alles.

Da hab ich mir gedacht, das kriege ich hin. Das ist mein Grundkapital. Und ehrlich, Spaß gemacht hat's ja irgendwie auch.« Er hob die Augenbrauen. »Nicht nur im Bett mit dir, meine ich«, fügte sie lachend hinzu. »Vielleicht mache ich den Job zum Beruf. Was meinst du?«

»Eine Detektivin? Hm. Die schlechteste wärst du nicht. Immerhin hast du's geschafft, dass der Schatz für die Diebe unverkäuflich geworden ist. Das könnte ihn retten. Wer weiß?«

»Das haben wir gemeinsam geschafft. Aber ja, besser als gar nichts.«

»Stimmt. Anders ausgedrückt, ich sollte mich künftig vor dir in Acht nehmen?«

»Solltest du.« Sie gab ihm einen langen Abschiedskuss. Dann riss sie sich los. »Leb wohl.« Sie wischte sich eine Träne aus dem Augenwinkel. »Jetzt komm. Die Jungs warten. Kevin und ich müssen nach Hause.«

»Harlequins e Levve lang?« fragte Mario Brokkoli.

»Harlequins e Levve lang!« antwortete Marina Casanova.

Neapel
Castél
del Monte
Materá
Brindisi
Maruggio
Campomarino
Mandatoriccio
Cariati
Pietrapaola
Cosenza
Savelli
Crotone
Sant
Eufémia
Lamézia
Golf von
Táranto
Süditalien

comedIantes-Tipp

Die BND-Zentrale in Berlin fliegt in die Luft; ein unerwarteter Spannungsanstieg löscht alle sensiblen Daten. In unserer vernetzten Welt, in der Cyberkriminelle Firmen erpressen, Wahlen manipulieren und nahezu jeden Menschen lückenlos überwachen können, ein Supergau!

Die Lösung scheint so simpel wie altmodisch: Um den Hintermännern auf die Spur zu kommen, braucht es jemanden, der im Netz unsichtbar ist, weil er weder über Internet noch Smartphone verfügt, und den keine Gesichtserkennung identifiziert, weil er für die Öffentlichkeit schon lange tot ist.

Die Beschreibung passt auf Vincent Markscheider. Problem: Der frühere Söldner und CIA-Undercover-Spezialist weigert sich, jemals wieder für fremde Interessen seinen Kopf hinzuhalten. Doch sein Schicksal ist eng mit dem einer jungen Frau verbunden, für die er alles tun würde. Und sie für ihn. Der Auftrag wird zur persönlichen Vendetta. Ein gnadenloser Kampf auf Leben und Tod entbrennt.

Geeignet für Leserinnen und Leser ab 16 Jahre.

Taschenbuch, 408 Seiten, 14,95 €, ISBN 978-3-946691-24-2

comediantes-Tipp

Filmfestspiele 1999 in Cannes, Südfrankreich. Eine internationale Gang inszeniert den spektakulärsten Brillanten-Raub des 20. Jahrhunderts.

Es geht um jenen Schmuck, den Hollywood-Schönheiten wie Julia Roberts hier auf dem roten Teppich tragen. Die Bande erbeutet Ketten, Ringe und Ohrgehänge im Wert von weit über hundert Millionen Schweizer Franken.

Sieben Jahre später taucht eine der wertvollsten Preziosen aus dem Raub in London auf.

Anwalt Martin Hall aus Leipzig erhält den Auftrag, den Überbringer zu verteidigen. Keine große Sache, wie es scheint. Halls Recherchen allerdings lösen eine Mordserie aus, deren blutige Spur ihn durch halb Europa nach New York und schließlich New Orleans führt. Die Konturen von Gut und Böse verwischen zusehends.

Taschenbuch, 272 Seiten, 14,95 €, ISBN 978-3-946691-34-1

comediantes-Tipp

Im Leipzig der späten 90er Jahre geschehen seltsame Dinge. Auf brutale Art und Weise werden gutsituierte Herren, Stützen der Gesellschaft, ermordet. Sarah Weber, eine junge Frau aus besten Verhältnissen, scheint die knallharte Mörderin zu sein. Ein „tödlicher Engel", wie es in der Presse heißt. Sie hatte mit jedem der Männer kurz vor deren Ableben Sex. Gegen Cash.

Sarahs Vater beauftragt den Anwalt Martin Hall, die Unschuld seiner Tochter zu beweisen. Für Hall eine zwar lukrative aber fast unlösbare Aufgabe. Je tiefer er in die Verstrickungen seiner Mandantin und der Opfer eindringt, desto unübersichtlicher wird das Verfahren. Die Honoratioren, denen Sarah zu Diensten war, haben allesamt Dreck am Stecken.

Gedeckt von Polizei und Staatsanwaltschaft, gelingt es dem Anwalt, Sarah und sich selbst zeitweilig derBedrohung zu entziehen. In der winterlichen Idylle des tief verschneiten Urlaubsortes Carlsfeld im Erzgebirge erleben die beiden Flüchtlinge eine Romanze voller Fantasie. Doch ihr Paradies hat ein Verfallsdatum.

Taschenbuch, 192 Seiten, 14,95 €, ISBN 978-3-946691-33-4